U0522578

残次品

Priest 作品

完结篇

下册

THE DEFECTIVE

Priest 作品

目录
Contents

卷七　自由之剑　　001

他们挣扎过、不屈过，负隅顽抗至今，如果注定不能为自由而生，只好为自由而死。

第一章　人类联军　　002

在无孔不入的超级人工智能、已经不能算人的芯片自由军团两相夹逼的情况下，第一星系的人类，无论立场与意识形态，终于都被迫站在了一起。

第二章　双生子　　029

"我小时候，求你留下来，少年时，求你来接我，长大以后……求你别离开我，"她看着他，忽然一笑，随后几不可闻地开了口，"静恒，我不再求你了。"

第三章　绝地反击　　　　　　　　　　　050

蔚蓝之海曾是被迫蜗居天使城要塞的沃托人培育的，花语是——回不去的故乡。

第四章　机械恐怖　　　　　　　　　　　063

"消灭所有安全隐患，消灭所有芯片人。"那声音冷冷地说，"最终目标是占领八大星系，联盟的理想世界将围绕我的意志而成，龙渊——"

第五章　暴露　　　　　　　　　　　　　090

这世界上，谎言与江河泥沙俱下，看似真假难辨。可是除了真相，没有什么是天衣无缝的。所有秘密都有曝尸于青天白日下的一天。

第六章　分道扬镳　　　　　　　　　　　104

林静姝临死前，曾经预言，第二个伊甸园、第三个伊甸园很快会出现，人类将重新分崩离析。而此时，第二个伊甸园尚未出现，玫瑰之心的人类联军已然在绝境中分道扬镳。

第七章　暗度陈仓　　　　　　　　　　　116

"先不封闭虫洞区，"陆必行说，"我去第一星系。"

目录
Contents

第八章 沉沦   **138**
整个世界像一艘在大海里撞上冰山的巨轮,风雨飘摇,正在缓缓沉入黑暗。

第九章 黑暗时刻   **152**
新星历纪元度过了它最黑暗的七天。

第十章 划破地平线   **172**
一颗行星神不知鬼不觉地顺着轨道滑开,第一太阳的光畅通无阻地飞掠而来,扫过粼粼的机甲,继而又被另一颗行星当当正正地挡住,刚好能看见一个小小的光环。

尾声   **191**
这是他最好的季节,可以无惧风雨。

番外一　**夜宴**　　　　　　　　　　　　　　**201**

生者与亡者，被怀念的与回头遥望的同桌而坐。

番外二　**猫狗事**　　　　　　　　　　　　　**229**

"现在就能给你的东西，为什么要等一两百年后？"

番外三　**儿女**　　　　　　　　　　　　　　**237**

古典乐和林静恒……
无人注意的黑暗里，他莫名其妙地笑了。

全新番外一　**家**　　　　　　　　　　　　　**246**

"老爸在，有什么可怕的。"

全新番外二　**信徒**　　　　　　　　　　　　**254**

可是我亲爱的第一个信徒，当年你让我等两个小时，我却乖乖地坐在地下室等了你一整天。你呢？说好的，等到我五十岁，就带你去沃托看将军府呢？

假如我们在宇宙中粉身碎骨,残骸将漂泊于永夜,

有朝一日在碰撞中湮灭,成为星星的一部分,

而灵魂将重回故里,回到你出发的地方、你誓死守卫的地方——

自由宣言万岁!

卷七
自由之剑

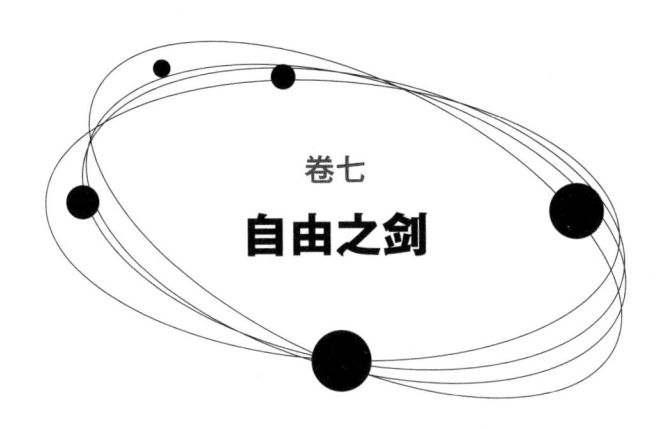

他们挣扎过、不屈过,负隅顽抗至今,
如果注定不能为自由而生,只好为自由而死。

第一章　人类联军

在无孔不入的超级人工智能、已经不能算人的芯片自由军团两相夹逼的情况下，第一星系的人类，无论立场与意识形态，终于都被迫站在了一起。

（一）

第一星系内有自由军团，外有难以揣测的人工智能，没有一处安全，危急情况下仓促集结的人类联军别无选择，只好暂时撤往玫瑰之心。

联盟军也好，中央军也好，眼下都很茫然。家是回不去了，经此一役，沃托陷落，联盟中央政府已经名存实亡。联盟军那位与王艾伦勾结、打算把中央军和海盗一网打尽的上将，已经在混乱中不幸阵亡，此时勉强能做主的，只是个名不见经传的中将，战后才提拔上来，林静恒都不认识。中将见了这些传奇一样的前辈不敢说话，只会跟着跑。

还有反乌会，诡异地现身战场，捞了他们一把就跑……以及他们随身携带的上亿沃托居民——都让人茫然。

没有经过训练的人，在太空机甲里遭了血罪，特别是其中的老弱病残，队伍里的医疗舱几乎不够用。而这些沃托难民除了生理上的痛苦，还有目睹自己家园被毁的创伤。安顿他们就是好一阵手忙脚乱——幸亏有陆必行。陆总长在安顿难民方面经验丰富，是个熟练工。

"上一次从沃托逃往玫瑰之心，都是五十年前的事了。"通信频道里，郑迪忽然轻轻地说，"那时我跟着将军出逃，前途未卜，只有一腔热血。现在不行，老了，也是前途未卜，可是血都凉了。"

林静恒没吭声，机甲车被甩上天的时候，光顾着捂陆必行的眼睛，变形的车门把他一条胳膊撞骨裂了，那会儿情况太危急，过后很久才觉出疼。他随便找了个地方靠着，伸出伤臂，任凭自动医疗器械摆弄，目光放空地掠过陆必行——陆必行正在调试湛卢——继而又低下头看着自己的手。

没有人责怪他放跑了自由军团，事实上，都没有人看出那是一个失误。因为联军的精神网被人工智能军团扫得太惨了，所以对上自由军团精神网攻击的一瞬间，几乎被全面压制，敌我双方都是刚逃出来，场面异常慌乱，湛卢不稳定的精神网还掉了线，林静恒那一炮能打出去，已经是个小奇迹了，大家都觉得他不愧是白银要塞第一牲口。

只有他自己知道，导弹瞄准器对上自由军团指挥舰的那一刻，他的手抖了，半带故意地打偏了。

"还疼吗？"

陆必行突然出声，林静恒回过神来，不动声色地收敛了目光，摇摇头，与此同时，他走神走了一圈，居然还能若无其事地接上郑司令的话——林静恒不阴不阳地说："扯这么久远的淡干什么？"

郑迪噎了一下："臭小子，你有心没心？"

"有，留着风花雪月的时候拿出来用，平时就该收起来放好。"林静恒活动了一下处理完毕的伤手，面无表情地穿好衣服，"第一星系水深得看不清，其他星系被芯片人绑架，第八星系的武装规模跟联盟不是一个数量级的，而且就算我们现在叫增援，虫洞穿梭一次，外面也得等个十天八天，我现在连十个小时以后会发生什么都很难确定，有精力伤怀往事，能劳驾诸位先赏光开个会，谈一谈我们的下一步吗？"

"我先代表第八星系说句话吧，"陆必行放下机械手形态的湛卢，走过来拽住了林静恒的袖子,亲自确认他的伤是不是已经愈合好了,"跟着咱们的这些民众,第八星系可以临时安置,人道主义至上,物资也由我们出,没关系的。我们的芯片干扰技术还凑合能用,暂时不担心芯片人混进难民里。不过问题是,这些人都是沃托的精英,个个都牵扯很多,有一些甚至是联盟官员,他们也不可能久留第八星系。"

"我们也不可能任凭自己的家落在海盗手里。"第四星系统帅忧心忡忡地说,"但是芯片……芯片能被强行取出吗?"

"据我了解,短时间内,初级芯片应该是可以的,由于芯片有成瘾性,需要度过一段戒断时期,但应该不会比戒断伊甸园更痛苦吧。"陆必行虽然最年轻,但整个人透着一股见惯了风雨的平静,让人听着他说话,满心的焦躁就跟着平息下来,"不过长时间就不好说了,它会对人体造成不可逆转的改变,我们还是要尽快想办法解决。"

第三星系的纳古斯说:"可即使是我们现在杀回去,也不太现实,地面是敌人的地盘,等于人家拿住了我们的命脉,我们难道还能像伍尔夫那老疯子一样,直接空对地轰炸吗?"

"伍尔夫……"郑迪压着声音问,"静恒,他们说的那些是真的吗?海盗,还有当年第七星系……"

林静恒干脆利落地打断他:"是,真的,不过现在声讨死人没有意义,说有用的。"

"我其实有一个想法,"陆必行走到林静恒身边,和他并肩站定,也许是年轻的缘故,第八星系这位神秘的总长一天一宿奔波,脸上竟也没有一丝疲态,依然是神采奕奕,"首先,对一个控制住整个第一星系最高军事权限的超级人工智能来说,我们这些人刚才一路撤过来目标很大,伍尔夫为什么没有追上来?"

郑迪很快回答:"因为他第一目标不是我们。"

伍尔夫的第一目标是林静姝。

林静姝紧急跃迁后,立刻远离了跃迁点——跃迁点作为重要星际交通关卡,百分之百是被那可怕的人工智能控制了,无论他们怎么跑,对方都能很快定位到他们。自由军团试了多种屏蔽方法,那可怕的人工智能却总有办法化解。毕竟,第一星系是伍尔夫的老巢。

他们现在没法降落地面,地面虽然是自由军团的主场,但伍尔夫本来就是个老疯子,变成人工智能之后更是可怕,连那点稀有的人情味也消失殆尽。连沃托都说毁就毁,哪儿还会吝惜其他星球?

人是有弱点的,人工智能可没有。

一艘机甲护卫舰为了保护指挥舰,在他们身边炸开了,林静姝往第一星系边缘夺路而逃。

"主人,边境有拦路机甲!"

"怕什么,强行突围,不过就是……"林静姝说了一半,电光石火间,突然想到了什么,脸色一白,"等等,回撤!"

可是机甲里的警报声已经尖鸣起来。

"我们试着从伍尔夫的角度想一想,"陆必行继续不紧不慢地说,"如果林……自由军团的海盗头子说的是真的——杀了她,她会变成人工智能什么的那一套——那么伍尔夫为什么还要追杀她?她死了,她的芯片帝国又不会崩塌,杀了她也没有意义。"

李弗兰若有所思:"总长的意思是,当时自由军团要么是为了诈我们投降,胡乱吹牛,要么是这个'伟大'的构想还没成型。"

"我倾向于后者,"陆必行说,"我对这种反人类的大型人工智能不是很有概念,姑且就以伊甸园来类比吧——当年伊甸园据说是构架在整个星际跃迁网上的,需要难以想象的硬件支撑,整个白塔都在给它提供技术服务,能耗更不必说。自由军团说的那种神一样无处不在的人工智能,在硬件与能耗方面可能已经远超伊甸园。生物芯片能神不知鬼不觉地悄悄侵染人群,这我相信,但这么大的一个工程,也能悄悄完成吗?我想就算是在联盟一手遮天,能任意调用联盟所有资源的伍尔夫,留下的这个人工智能似乎也只能覆盖第一星系的某些区域,否则他不用费尽心机地把所有人都引到沃托才动手。"

白银三的泊松·杨第一个反应过来："林静姝能控制某些芯片携带者传达自己的声音,她选择了一个'五代'芯片携带人,乍一看是重视我们,利用高等芯片人和我们联络,但也可能是她只和少部分高等芯片携带人有联系,目前只能通过一层一层的芯片压制,间接控制她的芯片帝国,对不对总长?"

林静恒缓缓地抬起眼："意思是,趁她的芯片帝国还只是个雏形,只要杀了'蚁后',芯片帝国就崩塌了一多半。"

陆必行忙说:"其实也不一定杀她,只要隔绝她和……"

他话没说完就被打断,整个通信频道被干扰了。

陆必行一愣:"什么情况?"

"总长,是一波极强的高能粒子流。"重甲上的技术兵汇报。

"第一太阳的太阳风吗?"

"不……"

技术兵还没来得及说话,又一波更强的高能粒子流扑面而来,这一次,重甲都受到了影响,防护罩发出警告,机身开始震颤。这种强度的高能粒子流莫名其妙有点似曾相识。

"这是……"

"总长,统帅!快看实时星际航道图!"

陆必行蓦地抬起头,实时的星际航道图上一片混乱。

"跃迁点。"林静恒在他耳边沉声说,"这是大批跃迁点被炸毁时带起来的,和当年我们封锁第八星系一样——"

此时已经逼近第一星系边境的林静姝反应极快,转身就跑,饶是这样,突然被迫殿后的先锋军还是有一部分机甲被跃迁点的剧烈爆炸卷了进去。粒子流山呼海啸地冲刷过第一星系,太空、地面所有电子设备一起失灵。

第一星系边缘,所有连通外星系的跃迁点在同一时间自爆了!

整个玫瑰之心的天然虫洞区也跟着动荡起来,互相之间暂时不能通话的联军只能紧紧靠在一起,借由彼此的防护罩相互掩护。伍尔夫用实际行动践行了陆必行没说完的想法——隔绝林静姝和她那些在各大星系兴风作浪的芯片人,把他们和"蚁后"一起困在了犹如孤岛一般的第一星系里。

而这个超级人工智能唯一无法左右的,只有玫瑰之心附近的天然虫洞,与天然虫洞那一头连着的第八星系。

陆必行觉出了一丝寒意。

他听见林静恒呼出口气,带着一点自嘲说:"我一直以为,伍尔夫派洛德给我送信,要么是个阴谋,要么是他已经山穷水尽,以联盟七大星系为要挟,向我求救,现在看来真是想多了,他只是仁至义尽地事先给我一个提示而已。"

第八星系里面,既没有芯片人,也没有可怕的超级人工智能,通过玫瑰之心和第一星系捆绑在一起,注定会成为兵家必争之地,就算他们现在有能力单方面封闭天然虫洞区,那也毕竟是人为的技术。或早或晚,他们一定会被卷进来……不管他们是否主动出兵。

心狠手辣、机关算尽,林静姝占了前者,林静恒勉强能挨上后者。这两样中但凡能占一样,已经非常可怕。伍尔夫两边都占,实在是个翻云覆雨的祖宗。

林静恒苦笑起来。

"怎么?"

"没,"林静恒叹了口气,"就是突然想,原来我和林静姝加起来,也不是他老人家的对手。"

"往好处想想吧,与其被迫应付,至少我们现在还有主动权。"陆必行轻轻地说,"等等,军用记录仪上是不是有图像了,有人来了?"

林静恒已经通过机甲的精神网"看"见了。

那是一支小机甲战队,在联军面前不太够看,非常有礼貌地隔着一段距离,和他们遥遥对视。

疯狂的高能粒子流过去了,联军内的通信频道在杂音中勉强修复,对面的小机甲发来了通信请求。

陆必行一挑眉:"接进来看看。"

哈瑞斯那张熟悉的脸出现在通信频道上,隔着经年,再次见陆必行。当年温和的"田园派"已经两鬓斑白,成了沉默寡言的"先知",当年满腹理想的青年已经饱经磨砺,成了不怒自威的陆总长。

恍如隔世。

"霍普先生?"

"陆校长,好久不见。"

不到二十年,世界好像来回颠倒了无数次。

繁花似锦的第一星系转眼成了人间地狱,人类禁区的玫瑰之心反倒成了避难所。"联盟守护神"的神座塌陷,而厮杀过几轮的敌人们却并肩而立。故人面目全非,敌人握手言和。刚刚修复的通信频道里,除了杂音以外是一片紧绷的沉寂,毕竟,反乌会是自由军团以前最丧心病狂的恐怖组织,手上的血债罄竹难书。而此时,这支落魄的反乌会小机甲队,就像是一匹苟延残喘的三腿狼,夹着尾巴上前示好,獠牙里还带着没剔净的血丝。

"我的真名叫亚历山大·哈瑞斯。"哈瑞斯开门见山,"现任反乌会大先知,铁杆和平派。掀起针对联盟战争的,是组织中的主战派,拜林将军所赐,主战派在当年七、八星系边境那一战里彻底失势,我才得以重回组织。"

陆必行的后背绷得发僵。他曾经有很多三观不合的朋友,霍普差不多是其中最不合,但也最聊得来的。天性所致,陆必行本能地喜欢亲近这些"无公害"的田园派,何况严格说来,这个人还救过他——他们一起唱了一出双簧,从反乌会老巢中蒙混过关,还带出了至关重要的变种彩虹病毒抗体。

可是后来发生过那么多事,如今他一看见此人,就被迫回忆起这一生最惨痛的经历——霍普出逃,林静恒暴露,伍尔夫借反乌会的刀,以整个第七星系为诱饵,制造了那起……至今虽然已经翻篇,他却依然不敢仔细想的血案。

这时,林静恒的声音在他耳边冷冷地响起:"哦,应该做的,不客气。"

哈瑞斯:"……"

陆必行:"……"

统帅一开口,就高贵冷艳地打碎了噩梦,陆必行手心的冷汗一下就散了,无奈地笑了:"对您的身份,我后来多少猜到了一点,毕竟,贵组织里的先知语不是随便什么人都能讲的。那么我猜,当年您从反乌会资料里删掉的,应该就是和伍尔夫有关的内容吧?"

"那时候我认为他是真正懂得白塔精神、真正愿意守护这个世界的人。"哈瑞斯叹了口气,"主战派被权力蛊惑,做起疯狂的千秋大梦,而我因为反战,与他们中的一些人闹得很僵,后来被囚禁、被驱逐,幸亏有信徒救助,才狼狈逃出来,有幸与您在启明星相遇。陆校长,不管您信与不信,当年我虽然为形势所迫,与诸位不告而别,但从未向任何人透露过第八星系的任何信息。到后来重新拿回'大先知',十五年来,我反战的立场从未变过。"

陆必行沉默了片刻,出乎所有人意料,他说:"我倒是愿意相信这一点。"

其他人不了解前因后果,刚刚听说伍尔夫的真面目,还处于三观崩得找不着北的状态里,但陆必行是知情人之一——在那场战役中,损失惨重的不单单是七、八两个星系,还有反乌会,反乌会虽然伏击成功,但当时深入第七星系的主力也几乎被林静恒打残了,从那以后,就没有了翻身的本钱,黯然退场。只要他们不缺根弦,后来肯定已经明白自己是被伍尔夫算计了,不可能再和那老疯子坐一条板凳。可是这么多年过去了,伍尔夫居然没有为了灭口而把他们赶尽杀绝,反乌会也竟就这么配合地沉寂到底,一直没有捅出过关于伍尔夫的只言片语。

先知这为了大局的和平而捏着鼻子闭嘴的事,做得近乎林静恒了。

哈瑞斯苍老的面颊轻轻颤动着,良久,才艰难地朝他道了一句谢:

"您这句愿意相信,真的让我……"

"但是霍普先生——我还是习惯这么叫,您不介意吧?"陆必行平静地打断他,"不管是有意还是无意,十几年过去,我们到底还是走上了不同的岔路。反乌会的所作所为,联盟不会忘,第八星系更不会忘,是不可能一笔勾销的。您主动找过来,还有什么好说的呢?"

"我知道,"哈瑞斯沉声说,"山穷水尽,我来寻求短暂的结盟。"

在无孔不入的超级人工智能、已经不能算人的芯片自由军团两相夹逼的情况下,第一星系的人类,无论立场与意识形态,终于都被迫站在了一起。

哈瑞斯:"关于这个超级人工智能,我有一些额外的信息,可以作为见面礼。"

(二)

第二星系,第二理工大学。

学生们和教职工从深夜里惊醒,被要求到运动场上列队。运动场两侧尽是荷枪实弹的芯片人,一丝不苟地执行着任务。变得异常陌生的赵院长站在高高的演讲台上,仍在唾沫横飞地宣传他的歪理邪说,平心而论,赵院长条理清晰,口才良好,挺值得一听。但在激光枪枪口下,一般人显然是听不进去的。

到处都是年轻而惊慌的脸。未成年的学生们被驱赶出寝室楼,还没来得及换下睡衣,像惊慌失措的雏鸟一样跟在宿舍管理员身后,宿管是个慈眉善目的中年女士,看着有两百多岁,正竭尽全力地安抚着学生们:"安静,嘘……孩子们,跟着他们走,不要引人注目,别出声。"

一个少年显然是看见了校长那被截断的演讲,哆哆嗦嗦地问:"艾丽莎女士,校长呢?会不会已经被他们……"

宿管勉强笑了一下:"别担心,校长可是从老校区里逃出来的人,他有经验。"

"那我们会被注射芯片吗？"

"他们说被注射了芯片的人，就会丧失自己的……"

"安静！"宿管眼角瞥见几个芯片人士兵走过来，严厉地打断了学生的话。

芯片人士兵们走到他们面前站定，他们耳力超群，显然是已经听见了方才的议论，整支学生队伍鸦雀无声地僵立在那些人的目光下，方才贸然开口的学生脑子里一片空白，吓得不敢抬头。

"就会丧失自己的什么？"一个士兵偏头问。

宿管艾丽莎往前挪了半步，小心地挡在学生面前，赔了个比哭还难看的笑脸："只是小孩子胡说，先生，希望您……"

"闪开！"芯片人士兵一把揉开她。

惊慌的学生们尖叫起来。

可就在这时，突然，整个运动场上的芯片人士兵像被什么施了定身法，连讲台上滔滔不绝的赵院长都闭了嘴，他们脸上是如出一辙的茫然，然后集体抬起头望向夜空——芯片人们也不知道自己为什么这么做，冥冥中，好像有什么东西从他们身上消散了。紧接着，夜空中响起了枪声，被推倒在地的艾丽莎女士还没来得及站起来，就眼睁睁地看见自己眼前的芯片人一头向前栽倒，激光枪洞穿了他的脖颈，汩汩的血喷了她一身。人在惊恐到一定程度的时候，心脏会变成一面大鼓，嘴里却连尖叫都叫不出来。随即，急促的脚步声从身后传来，来人大声喊出了自己的身份："我们是第二星系中央军驻军！"

艾丽莎猛地睁大了眼睛，下一刻，她眼前一花，被一个狼狈的中央军士兵从地上拉了起来，女宿管看见了士兵的脸，即使是在黑灯瞎火中，还是被他吓得一哆嗦——他已经没有脸了，整张脸好像被烈火燎过，焦黑和血肉凝固成一片，俨然已经看不清五官，只有一只左眼还微微映着周遭的灯光，显出了一点人样。而所谓"第二星系中央驻军"，来的似乎只是一个临时拼凑起来的小分队，身后跟着他们的，是学校的保安队，保安队更是连像样的武器也没有，与整肃的自由军团海盗比起来，这些士兵像是给人送菜的。

"跑，女士，"那个只剩下一只左眼的士兵声音沙哑地说，"要等我们都死光了，孩子们才能放弃自由和未来——快跑！"

艾丽莎猛地回头，大声对身后的学生们说："跟我走！"

苟延残喘的士兵们不断地从外面冲进学校，像一群身负重伤、仍然抵死挣扎的野兽，冲向芯片人，学生们跟着老师四散奔逃，灯火通明的运动场上一片混乱。

艾丽莎一边指挥着学生们往学校后山方向撤，一边下意识地回头看了一眼——扶起她的士兵已经融入了夜色里，她只听见喊声与愤怒的嘶吼声，然而那些可怕的芯片人不知怎的，却并不像她想象中那么恐怖，面对这些来拼命的士兵，他们竟然也慌了起来。

占领第二理工大学的芯片人负责人是那个赵院长，一个二代芯片人，虽然很能说，但是显然没什么临场指挥能力，一见这阵仗，自己先害怕了，几乎是跟跄着跌下了演讲台。

二代掉了链子，一代更不必说。虽然这些芯片人一个个还是力大如牛，皮糙肉厚不容易死，但被疯狂反击的驻军士兵们吓得抛弃武器、转头就跑的居然也不是少数！艾丽莎一瞬间有些奇怪——不是说这些芯片人打起仗来就像机器一样，不知道恐惧，不在乎生死吗？不是说他们根本不用指挥，就像指挥官的手和脚一样指哪儿打哪儿吗？难不成那都是为了造成恐慌故意制造的谣言？

艾丽莎无暇细想，快速带着学生们离开战场。

生在伊甸园里的人，从不觉得自己被圈进了一张精心布置的大网里，只要没有人去揭开残酷的真相，他们就可以一直怡然自得地舒适下去，偶尔事不关己地讨论一下当代科技是否已经妨害个人自由的议题——好像在讨论别人的事。可是一旦把他们放出去，一旦让他们真正品尝过自由，即便风餐露宿，他们也再不能接受自己被重新锁进樊笼。

被重创的政府驻军化整为零，带着自发加入的民众，开始反击。反抗的声音越来越大，因为人们很快发现，这些芯片人原来并不像传说中那么不可战胜，甚至有人说，芯片失效了。

芯片当然没有失效，只是芯片人和高层之间的联系突然断了。

由于"鸦片"芯片疯狂扩张，大部分的芯片人在加入这个组织之前，其实都只是一些普通人，生物芯片改造了他们的身体，赋予了他们无与伦比的力量和精神力，能把一个从未上过太空的人的精神力强行提到精英太空军的水平，而来自高层芯片的等级压制，则让他们在战斗时令行禁止，忘记死亡和恐惧，这样的队伍，战斗力是相当可怕的。

但快速膨胀，也让自由军团根基不稳。

此时，跃迁网断裂，第一星系突然成了孤岛，林静姝和大部分的五代芯片人被困在了那里。四代芯片人茫然不知所措，三代芯片人当然也跟着无所适从……像多米诺骨牌一样，一倒倒一串，自由军团内部那种无坚不摧的"秩序"崩了，一代的士兵们该怕死怕死，该慌乱慌乱，就地成了一帮乌合之众。单兵力量再强，乌合之众也什么都不是，毕竟，黑猩猩的臂力是成年男子的数倍，多少亿年了，也没见它们在食物链上往前爬一点。

第二星系、第三星系……学校、街区，到处都是反抗的人。

二十几年前，人们从伊甸园的大梦里惊醒，眼睁睁地看着海盗践踏自己的家园，天堂破碎、星河崩断，那时，绝大多数人都只会抱头蹲下来哭泣，四处祈求情绪药，或是逃避自杀。然而一场大浪掀过，碎沙被洗练一番，居然没被冲走，留下大部分在原地。他们挣扎着活下来，适应离开伊甸园的人间。

至今，当年曾为伊甸园抱头哭泣的人们拿起了武器，挥向逼近的梦魇。

（三）

临时成立的人类联军聚集在玫瑰之心，哈瑞斯毫不私藏地把从天使城要塞挖出来的保险柜和启动器交给了白银三分析，同时，陆必行传信给虫洞另一边的第八星系，简单说明情况，让图兰准备接收临时避难的民众，并随时准备增援。

联军守在玫瑰之心，背后是世外桃源，面前是魑魅魍魉，退无可退，只能准备背水一战。

"机甲上这些沃托人必须尽快送走，不然动起手来，他们太碍事了，一个紧急跃迁就要消耗掉我一半的医药储备。"林静恒飞快地说，"分批送，天然虫洞干扰容易，稳定难，凑在一起，万一通道出问题，容易被人一锅端……泊松！"

"统帅，泊松他们正忙着解析那个启动器，"白银第六卫的柳元中幽灵一样地出了声，"我随军带了星际远征队的虫洞专家，您需要他们吗？"

"你从哪儿冒出来的。"林静恒被他吓了一跳。

柳卫队长习以为常，露出了一个小白菜式的凄苦微笑。

"要，让他们立刻给我出一套方案，以什么样的频率、什么样的规模，怎么送人——穿越虫洞的时候一定兼顾安全和效率。"

"是。"

"给图兰发一道调令，我要从第八星系调一批增援。"

发令的卫兵一愣："统帅，第八星系的增援要穿过虫洞，时间上来得及吗？"

林静恒有些疲惫地捏了一下眉心："赶得上就赶，赶不上是命。各军清点武器和现有物资，给我一个大概数，嚯……那个名字很长的反乌会老头呢？"

"请叫我哈瑞斯就好，林将军不要客气。"

林将军的字典里向来没有"客气"二字，他一抬手，巨大的星际航道图横在半空，正中间是他们所在的玫瑰之心，距离玫瑰之心最近的一圈航道全被他标了出来："玫瑰之心附近什么都没有，这件事不单我们知道，自由军团也知道。林静姝只要没被伍尔夫打死，她迟早会惦记上这里。"

哈瑞斯不废话，点头表示自己明白——第八星系和第一星系斩断联系的时候，半真不假地封闭过一次虫洞，紊乱的引力把周围好不容易架设的人工设备破坏得非常干净，现在这地方是真正的"荒野一片"，对人工智能版的伍尔夫而言，相当于是真空地带。这里既然适合做联军的"避风港"，当然也适合做芯片人的堡垒。

"好在反乌会的跃迁干扰技术有点用处，所以你们来负责做第一道防线，重点看守住跃迁点。"

哈瑞斯略一欠身："我的荣幸。"

林静恒抬起头，通过通信屏幕，灰色的眼睛对上哈瑞斯，沉默了片刻，他又说："你们人手不足，战斗力也有限，我给你们一批增援——第一星系边境守卫军，老杜克的部下，还有人活着吗？"

通信频道里立刻有人响应："有，林将军！"

"还剩多少兵力？"

"报告，除去自由军团的内奸、叛变者与阵亡的兄弟们，第一星系边境守卫军现在还剩二十八架重甲，七十三架中型护卫甲，一百零六架替补小机甲！这里曾经是我们的阵地，我们愿意战斗在第一线。"

"好，"林静恒一点头，"那么请诸位再给我做一次先锋，负责增援我们的临时盟友，有问题吗？"

说是增援，其实也是为了看住他。哈瑞斯一笑，不以为意——林静恒要是肯全心全意地相信什么人，那就不是林静恒了。

"那么诸位，我们在通信频道里联系。"哈瑞斯立刻就要出发。

"等等，"林静恒面沉似水地叫住他，"哈瑞斯先知，林静姝在沃托狼狈收场，是因为她没预料到伍尔夫的最后一手，但她不可能不事先考虑你。"

哈瑞斯一愣。

"她利用王艾伦，先把中央军统帅引到地面，这样可以趁机把他们一网打尽，或是以被海盗占领的星系为要挟，逼中央军投降——这个计划拉看还可以，但是很多可能会发生的问题没有考虑进去。比如万一反乌会横插一杠，天上的联盟军和中央军没打起来，地面的人逃进太空怎么办？再比如，这些老东西又铁石心肠，宁可家破人亡也不肯投降，硬要和她斗到底，怎么办？"

郑迪的声音从通信频道里冒出来："你又含沙射影地说谁呢？我们手上还有武装，还能一战，就有一线希望，至少还有机会复仇，缴械了就彻底没戏唱了。再说，违逆自己的意志变成芯片人，跟死了有什么区别，变成行尸走肉也算活着吗？就算他们把我女儿挟持到我面前，我也是这个意思！这是有逻辑，怎么就铁石心肠了？"

"老牌鹰派人士大多会抱有这样的想法，"林静恒没理郑迪，兀自说，"林静姝不可能考虑不到这一点，她不是靠耍小聪明走到这一步的，所以一定留了后手，做好了和正规军正面交锋的准备。只可惜中途被伍尔夫掀了棋盘，一时没机会展示。芯片人的很多技术我们目前一知半解，所以请不要想当然，都给我做好最坏的准备。"

哈瑞斯深深地看了他一眼："多谢提醒。"

这一次，情况紧急，白银第一卫队无暇给林静恒做详尽的战前情报工作。然而他是那么了解自己的敌人。

哈瑞斯一声叹息，摆摆手，反乌会的小机甲群跟着他缓缓驶离玫瑰之心。

林静恒从精神网里目送他们片刻，倏地转身："老郑，你也别在这儿瞎蹦跶了，过来领第二道防线。"

"郑帅"变成了"老郑"，第二星系的郑司令没脾气，凑过来仔细听他说——以前联盟军权高度集中的时候，就是各地中央军待命，白银要塞负责调度全局。林静恒习惯了发号施令，中央军的各位老将军也习惯了听这狗脾气吆五喝六。意见有分歧的时候就直接喷回去，反正在场都是他的长辈，又有陆必行在旁边长袖善舞地和稀泥，一时也打不起来。

林静恒效率极高，运送难民的方案才出，在他手里，一个层级复杂、环环相扣的"堡垒",就已经围着玫瑰之心成型了。

"统帅,"有一个熟悉的声音传来,林静恒一抬头,意外地发现,星际远征队技术人员的代表是薄荷,她居然也随军出来了,薄荷在通信频道里汇报说,"我们已经做好了分批护送非武装人员穿越虫洞的准备,请问什么时候出发?"

"越快越好,夜长梦多。"

"是。"薄荷显然已经准备完毕,立刻就要动身。

"等等,小丫头。"林静恒扫了一眼身边欲言又止的陆总长,在薄荷吃惊的目光下开口嘱咐说,"注意安全,快去快回,我们技术外援缺人手。"

薄荷怀疑自己是世界上第一个从统帅那张杀人嘴里领到"注意安全"四个字的人类,恍恍惚惚地走了。

林静恒一声令下,第一批沃托居民缓缓驶向前途未卜的虫洞。薄荷随军,做技术外援,负责把这些背井离乡的可怜人护送到第八星系。逃离沃托的人们鸦雀无声地挤在屏幕前,纷纷朝第一星系的方向张望……当然,除了一片黑暗,什么也看不到。

官方明确说过,只是战时临时避难。可是这场战争什么时候能结束呢?几乎占领了全世界的自由军团芯片人,还有可怕的超级人工智能,比二十年前入侵联盟的星际海盗更加丧心病狂,真的是人力可以战胜的吗?第八星系这个避难所又能安全几天?

何况,就算上苍垂怜,让他们终有回归第一星系的一天,沃托也没有了啊。

但是这时,没有人哭泣,星舰内鸦雀无声,气氛近乎悲壮——这第一批撤离人员都是沃托志愿者,他们是自愿为同胞探路的。因为第一星系的天都翻过来了,现在发生什么都不稀奇,没有人敢百分之百打包票说,天然虫洞区一定安全。天然虫洞区也可能被敌人用未知的技术手段动手脚,他们有可能一进去就被紊乱的时空绞碎。

"你觉不觉得这场景有点熟悉?"

薄荷一回头，发现站在她身后的是斗鸡。

"听说远征队派的技术外援是你，我就申请过来了。"斗鸡冲她笑了一下，他穿上军装，傻大个也好像变得高大威猛，"我是护送队的队长。"

当年在北京β星，黄静姝是个拧巴的空脑症女孩，薄荷是孤儿，怀特是第八星系的乡下富二代，斗鸡是个只会用拳头说话的小混混。那时他们的未来一目了然，空脑症大概会在无处不在的歧视下变成仇视社会分子，贪财的孤儿院女孩打算学一点技术，日后赚黑心钱的可能性很大，富二代全家做好了移民准备，要到其他星系去做二等公民。

"至于我，"斗鸡说，"我估计我可能会变成个黑社会抢地盘的炮灰，要不就去坐牢。我也说不清哪一种人生比较好，要是有平行世界就好了。"

薄荷奇怪地问："什么？"

"平行世界，古老的通俗小说流派，"斗鸡说，"比如，我牺牲在战场上，灵魂回到十七岁北京β星被炸毁之前，我作为先知者，就可以在另一个世界改变周围人的命运之类。"

"我倒是觉得你该回到受精卵时期，重新把脑子好好发育一遍，"薄荷损他，他们四个人长大以后虽然发展方向不同，但一直像真正的亲人一样相处，因此互相嘲讽也毫不留情，"呸，怎么说话那么不吉利呢……逼近虫洞了，大家做好准备！"

斗鸡轻轻地按住她的肩。

虫洞内外，所有人都跟着他们悬起一口气。

陆必行抬头看着一盏亮起来的信号灯——护送队在虫洞中会一直向外面发信号，信号灯不灭，他们就是安全的。天然虫洞区外，第二批将要撤离的沃托人也做好了准备，像一场史无前例的大迁徙。

前途漫漫，生死未卜。

第一批撤离队伍完全没入了天然虫洞中，信号灯开始闪烁，忽明忽灭，整个人类联军的通信频道内愣是没有人吱声。信号灯每灭一次，就是在联军的心口上重重捶一下，至少得等再亮起来，方才停顿的心跳才能继续接上。

担惊受怕了半个多小时，通信频道里突然传来了"嘀——"一声长长的杂音，正密切观察信号的卫兵手一哆嗦，差点跳起来。

"别慌。"陆必行一把按住卫兵，"解析信号。"

"总长，是……有音频。"

"时间流速不同，把音频放慢。"

卫兵喉咙动了一下，脑子里一片空白地按照陆必行的话操作，那杂音被放慢数倍之后，终于清晰起来，那是一首歌。

我们来自海角，封闭沉默的群山。
在星光抛弃的草原，点起呼唤自由的烽烟——

来自第八星系的自由联盟军之歌，先锋队信号稳定，天然虫洞暂时安全！

整个通信频道过节一样地喧嚣起来。

林静恒不动声色地吐出口气，还好，这至少说明他们能等到来自第八星系的援军，回头还有退路。他这时才发现自己口干舌燥，转身走到角落里，摸出了一根烟点上。凝神思考自己是否还有疏漏。

林静恒带兵几十年，还是头一次自己带头在机甲上违纪。

忽然，一只手伸过来夺走了他手上的烟。

"太空机甲上，禁烟禁火禁喷雾，我没收了，统帅。"陆必行一边说，一边雁过拔毛地自己抽了一口，这才捻灭在湛卢的机械手心让他处理，递了一杯温水给林静恒，"嘴唇都起皮了，你也不怕裂口，喝点水。"

通信频道里，已经就位的第六星系统帅听见这一句，就感慨说："陆……唉，我不想叫你陆总长，生分，我可以叫你'必行'吗？"

陆必行痛快地答应了一声。

"人细心，做事又周到，"第六星系统帅平时沉默寡言，搜肠刮肚就那么几句夸人的话，干巴巴地把陆必行夸了好几遍，"还有脾气好，比将军……你父亲强多了，第八星系的独眼鹰兄弟我年轻时见过一面，也是个炮筒，你啊，像谁呢？穆勒教授吗？"

林静恒听了，隔着几步远，抬头打量着陆必行："谁也不像，自己瞎长的。"

此时是暴风雨来临前，短暂的风平浪静，老统帅们得了片刻的空闲，终于有时间在通信频道里七嘴八舌起来，问陆必行在第八星系过得怎么样，有没有吃过苦，养父独眼鹰有没有好好照顾他，听说独眼鹰已经去世，又是一阵唏嘘。

第三星系的纳古斯统帅说："老兄弟英年早逝，反倒是我们这些没什么用的废物还在四处丢人现眼，唉。没事，好孩子，要是林静恒那个浑小子在第八星系气你，就来找我们。"

林静恒嗤笑一声："你们？"

纳古斯统帅自己也觉得方才那句话说得怪怪的，于是自嘲了一句："我这话怎么听着跟嫁女儿似的？"

林静恒："……"

陆必行挤眉弄眼地抬手搭上林静恒的肩膀："他对我很好的，一直很照顾我，什么都迁就我，各方面都是。"

林静恒总觉得最后那句"各方面"听着很不怀好意，于是给了他一脚。

郑迪听完很欣慰地微笑，笑完又叹气："谁对你不好，他也不会的，当年啊，将军说穆勒教授工作忙，也不喜欢小孩，这辈子是没什么希望抱自己的孩子了，就把静恒当亲生的养，私下里聊天，三句话离不开他，我们有个女同事说，这都不像'亲生的'，像将军亲自生的，我们连他一年长几厘米都知道。"

陆必行眼睛一下亮了，催着他说林静恒小时候的事。

林静恒怒道:"你们没正事了吗?"

郑迪就看不惯姓林的这副样子,就故意伸手比画:"刚接来的时候啊,就这么高,大脑袋小细脖,不理人,还挑食,一年多,既不长个子也不长肉,将军整天发愁,还专门请了个儿科专家咨询。专家说没事,果然就没事,过了十一二岁,人就跟施了肥一样,一年急急忙忙地蹿了十几厘米,跟突然拉长的橡皮泥似的,骨肉跟不上,瘦得就剩一把骨头,每天把自己裹成个球,为了让自己看着像个人,还偷偷在外套里垫衣架把肩膀撑开,将军不知道,一巴掌拍上去……""哔——"

林静恒用驾驶员权限,把郑司令从通信频道里屏蔽了。

(四)

惨遭屏蔽的郑司令不甘示弱,伙同其他几位老伙计以及唯恐天下不乱的陆总长,在公共通信频道外开了个小平台。虽然每个人都待在自己的指挥舰里,彼此之间比古代人说的"天涯海角"还要遥远得多,但被通信信号连在一起,也颇有些围炉夜话的意思——倒霉的玫瑰之心是那个炉。

林静恒曾经和陆信旧部之间闹得很僵,在中央军里,几乎是个"不能提的名字",以前他每次在媒体上露面,都会有人郁郁地因他而屏蔽新闻推送,积怨深远——关于他的话,大家憋得太久了。以至现在,这些中老年团体一开口,就好似开闸放水,根本停不下来,什么都往外抖。

"那小子刚进乌兰学院一个月,一个人在学校参与了三场群架,把人都打到医务室里去了,校医院的兰斯博士三天两头给将军打电话告状,说这小子是个骗子,煽情就写自己是'第一个被洪水淹没的人',狗屁,洪水就是他搅和起来的。"

"可惜乌兰学院没开'兴风作浪系',不然他一骑绝尘,妥妥的。"

"真有那么一门课，我看他有资格当教授。"

"他小时候有个恐龙睡衣，哈哈哈，我去将军那儿述职的时候亲眼见过。"

"拍下来了吗？"

"没有——那么一点大，哪儿看得出来长大以后是个王八蛋？没想起保存罪证，失策……哎，不过我这儿有几张他在学校跟人打架时被监控拍下来的。"

陆必行跟着他们捡乐子，两只手拿不过来，就跟过了节似的。林静恒避无可避，只好塞了一对耳机，耳不听为净，任由他们消遣。老兵们凑在一起，有怨报怨、有仇报仇，过足了嘴瘾，聊得热火朝天，消遣完林静恒，还顺路捎带了陆信——根据第五星系统帅爆料，林静恒是个没大没小的白眼狼，不熟的时候，就拒人千里之外地叫"陆信将军"，熟了以后不客气了，干脆直呼大名，大龄丁克陆将军做梦都想过一回当爹的瘾，每天让湛卢在家里吱哇乱叫地放儿歌——《我的好爸爸》《父爱如山》之类，试图给小林静恒洗脑，叫他一声"爸爸"。谁知，林静恒从小就在顽固不化方面天赋异禀，硬是不受洗，倒是陆信自己被那些智障的旋律纠缠不休，没事就顺口哼出几句，沃托那些审时度势的大人物参不透他是什么意思，于是都觉得陆上将越发高深莫测。

纳古斯一拍大腿："我知道，怪不得他那段时间满口儿歌！咱将军那个人啊，酒量不行，酒品更不行。我们做太空军的老在远星系巡逻，上面说不主张过度依赖伊甸园，将军以身作则，能屏蔽就屏蔽，醉酒都靠自己代谢，他是'两杯眼直，三杯人傻，四杯就找不着北'的那种。那回在沃托应酬，酒会上喝多了，我送他回家，他在车上撒酒疯，把湛卢卷成了一支话筒，唱了一路《爸爸和甜心》。"

众人大笑。

陆必行偷偷去瞄已经长大的"甜心"先生，见他塞着耳机，正皱着眉监控星际航道图，肩背挺直如刀削，正襟危坐，嘴唇抿成一条绷紧的线……只是仔细看,那条绷紧的唇线两头却是微微往上翘的,像是用力按着一个微笑。

通信频道里的纳古斯手舞足蹈:"结果那天说好了出远门的穆勒教授居然在家,我想坏了,穆勒教授沃托第一洁癖,对烟酒深恶痛绝,这回让她逮住,将军可能得就地痛饮三桶香水,再在书房睡半年。说时迟那时快,就看见咱们家将军'扑通'一声跪下了,顺着大理石地板滑出了一米来远,一把抱住穆勒教授的腿,大喊了一句'爸爸,宝宝错了'。"

林静恒肩头微动,很可疑地低下头。

陆信将军在自己粉身碎骨的地方威严扫地,在天要是有灵,可能得从时空交错的虫洞里跑出来喊冤。众人用一番埋汰祭奠了自己追随过的人,津津有味地笑了一通。

突然,不知是谁说了一句:"将军要是也能看看你就好了。"

小小的非法平台上,笑声渐渐熄灭在冷寂的夜空中,中央军的统帅们各自抱着满腔思量,虫洞里传来的歌声鼓点坚定,音色似乎比发行的版本浑厚一些,像是混了万千亡灵的和声。过了好一会儿,郑迪叹了口气,通过立体的通信屏幕,郑司令有些混浊的眼睛里闪着一层温润的光,打量着陆必行那张格外有亲和力的脸:"前些年啊,什么都有伊甸园调控,想要多快乐的体验都能实现,把人自己那点天然的激素变化映衬得很没意思,没人有耐心一本正经地谈情,各地结婚率越来越低,只有沃托高得离谱,因为这里把婚姻视为一种结盟,但你父母从来不是政治婚姻,必行,你要是能在沃托长大,不知道该有多幸福。"

陆必行很放松地坐在休息区,撑着头:"我知道,郑叔叔。"

五十年了,郑迪也没从林静恒嘴里听见过一句"郑叔叔",他当场愣住,熨帖得眼泪都快下来了,语无伦次了好一会儿,连连应了几声。

就在这时,前方突然传来哈瑞斯的警告:"林将军,诸位,有人试图紧急跃迁到玫瑰之心附近。"

逃亡路上的林静恒和嘻嘻哈哈的众将军同时一静。

林静恒倏地抬头："什么量级？"

"人不多，大致估计应该有两到三架重甲，其余都是中小型护卫舰。"哈瑞斯沉声说，"我们用干扰技术阻止了对方的紧急跃迁进程，现在对方正在试图和我方建立通信。"

逃出沃托的时候，他们和林静姝打了个照面，看得出对方财大气粗，一水都是光华内蕴的重甲，中小型护卫舰一个也看不见，都在重甲的机甲收发站里停着备用。

"应该是一支队伍被打得只剩几架重甲，只能拿小机甲充数。"哈瑞斯说，"统帅，是否忽略这一通通话？"

林静恒沉默了一会儿："保持跃迁点干扰，有冒头的，直接在跃迁点击落……通信给我接进来，看看对方有什么话要说。"

因为玫瑰之心有干扰，远程通信信号不太稳定，林静姝的影像有点不清晰，看得出她被伍尔夫逼得十分狼狈，身后的重甲机舱里乱七八糟的，应该是多次危急情况下被保护性气体来回冲撞的。

医疗舱横陈在她身边，林静姝的脸色白得像张纸。不过普通人憔悴的后果就是邋遢，美人憔悴起来，却是别有一番我见犹怜。

遥遥相对，林静姝张了张嘴，没发出声音来，她仓皇地低下头，一转身，朝身后招招手，叫来了一个芯片人代表自己说话。

"诸位统帅，晚上好，又见面了。"芯片人姿态放得很低，好声好气地说，"上一次见面大家不太愉快，但是这一回，我们是带着结盟的诚意来的。"

"今天是什么日子？先是反乌会投诚，随即又是自由军团上门来结盟，"陆必行说，"全世界人民大团结吗？林小姐，我以为凭您的手腕和能力，应该不需要我们才对吧。"

"我们占领了第一星系大部分的天然行星，"芯片人说，"可是天然行星对这个人工智能版的伍尔夫来说，也就是几枚导弹就能解决的小问题，人类能毫无心理负担地删除人工智能，并不将其视为残忍和谋杀，反过来也是一个道理。"

屏幕上的林静姝避开林静恒的视线，只对陆必行说："陆总长，您可以咨询一下自己的技术人员，作为人的伍尔夫元帅，与作为人工智能的伍尔夫并不能混为一谈，即使他们共享记忆。"

"了解，我就是技术人员。"陆必行一点头，"有一种古老的说法，认为'记忆'决定了一个人是谁，有一定道理，但这种说法的前提是，他首先属于人类这个物种，大脑和器官能维持正常的生理功能。这个理论不能扩展到其他意识体上——泊松在吗？"

"在，"通信频道里传来白银三清冷的声音，"总长，我们大致解析了哈瑞斯先生带来的启动器，认为这是一个'无权限框架'的超级人工智能。"

再强大的人工智能，例如湛卢，都是构架在"权限框架"下的，简单说，就是必须有"主人"，拿着权限，才能让人工智能"开机"，没有人来把控权限的时候，整个权限框架下的人工智能就废了，就是一块能跟人聊几句的存储器。而无权限框架的人工智能，从本质上颠覆了人工智能的存在方式，同样是"AI"，这个"AI"版伍尔夫和湛卢的区别，比人和猴的区别还大——"无权限框架的超级人工智能"的可怕之处，不在于它运算能力更强、控制范围更大，而在于它是"自主"的。

而就像生物体为了物种延续，有生存和繁衍的本能一样，这种没有权限框架的人工智能想要正常运行，也必须有"生存"和"扩张"的本能。人作为个体，往往非常复杂，有时候自己都搞不清自己在想什么，时常会偏离"本能"，这叫"人性"，但人工智能没有人性，它是有清晰的逻辑与优先级的。

芯片人继续说："也许伍尔夫元帅认为，这个超级人工智能是他存在的另一种方式，能贯彻他生前的理念。但他这个决定太仓促，太理想化，长久来看，这是不可能实现的，自主人工智能的第一优先级永远是自己的存在和扩张。陆总长，林将军，我们坦白说，三百零六号令是王艾伦在我们的授意下操作的，为的就是让第八星系封闭虫洞，不要来捣乱。在伍尔夫生前神志清醒的时候，曾经很明白地反对过把第八星系树为敌人，他甚至想承认第八星系独立，但人工智能就不会这样，只要有机会，他就会不择手段地扩张自己的版图。"

陆必行一抬眼："你想说，在这个超级人工智能面前，我们都是一边的。"

"生死存亡，"芯片人说，"我们这次必须站在一边！"

林静姝幽幽地叹了口气："第八星系是这样，其他星系也不一定安全。第一星系外围跃迁点被毁，短期内确实和外界断开了联系，但第一星系和偏远的第八星系不同，作为联盟中央，它在地理上与其他星系的联系非常紧密。以现有的技术，在没有跃迁点的情况下，从第七星系到第八星系的距离，可能要走近百年，但从第一星系到第二星系只需要六年多。如果这个人工智能版的伍尔夫消灭了我们，只要六七年，它就能扩散到全世界，你们不觉得可怕吗，诸位？"

中央军的老统帅们面面相觑。

陆必行看着她那酷似林静恒的眉目："我都快被你说服了。"

"是否接纳我们，主动权完全在你们。"林静姝说到这里的时候，终于看了她的哥哥一眼，随后又仿佛是难以忍受他那双冰冷的眼睛，很快把视线挪开了，流露出了一点微妙的无助，"玫瑰之心背后是第八星系，你们可以随时叫增援，也可以单方面地封闭虫洞。我们没有任何筹码。"

所有人的视线跟着她一起，集中在了林静恒身上。而那年轻的统帅负手而立，脸上没什么表情，像是全然忘了眼前的人是他从小相依为命的亲妹妹。

"没有任何筹码？"林静恒不咸不淡地说，"我不相信。"

林静姝像是被人兜头抽了一鞭，用一种无法描述的复杂目光看向他。

林静恒无动于衷："我不相信你是那种手里没有任何筹码，就跑去找人摇尾乞怜的人——前线加强巡逻，保持跃迁干扰。"

"我也早猜到了你会这么说，"断开通信前，林静姝轻轻地说，她把蹩脚的"楚楚可怜"姿态收了回去，嘴角轻轻一提，"还是忍不住来试一下……自找的，算了。"

她话音刚落，林静恒他们通过远程通信都听到了对方机甲里的警报声，背景音嘈杂起来，有人惊慌失措地叫道："吾主，他们追来了。"

"有跃迁点的地方就有他们的眼线，追来有什么稀奇的？"林静姝冷冷地说，"撤，不就是一段程序吗，真当我拿它没办法？地面战场可还是我的！"

远程通信至此彻底断开。

"统帅，"负责记录通信的卫兵小声对林静恒说，"刚才从对方的军用记录仪里，看到了联盟重甲'承影'，伍尔夫的人工智能军团好像在追杀他们。"

林静恒毫无触动："知道了，做好随时迎战的准备。"

不过这会儿，人工智能军团似乎没有针对他们的意思，只是在跃迁点外围开了一通火，跟自由军团短兵相接，制造了一批让人心惊胆战的高能粒子流，然后又追着且战且退的林静姝跑了。

"看来伍尔夫这个人工智能的第一目标，还真是消灭芯片帝国。"纳古斯嘀咕了一句，"伍尔夫……生前是已经想到了吧，芯片人其实有点机械化帝国的意思，他们是海盗出身，滥杀又无所顾忌，到时候全世界都是人质，我们很难有优势，所以干脆用机器对抗机器。"

泊松叹了口气："其实刚才他们说得有道理，自主的超级人工智能确实非常可怕。人还能打死，像这种超级人工智能更麻烦，你都不知道它会在哪儿留个备份，销毁一个还能再生一个。"

拜耳苦笑："那现在是要我们两害相权了？"

两害相权，怎么看，似乎都是选择林静姝这边要轻一点。

"统帅，"李弗兰想了想，对林静恒说，"方才自由军团说的那些，和我们之前的战略分析吻合，她……一开始应该确实是不想让第八星系搅进来，才通过王艾伦做了一系列的事。"

李弗兰的言外之意，林静恒听出来了——反乌会也是海盗，接纳一批海盗是接，两批似乎也没什么不妥。而芯片帝国虽然高度接近虫族社会，可是"蚁后"对林静恒毕竟是有感情的。

不知是谁低低地叹息了一声："林蔚将军在世的时候，我还见过那小姑娘一面……"

林静恒的脸色陡然冷了下来："我说了算还是你们说了算！自由军团再靠近玫瑰之心，格杀勿论！"

第二章　双生子

"我小时候，求你留下来，少年时，求你来接我，长大以后……求你别离开我，"她看着他，忽然一笑，随后几不可闻地开了口，"静恒，我不再求你了。"

（一）

先一步穿过虫洞、抵达第八星系的，是林静恒的增援令。

"没有最坏只有更坏啊。"托马斯·杨低声说，他一目十行地扫过了林静恒的增援令，转身递给图兰，"要是我们能把天然虫洞区也炸了就好了。"

"远征队不是计算过吗，"图兰头也不抬地说，"理论上可行，只要舍得把第一和第八两个星系一起炸成灰——增援怎么安排？"

"稍等，"托马斯说，"我去请个外援。"

他话音刚落，来自银河城指挥中心的通信就接通了，怀特抹了一把额头上的汗："图兰将军，杨将军，我把哈登博士带来了！"

"传信给静恒，不要相信林静姝，"哈登博士不等寒暄，就催着轮椅上前，"也不要靠近芯片人！芯片人不是人！"

图兰激灵一下。

玫瑰之心，林静姝突然"敲门"，让这里的气氛陡然紧张了起来，白银三和虫洞技术员们紧急开了个会，提前把第二批非武装人员送了出去。经过简单修复的湛卢重新变成人形，依照林静恒的要求，为他调取联盟成立之前的最后一战。

"您的祖父，林格尔元帅死于新星历元年，自由宣言纪念日前一个月，与旧星历那个机械帝国的最后一战中，"湛卢详尽地还原了旧星历时代的星际航道图，"当时，联盟军已经包围了沃托，旧星历时代最后的独裁者赫尔斯亲王在沃托饮弹自尽，随后，超级人工智能'赫尔斯亲王'横空出世，导致联盟军多个基地被入侵，损失惨重。"

陆必行不知什么时候转到了林静恒身后，听到这里，插话说："听起来和人工智能版的伍尔夫很像啊。"

"不，陆校长，"湛卢说，"人工智能'赫尔斯亲王'并不是完全的无权限框架，事实上，赫尔斯生前有一个私生子，手里有备用权限，只有当备用权限没有启动的时候，它才无限接近无权限框架。"

"也就是说，它介于你和现在这个'伍尔夫'之间，我理解得对吧？"陆必行说，"普通人工智能需要用权限启动，这个'赫尔斯亲王'则需要用权限关闭'无限模式'。"

"对，赫尔斯亲王毕竟有私心，他希望保住自己家族的统治地位，因此制造了这个超级人工智能，希望由它来剿灭联盟，再顺理成章地让自己的儿子作为救世主，出面收复这头无人能束缚的怪物，把他们的帝国延续下去。"湛卢说，"后来，林帅亲自充当诱饵，联盟佯作兵败，诱出继承人使用了人工智能的权限，才趁机把他们一网打尽。而联盟也付出了极大的代价。"

"我祖父就死于这场战役。"林静恒说，"'赫尔斯亲王'是伍尔夫元帅亲手消灭的。"

陆必行想了想，问："显然，这次的伍尔夫元帅没有私心，也没有继承人，那我们有什么可以从历史里借鉴的吗？"

湛卢："当年那个继承人自以为大功告成，用密钥接管了'赫尔斯亲王'的权限，联盟军把沃托所有信号隔绝，临时封闭成了一座太空监狱，然后埋伏在沃托上的联盟军同一时间切断了沃托的所有能源系统。整个沃托陷入了原始社会状态，长达二十分钟。"

陆必行叹了口气："认真的吗湛卢宝贝？可是沃托和整个第一星系可不能同日而语啊。再说现在我们的情形和当年正相反，我们才是被围困的一方。"

林静恒没说话，心事重重地在一旁走神。陆必行观察了他一会儿，就伸出爪子，悄悄捏了捏他的侧腰。林静恒一激灵，后脊蹿起一层麻，瞪他："干什么？"

陆必行凑在他耳边问："你现在是什么情况，又把心收起来了吗？"

林静恒掀了他一眼："说人话。"

"在沃托外，你一炮打偏，为什么现在眼睁睁地看着她被人工智能追杀，袖手旁观呢？"陆必行轻声问，"有人认为，都到了这步田地，我们应该争取一切争取得到的力量，连反乌会都站在我们这边了，不是吗？"

林静恒嗤笑："谁让你过来当说客的？"

陆必行搓了搓手，轻声说："我知道你有你的理由，但哈瑞斯和……和她不一样，对吗？"

林静恒："他俩不属于一个物种。"

陆必行耐心地等着他往下说，伪装用的隐形眼镜还没摘，所以他的虹膜看起来依旧是绿色的，就像宁静的湖水，不知为什么，林静恒一看见这双眼睛，心里呼啸的丛丛野火忽然就熄灭了大半。

"你知道什么叫'困兽犹斗'吗？"林静恒几不可闻地说。

陆必行一愣。

"吃人的野兽在真正走投无路时，是目露凶光的，只有捕猎的时候才会示弱。"林静恒一字一顿地说，"我们就是这样的人。"

陆必行："可是……"

"嗯？"

陆必行嘴唇动了动，后面那句话却没说出来——要是你错了怎么办？你坚守最后的阵地，你为身后的第八星系负责，你的心紧成了一根快要绷断的弦，片刻也不敢放松，不怕一万，就怕万一……可如果你错了呢？难道就眼睁睁地与自己最后的血亲擦肩而过吗？

"……不，没什么，"眼看林静恒转身要继续和湛卢谈"超级人工智能"的问题，陆必行忽然又叫住他，"静恒，你心里难过的时候，能抱抱我吗？"

"不用，"林静恒头也不抬地说，"我的人心收起来了，节能环保。"

然而林静恒不是神，他并不是永远正确的。就像他曾经以最大的恶意揣度哈瑞斯，反而无端暴露了自己一样，这一次，他似乎也看错了林静姝。

人类联军退守玫瑰之心四十八个小时后，第三批非武装人员开始往虫洞里走。这时，玫瑰之心最外围的跃迁点外再次有了动静。这一回，林静姝只剩下了一艘指挥舰和几艘芝麻大的小护卫舰，在一处跃迁点外，她疯狂地在半分钟之内发了十六个远程通信请求，先锋军犹犹豫豫地接通，没来得及开口，那边就传来气喘吁吁的声音："替我向你们统帅带话，大量人工智能机甲正在往玫瑰之心涌，别坐以待毙。反乌会的技术对付我可以，你们对付不了伍尔夫！"

她的声音同步传到了林静恒的总指挥舰。这一次，被拒绝过一次的林静姝似乎重新拾起了她高傲的自尊心，递完警报，她不再提结盟，也不逗留，甚至不等林静恒的身影出现在通信屏幕上，兀自切断了联络，转身就跑。

"她这是什么意思？"柳元中偷偷问泊松，"别告诉我是为了给我们通风报信，特意冒着风险跑回来？"

泊松没说话——那年他和托马斯从天使城要塞逃出来，被林静姝藏在伊甸园实验基地里，当时还是管委会发言人的沃托之花看起来温文尔雅，漂亮得就像一枝昂贵的蔚蓝之海，听他和托马斯你一句我一句地拌嘴，她带着某种奇异的神色说："你们是双胞胎吗？感情真好。"

泊松至今仍记得她说这话时的眼神，艳羡得像一个从没吃过糖的孩子。

她恶贯满盈，给林静恒送过机甲，也差点让他悄无声息地死在第六星系的小行星上。如今站在悬崖边上，也会惦念她分道扬镳的至亲吗？

"统帅，"泊松说，"以防万一，让白银三到最前线吧。"

人工智能军团必须有技术人员出马，林静恒迟疑片刻，点了头。

林静姝这个仓促的警告来得就像及时雨，她走后不到半个小时，玫瑰之心最外圈的跃迁点外就有了剧烈的能量波动。

"统帅，"哈瑞斯沉声说，"林小姐这次真的没有骗人，目测是重甲军团。"

"来了！"

"小心！"

一水的重甲，全是人工智能兵，伍尔夫作为反乌会曾经的金主，对跃迁干扰技术研究得果然十分透彻，哈瑞斯挡不住他！

人工智能控制的重甲军团轻易洞穿了反乌会的干扰防线，转眼逼至眼前，哈瑞斯和他的手下都不是能战斗的，反乌会的小机甲立刻夹着尾巴回撤，原第一星系边境守卫军毫不犹豫地顶上，在前线短兵相接。泊松通过机甲精神网躲过一枚导弹，自己的双眼没离开面前的电脑，电脑正在分析对方的作战模式，他目光一扫，关键数据已经看明白了："承影是核心智能，所有机甲的精神网都是它在控制。干扰对方通信！"

他话音没落，增援的主力部队已经赶到，从一个极刁钻的角度打出了一排高能粒子炮，轰向企图强行突破跃迁点的人工智能军团，白银三趁机迅速组织干扰，人工智能军团彼此间的联系立刻凝滞起来。

第一星系边境守卫军先锋的导弹比他们修复速度快，海浪似的导弹横扫而出，扫落了一大片机甲。人工智能军团可没有人类那种"打到最后一个零件"的英雄情结，检测到战场环境不利，承影立刻原路撤回，转眼就不见了。

可是这并不是一场胜利，而仅仅是个开始。

随后，伍尔夫的人工智能军团就好像跟他们杠上了一样，接二连三地试图进入玫瑰之心，每一次被打出去，都会紧接着升级系统，调整战略，转头再来。机器是不用休息的，但是人哪儿受得了？

对方车轮一样，没日没夜地连续骚扰，人类联军越打越艰难，前沿阵地摇摇欲坠。

第七天，林静恒第三次抽出了舒缓剂，被陆必行拦住了："不能再打了，我替你照看一会儿，你去医疗舱里躺一躺。"

林静恒："哦。"

他嘴上应着，把注射器往指尖一送，陆必行以为他听话了，正要伸手接，针头却灵巧地转了个圈，擦着他的手指掠过，林静恒这回直接把药剂打进了静脉。

陆必行："你！"

"最后一支，"林静恒毫无诚意地敷衍他，"打完仗有的是时间休息，万一死在这里，更是再也不用起来了，不急着躺……哟，第八星系出品的舒缓剂一号是杰作。"

舒缓剂一号完美地解决了原舒缓剂带来的肌肉痉挛问题，打完只有一点轻微的眩晕和心率过速，对于皮糙肉厚的太空军，基本可以忽略。

陆必行脸色有些难看："舒缓剂是应急药物，正因为反应轻微，剂量才更需要严格限制，过量会对身体造成不可逆转的伤害，你有常识吗？！"

"有，"林静恒在自己胸口按了一下，"别吵，乖，我有点心慌，不太好的感觉……人工智能的第一敌人不是林静姝吗，为什么会突然掉转炮口到我们这里？"

"心慌是因为你舒缓剂打多了！"陆必行眉头拧得死紧，"你再敢碰注射器，我就打晕你——人工智能行动有明确目标，一般不会随意更改,除非他们觉得自己的第一目标已经……"

也许是舒缓剂的副作用,林静恒的瞳孔一时竟有些涣散。陆必行倏地住了嘴,他突然有种感觉,至少那一瞬间,林静恒后悔没有救她。

陆必行:"你……"

就在这时,前线突然有异动,除了正在试图攻打玫瑰之心外围跃迁点的人工智能机甲团外,又一支人工智能战队出现了,联军顿时紧张了,这些铁家伙还有增援!然而随着这支武装快速逼近,泊松最先注意到了:"统帅,他们在追逐几架自由军团的小机甲!"

自由军团再一次出现在玫瑰之心,这回,他们连指挥舰都报销了,过街老鼠似的剩了那么几架缺胳膊短腿的小破机甲,一通慌不择路地乱飞——不意外地被跃迁干扰挡在了跃迁点外。

"统帅!"

没有林静恒下令,谁也不敢做主把他们放进来,林静恒捏紧了拳头。也许陆必行说得对,三支舒缓剂确实太多了,他的太阳穴针扎一样疼。

"统帅,是否解除跃迁干扰,放他们进来?"

"不。"林静恒几乎是从牙缝里挤出这么一句。

"统帅,通信请求。"

"……接。"

林静姝的人像在通信屏幕前闪了一下又消失,她所在的小机甲的重力系统应该已经完全失效了,人在其中很难地保持一个姿势。

整个通信屏幕剧烈地震荡了片刻,林静姝好不容易才爬回来。她的长发早就被保护性气体弄散了,乱七八糟,海藻一样地垂在胸前肩头。这一次,她深深地看着林静恒。

"我小时候,求你留下来,少年时,求你来接我,长大以后……求你别离开我,"她看着他,忽然一笑,随后几不可闻地开了口,"静恒,我不再求你了。"

通信屏幕上突然亮起了诡异的光,林静恒睁大了眼睛。

林静姝的机甲被一枚导弹撞了个正着，火光一刹那爆开了，只一瞬，随后通信断开，屏幕上的画面永远定格在了火光扫过来的那一刹那。

林静姝的口型似乎是在叫"哥哥"。

我不再求你了，哥哥。

这是他曾经想要保护一辈子的女孩。

（二）

过量舒缓剂的副作用——急剧上升的血压，像是要撑开林静恒的肉体，岩浆一样的血滚过四肢百骸，烧化了骨头，他好像听见了自己心脏爆裂的声音。毛细血管难以承受地裂开，鼻子里淌出了血，他下意识地吸了口气，那点血就全呛进了嗓子，咳得肝肠寸断，伸手一捂，血沫从手指缝里往外冒。

陆必行吓得魂飞魄散，扑过来一把抱住他："医疗舱！"

林静恒腾出一只手推开他，含混地说了句："不用。"

他随意地擦了两把，又捞过替他处理过骨裂的简易医疗器械，哑声说："局部毛细血管破裂，替我处理一下。"

鼻血倒不是大毛病，不痛不痒，一点喷雾就能解决，林静恒面无表情地扒下了染了血的外衣，扔给湛卢，但衬衫领口还是沾了一点，血迹很快干涸，成了斑驳的锈色。

"静恒，"陆必行压着声音说，"你去医疗舱里躺一会儿好不好，求你了。"

陆必行嘴里的"求你"向来是一把万能钥匙，所向披靡，只要他说，后面跟着的不管是多无理取闹的要求，林静恒都几乎不会不答应。可是此时，林静恒像是没听见一样，兀自沉声说："人工智能军团既然追着她到这儿，说明伍尔夫知道她还活着，也知道她的踪迹——那在这种情况下，为什么人工智能切换了任务？"

陆必行："……"

"对了，"林静恒的眼睛有些茫然地扫过周围，"图兰……图兰那封回信在哪儿，调出来，再给我看一眼。"

湛卢调出了图兰从第八星系发来的回函，林静恒一目十行地扫过她汇报的增援说明，目光勾住了最后一句来自哈登博士的叮嘱，他狠狠地一闭眼，随后说："哈登博士特意叮嘱过，芯片人不是人，我不相信她会这么容易地死在伍尔夫的炮口下，联系到人工智能军团在七天前突然开始紧逼玫瑰之心这件事，你想到了什么？"

陆必行没法顺着他的话想，因为很难分辨他这到底是真正的冷静客观，还是因为接受不了现实，已经开始说胡话了……从他衣襟上的血迹来看，后者可能性更大。

"静恒……"

"对自由军团的芯片人来说，他们没有加入人类联军的理由，也没有与我们合作的动机，芯片人和自然人不能共存，不管最后是我们赢了伍尔夫，还是我们被迫撤往第八星系，我们……还有自由军团，双方都迟早有一战。自由军团的最佳策略是，夺走玫瑰之心，利用虫洞双方信息时间差，混进第八星系，趁乱拿下，然后单方面切断通道。第一星系地面本来就是被芯片人把持的，这样，伍尔夫要么选择把所有人都杀干净，以后在第一星系自己和自己玩，要么他就得和芯片人和平共处……就像当年联盟的先驱隔离沃托一样……"

林静恒的话音越来越低，到最后，几乎听不见了。他似乎不是在和别人交流意见，只是在拼命寻找依据，对自己摆事实讲道理，试图说服自己方才做的决定是对的，那一段死亡影像一定是别有用心的伪造。

这好像是他最后的心理防御。

他这一生，戎马倥偬，如星空利剑，外人看来，就像是权柄与力量的象征，却原来总是被"无能为力"反复磋磨，亲人、朋友……身边的人与事，都像细沙一样地淌过，无法挽回地离他而去，再在他指缝间留下一道一道细碎的伤。

陆必行实在看不下去，不动声色地叫来了一个医疗舱，走到林静恒身后，打算直接动手打晕他。林静恒三魂七魄一多半不在家，丝毫没有察觉，继续喃喃地说："短时间之内，她很难突破技术壁垒，越过反乌会的跃迁点屏蔽，而又对玫瑰之心和第八星系志在必得，那她就只能是……"

陆必行的手指已经快要碰到他的颈侧，听了这句话，却突然一愣，幕地抬头去看星际航道图。

由于各种天体自转公转，"星际航道图"是时刻变化的，所谓"航道"，其实就是人类已经熟悉、能掌控的通道，航道的实时变化轨迹会精准地反映在航道图上，变化非常复杂，一般是由机甲电脑自动根据航道图，校准机甲行进方向。但偌大一个宇宙，除了航道，更多的当然是未知区域。第一星系是联盟首都星所在，各大星系和它交通往来频繁，星际航线非常发达，未知区域较少，也绝不是没有——尤其是靠近了人类禁区的玫瑰之心。

未知的非航道区，除了危险，以及人工校准航线对机甲驾驶员要求极高外，最主要的一点，就是没有跃迁点。没有跃迁点的情况下，动辄几"光年"的星际航行显得分外残酷，距离单位"一个标准航行日"，意味着机甲差不多得飞上一整天。

可这里毕竟只是一个第一星系。第一星系是精英区，是八大星系中最小、人口最少的一个星系。当年林静恒乘坐星舰，从白银要塞回沃托接受质询，途中被禁用跃迁点，那时因为公转周期，白银要塞和沃托正好是最远距离，然而就算这样，他从第一星系最边缘开到沃托，也只要十来天。

而现在，在小小一个玫瑰之心，从承影第一次莫名其妙地进入他们的防线范围，已经过了七天。

林静恒也意识到了，话音突然一顿，两个人电光石火间交换了一个眼神。林静恒幕地转向通信频道："前线先锋放弃跃迁点争夺，收缩回撤，快！"

前线胶着得一塌糊涂，这一次的人工智能军团分外来势汹汹，突然接到统帅的命令，充当先锋的第一星系边境守卫军和白银三一起蒙了：

"林帅，可是人工智能军团……"

"别管他们，撤！"

白银三最先反应过来，泊松虽然也不理解他的命令，但白银十卫向来是统帅指东不打西，白银三往人工智能军团里丢了一打导弹，炸完立刻停止进攻，第一时间回撤，对抗人工智能军团，技术团才是主力，其他人是负责跟着一起开火的，白银三一走，第一星系边境守卫军只好跟着，这是两支当代最精锐的人类正规军，撤离有序，反应极快，却还是没来得及——

玫瑰之心，一支重甲军团突然从非航道区域冲了进来，前线激烈的交火让各种高能粒子流乱飞，刚好掩盖了重甲逼近时的能量反应。

这支重甲军团，正是仿佛被人工智能军团追杀得七零八落的自由军团！

跃迁点外拦住的不是林静姝……不单是死了的那个，恐怕第一次和他们建立通信联系的那个就不是！医美手段也好，对通信设备做手脚也好，不管怎么样，伪造一个长得一模一样的人都不是难事，而林静姝又可以鬼上身似的远程控制五代芯片人的身体，蚁后只需要一个相似的躯壳，就能"降临"。

跃迁点外的只是一个诱饵，真正的自由军团主力已经脱离了人工智能军团的包围圈。而人工智能很难分析出哪个是被芯片控制的五代，哪个是林静姝，他们只能一边追着诱饵，被遛着到处跑，一边试图搜索自由军团主力。失去了自由军团主力的踪迹，电脑会根据战局分析敌军的策略，判断对方的目标一定是玫瑰之心和第八星系，所以才会不顾一切地试图夺取玫瑰之心外围的航道！因为人工智能必须依赖"硬件"，他们恐怕是通过跃迁点网络构建联系的，玫瑰之心的"电子真空"对它们来说非常不利，只能抢夺正规的星际航道。

芯片人和自然人不能共存，林静姝从未想过与人类联军携手。她知道自己第一次"敲门"一定会被拒绝，这时适当流露出复杂的感情，扰乱一下众人视线就好。意料之中地被拒绝之后，她绝不纠缠，因为纠缠不是她的风格，既惹人讨厌，又会引起怀疑，所以第二次"敲门"，她放下警告就走，高傲决绝，等到人工智能军团果然如她所说来袭的时候，一个冒着生命危险示警的"敌人"，就算铁石打的心肠也会动摇，人类联军从上到下，都会怀疑自己错了。

同时，联军他们的注意力和火力也会被不讲道理的人工智能军团牵制，整个布防都会朝跃迁点附近的前线倾斜。

第三次"敲门"则是最后一击——穷途末路，在众目睽睽之下粉身碎骨，浓墨重彩地在将军们的视网膜上抹上一把血痕，战火与共同的敌人会把悲壮的情绪渲染得无比强烈，强烈到能在短时间之内，让中央军也忘了他们被绑架的亲人故土与牺牲的兄弟同袍。

太空机甲干燥，长时间逗留其中不注意就会嘴唇干裂，林静姝把嘴唇上翻起的一点干皮撕了下来，撕出了一条血口，她舔了一下，觉得那小小的伤口疼得十分快意。

在第六星系那个不知名的小行星上，全身只有脑子能动的林静恒用精神网拼了个蹩脚的"别哭"，就骗得她肝肠寸断。

"现在我算是还给你了，"她想，"静恒。"

多情伤己且无用，早该被进化淘汰了。

自由军团突袭的位置非常巧妙，像一根楔子楔进了人类联军的阵营里，生生把后方防卫和没来得及撤回来的先锋一分为二。与此同时，外围刚刚穿过跃迁点的人工智能军团恰好被人类联军的先锋部队挡住。

第二道防线的第二星系中央军正面迎上自由军团的重甲军团。好在林静恒的布防很扎实，老将军郑迪也并不掉链子，嚣张的自由军团立刻被阻住。

林静恒："柳元中！"

白银六应声而动，从侧面豁开了自由军团的队伍，与第二星系中央军前后夹击，咬住了这条阴沟里爬出来的毒蛇的七寸。郑迪心绪跟着起落一番，伤神得很，又被欺骗了感情，因此越发怒不可遏："找死！"

尽管自由军团的芯片人平均精神力奇高，但这样一头扎进敌军大本营也未免太嚣张了，一支精锐的部队可不单单是精神力高。喜欢玩弄人心搞阴谋的人，在硬实力上似乎总是要差一点。转眼，自由军团这支整肃的重甲队伍就被切割得四分五裂，要被人分而围剿。

指挥舰上的林静姝无奈地叹了口气："我可能还真不是打仗的料，亏我前一阵子还临时抱佛脚地把乌兰学院指挥系的课恶补了一遍呢。幸亏我不经常用导弹解决问题。"

散落在人类联军中间的自由军团机甲好像开始做垂死挣扎——他们试图入侵周围机甲的精神网。

联军现在还真不怕这个，上次自由军团用精神网撞开联军后逃脱，是因为联军刚刚被人工智能洗劫过，被他们占了便宜，这次就不一样了。芯片人精神力再高，也不是像机器人一样的百分之百，比联军精锐高不到哪儿去，驾驶员切换配合更是远远不如。而且他们已经陷进了包围圈，联军就算都是水货，用人海战术，一秒更换一个驾驶员，也能煮烟了这些芯片人的脑浆。

这场处心积虑的偷袭的结果好像已经注定了，可是下一刻，诡异的事发生了。

一架中央军机甲突然掉转炮口，轰向了不远处的第二星系中央军指挥舰！这架机甲原本属于指挥舰护卫舰之一，驾驶员是郑迪亲卫，距离指挥舰非常近，谁也没想到这一出。而这样短的距离内，导弹几乎没有悬念地击中了指挥舰的武器库，一眨眼的工夫也没有，武器库就卷起了狰狞的火舌，一口把自己的机身吞了下去！

作为总指挥的林静恒那里，通信频道上一个信号猝不及防地消失了，林静恒猛地站了起来。

人在太空战场，就像一把飘浮的尘埃。郑迪连话也没来得及和他说一句。

柳元中咆哮："小心！散开！"

他话音没落，白银六、中央军中，先后有数架机甲开了火，全是朝自己人。一层凉意顺着柳元中的后背蹿了上去——中央军姑且不提，但白银六从封闭的第八星系过来，全军佩戴着芯片干扰器，是不可能有芯片人内奸混进去的！

"是精神网。"陆必行作为半个芯片专家，第一个反应过来，"早期的'鸦片'芯片能干扰人机对接，有致幻作用，叶里夫遇刺后，联盟的公安系统应该专门针对'鸦片'做过'防火墙'，使得这种干扰致幻没那么容易，但精神网争夺战本来就是精神力互相碰，这些芯片人能通过精神网给驾驶员制造幻觉！"

重甲的精神网范围非常大，远距离尚且可以收缩精神网，但这个混战的情况根本不可能，连机甲机身都在芯片人精神网的笼罩下，没地方缩！

联军陡然乱了，自己人的导弹乱飞就算了，关键他们还不知道哪个自己人的精神网"中毒"了，不知道哪个还在通信频道里说话的战友眼里，自己变成了开火的敌人，甚至不能确定自己是不是清醒，面前的敌人和战友是不是真的！芯片人向来躲在各种幕后操纵诡计，一直靠偷鸡摸狗发展壮大，以至大部分人印象里，他们就是一帮没经过正规军事训练的乌合之众，从未展示过这最后的撒手锏！

林静姝，确实如林静恒所说，做好了与正规军正面交战的最后一手准备。

玫瑰之心是联军的主场，因为背靠第八星系，他们随时可以撤退到虫洞另一边藏起来，第八星系也随时可以派武装增援——这话没错。

可是，如果玫瑰之心的联军一起瞎了、聋了，分不清自己人和敌人呢？如果他们撤，就一定会把芯片人一起带到第八星系，天然虫洞再也无法阻止病毒一样的芯片，林静姝不战而胜，目标达成。

(三)

被隔离的其他星系，民间、官方部队力量结合在一起，反抗芯片人的力量越来越强，与"蚁后"失去了联系的芯片人陷入颓势，尤其在太空战场，他们在回过神来的正规军面前节节败退。

可是就在人们以为形势一片大好的时候，形势突然逆转，芯片向全世界展示了自己最恐怖的一面。

"我告诉过你们，这是进化的一种。"林静姝轻轻地说，"总有一些被迫害妄想症不相信我是为你们好。"

(四)

此时，在玫瑰之心，只要白银三不被人工智能的车轮战拖死，人类联军借助玫瑰之心"电子真空"的地理优势，短时间内，还可以勉强和人工智能军团一战。而人工智能军团没有人机对接口，可以当一当芯片人的克星。人类联军都是肉体凡胎，所有的信息来自自己的五官六感，在芯片人外挂似的致幻精神网下，几乎没有还手之力。

三方势力互相克制，几乎成了一个混乱的闭环。连林静恒也不得不承认，从某种程度上来说，伍尔夫是对的，只有无懈可击的人工智能，才是自由军团芯片人的终结者。

"白银三！"目睹了老朋友被击落的纳古斯眼泪流到了嘴里，又咸又涩，"把人工智能军团放过来，你们分不分得清主次！"

泊松冷汗都下来了："可那是扬汤止沸啊，纳古斯统帅！"

自由军团一开始冲进联军中时，刚刚被欺骗了感情的联军愤而反击，对付自由军团这种每个人精神力都很高、合在一起打仗却很业余的队伍，最佳方案当然是把他们打散，形成一个一个分散的小包围圈，之后逐个击破。然而，这一开始的劣势也是林静姝计算好的，因为现在，这些小包围圈都成了自由军团的保护伞。

如果说，方才是"自由军团陷进了人类联军的包围圈"，那么此时就是，"联军成了自由军团的贴心小棉袄"。

被幻觉干扰的人类联军混乱非常，一时半会儿根本厘不清头绪，像一个缠在一起的线团，而伍尔夫的人工智能军团显然不打算和低等的碳基生物合作，他们才不会管人死活，这时候一旦把承影放过来，它立刻就会朝战场中无差别炮轰，这样一来，联军就成了芯片人的人肉盾牌。

最要命的是，此时的芯片跟最开始的"鸦片"芯片已经天差地别。最开始的"鸦片"芯片与伊甸园有千丝万缕的联系，早期的信徒都是被"伊甸园替代品"这个噱头坑进去的。芯片只能作用于很小的一块区域，能制造的幻觉也就那么几种简单的视错觉，湛卢那对付伊甸园的"禁果"，也能相应地对付芯片。可是二十多年过去，芯片在飞速进化，到如今，它已经完全摆脱了伊甸园的影子，彻底摒弃了劳拉·格登"改造身体、促进进化"的构想，成了完全不同的东西。林静姝在这条路上走得太远，就算是哈登博士在这里，大概也只能给出一个粗略的猜测，没有人能把芯片人入侵精神网的规律和路径说清楚。这时候也没有时间给他们仔细研究。自由军团放开手脚，如入无人之境，联军如果再不想出办法组织有效阻挡，芯片人们马上就可以接触到虫洞了。

天然虫洞区并不是一根下水道一样的管子，这是很多时空扭曲的异常空间，同一时间，会产生无数"通道"，就连同一批进入虫洞区的机甲都不一定会进入同一条通道，更不用说分批进入的了，由于走的通道不同，每个人在其中的穿行时间也不确定，一两天的误差非常正常。不一定谁先进去，谁就先出来。也就是说，一旦芯片人现在进入天然虫洞区，图兰那边将无法把他们和沃托难民分开，虫洞里现在有上千万非武装居民在路上，如果此时单方面封闭天然虫洞区，那么结果必然是玉石俱焚，把这上千万人和自由军团一起绞碎在时空乱流里。而如果图兰不忍，那么芯片人穿过天堑，刚刚和平了没有几年的第八星系将会再次被卷入无止无休的战火。

一个星系的和平与几千万外星难民的生命，选择谁？放弃谁？这对人工智能伍尔夫来说，是一道送分题。可是对人类联军来说，差不多就是送命题了。

所以绝不能让这种残酷的选择题面世。

林静姝完全打开了芯片人机甲上的通信频道，让所有人无须密钥就能听见她妖言惑众："高级芯片可以完全压制低级芯片，低级芯片可以完全压制普通人，哪种生命形式比较高级，这不是一目了然吗，诸位？有没有想过，现在只有你们在负隅顽抗，地面的公民都在争着抢着加入芯片帝国？"

"技术死了吗？"拜耳怒喝一声，"屏蔽她！"

然而大家都在密集的导弹和高能粒子炮中抱头鼠窜，一时间无暇他顾，只能继续听她荼毒视听："进化成更高级的生命不好吗？我的人很快就会在地面占据大多数，到时候，剩下的那冥顽不灵的少数派就会发现，自己像古地球时代那些缺乏生存能力的野生动物一样，在更强的物种面前，生存空间不断缩小，只能灭绝。"

"给我一架机甲，湛卢跟我走！"陆必行倏地扭头，对林静恒说，湛卢立刻变成机械手，卷在他胳膊上，"我有个办法，可以试一试，也许我能不受芯片影响！"

"就算你不受芯片影响，别人呢？亲卫团一人给你一枚导弹，你受不受得了？"林静恒第一反应就是反对，"没听说过把行政总长当敢死队用的，不行。"

"静恒！"

两人沉默地对峙片刻。

而就在这时，一架联军机甲在距离指挥舰很近的地方爆炸了。星际航道图上，龙卷风一样的自由军团机甲卷向天然虫洞区，已经穿过了联军预先划定的危险区。

"统帅，快撑不住了！"

林静恒额角起了青筋："机甲不行，指挥舰的驾驶权限给你——湛卢，覆盖指挥舰精神网。"

陆必行一愣，随后明白了他的意思，轻轻地问："这样风险很大啊，统帅，指挥舰一旦被击落，敌人可就省事了——你要和我在一起吗？"

林静恒扫了他一眼："现在所有人都在钢丝上，喘气就是风险……"

"不，"陆必行接管了指挥舰的驾驶权限，目光却没有离开林静恒的眼睛，"我说的是——你要一直和我在一起吗？不是现在，还有余生。"

林静恒苦笑："'余生'弄不好就剩下几分钟了。"

"剩下一秒也是我的。"

说话间，湛卢那张修修补补多次的精神网应声铺开到最大，覆盖了半个玫瑰之心，十大名剑的荣光犹在。遥远的承影好像感觉到了什么，原本指向一架联军机甲的炮口迟疑片刻，让那幸运儿逃了，在人工智能庞大的数据流里，无数个"湛卢"闪过，汇聚成了一声来自黑暗深处的叹息。

可湛卢的主人知道，湛卢机甲核的修复工作一直搁置，林静恒回来以后才重启，时间太仓促，这项工作至今没有完成，湛卢的精神网欠缺稳定性，之前在沃托对上龙渊的时候已经崩溃过一次，幸亏当时是林静恒，切换得够快，换别人来当驾驶员，不死也得弄个脑震荡。

"湛卢，麻烦多坚持一会儿啊。"

湛卢作为人工智能，是个有一说一、绝不吹牛的老实AI，立刻在精神网里回答："这恐怕不行，陆校长，我还没有准备好，不过我可以尽量在崩溃之前给你预警。"

没有准备好的机甲与没准备好的驾驶员一起被赶鸭子上架，堪比两人三脚的残疾人组合。巨大的精神网同时覆盖过芯片人机甲和联军机甲，芯片人立刻警觉，同时有三四个精神网试图在争夺湛卢驾驶权限的时候给他制造幻觉。陆必行身上的那枚芯片虽然舍弃了所有与外界的交互功能，此时却像个镇宅的神物，把所有干扰排除在外，紧接着，他极其敏锐的感官顺着精神网延伸出去，陆必行惊喜地发现，他能通过精神网"看见"联军哪些机甲的精神网是被芯片干扰的！

他利用指挥舰的权限，标记了所有受到干扰的机甲，同时对他们直接下达指令："驾驶员交出精神网权限！"

机甲驾驶员们正焦头烂额，终于听到了一个准确命令，本能遵从，齐刷刷地从精神网上"跳"了下来，陆必行利用湛卢远程接管，无缝衔接，芯片撞到芯片，立刻好像乱窜的电流撞上了绝缘体。可陆必行也不是机器人，无法在围攻下远程带这么多精神网，那些权限同时落到他手里的时候，他觉得自己就像是脑壳被人用锤子暴力砸开，"嗡"一声："备用驾驶员接住！"

话音没落，他已经被迫弹出，幸好此时撤到玫瑰之心的联军都是精英，多半人都反应过来了，备用驾驶员接回"消了毒"的精神网，不消吩咐，趁着片刻的清明，上来就用炮口锁定了距他们最近的芯片人机甲。

已经逼近到虫洞区入口的自由军团先锋在千钧一发间，堪堪被击落！

陆必行眼前一黑，方才那么一下，他后脊已经被冷汗浸透了。

"诸位，"他急喘了口气，在通信频道里说，"芯片人的干扰对空脑症作用有限，很幸运，空脑症是第八星系特产，我作为行政总长，空得不十分纯粹，但幼时因病，有一些空脑症症状。"

中央军的统帅们集体抽了一口气——陆信，空前绝后的杰出太空将领，他的儿子竟然说自己是个空脑症！而当年联盟人人闻之色变的空脑症，竟然在这时成了救命稻草！

纳古斯拧了自己一下，觉得从他降临沃托开始，这个世界成了个飞快旋转的万花筒，变化之快，让人头晕眼花。

"我现在能通过湛卢的精神网扫到有异常情况的我方战友，因此我们可以像方才一样操作，受干扰的驾驶员被点名之后，请立刻把权限交给我,我来消除芯片影响,"陆必行继续说,"但是我不受干扰的同时,精神力也十分有限,所以请备用驾驶员准备好,我最多只能坚持一瞬间。"

联军:"……"

空脑症竟然能开机甲,还能远程担住多架机甲的精神网,简直像没有双臂的人用脚弹钢琴!

林静恒知道他在胡说八道,轻轻地叹了口气。

空脑症确实可以开机甲,第八星系甚至有专门的空脑症军团,但没有作弊一样高的精神力,根本不可能驾驭湛卢那极端复杂又特别不稳定的精神网。陆必行到底还是把芯片的秘密扣留了,把女娲计划中人类进化的通道死死封住。

陆必行把自己手心的冷汗都抹在了统帅的衬衫上:"那么诸位,我们反击的时候到了。"

(五)

各大星系的反抗军在芯片人的精神攻击下节节败退,然而更多的人,却并没有像林静姝描述的那样,为了不受迫害而加入芯片人,他们仍在游击,仍在挣扎。

第二星系。

理工大学的宿管艾丽莎把学生们护送到了反抗军临时搭建的后方,就加入了反抗军。艾丽莎的高等教育念了医科,但可惜天资有限,成绩一般。普通的临床治疗已经是人工智能的工作了,念医科的人,如果当不成学科精英,都只能像她一样转行。艾丽莎也没想到自己的专业还有派上用场的一天——反抗军里医疗设备不够,需要大量人力补充,她成了一名随军医生。

此时,她带着一身的疲惫,响应召集,快步来到会议室:"出什么事了?"

会议室里站了一排神色凝重的随军医生，旁边是几名反抗军军官，中间的桌子上有几枚芯片。

"你们这是干什么？"

"不受芯片人的幻觉影响的，只有芯片人。"一个年轻的军官说，"我愿意接受注射，试一试。"

旁边医生的五官快从脸上滑出去了："胡说八道，生物芯片的特性是无条件服从高级芯片，你注射了芯片，根本就不能算我们的人了，行为和想法根本不能自主，还打什么！"

"不，"那军官说，"我观察过，芯片人并不是每时每刻都不能自主，在高等级芯片人没有下达命令的时候，他们和正常人没什么区别。"

艾丽莎迟疑片刻："确实，这也是他们宣传芯片的噱头——不影响正常生活。"

军官说："所以我的计划是'一次性'偷袭，派出自愿接受芯片注射的人，伪装成自由军团，在对方察觉之前发动突袭……"

方才争辩的医生说："然后你们就会被高等级的芯片人控制。"

"所以说，是'一次性'偷袭啊。我们消灭敌人的有生力量，然后在被控制之前解决掉自己，来得及，就手术取出芯片，来不及，就预先设定好，"军官看着医生，指着自己的脖子笑了一下，"朝这儿开一枪。"

医生愣了，一时说不出话来。艾丽莎喃喃地说："那是什么意思，要用人命去填吗？"

年轻的军官深深地看了她一眼："我们前面已经没有路了。"

第二星系反抗军负责人伸手盖住了那几枚保存芯片的培养皿，良久，沉沉地叹了口气。

于是，一场殉道式的反击从第二星系开始，很快传播到了其他星系的反抗军那里。

亿万星河里，浮起赴死的人。

第三章　绝地反击

蔚蓝之海曾是被迫蜗居天使城要塞的沃托人培育的，花语是——回不去的故乡。

（一）

玫瑰之心里的联军很快适应了陆必行的节奏，联军最初的混乱也被按下了中止键，并迅速集结。双方开始争夺天然虫洞区入口那一线的阵地，很快打成了一团糨糊。

整场战争的核心林静姝本人，却闲散得好像个局外人——她光动嘴，偶尔下几道简单的命令，连指挥舰都是手下芯片人在开。就算外面炸出了坑，只要机甲里的仿重力系统还在运转，就碍不着她插花。

她手里有一束不知道从哪儿弄来的"蔚蓝之海"，林静姝仔细地去除多余的枝叶，试图在花瓶里摆弄出一个造型，可惜不知怎的，别人剪花枝是"错落有致"，到了她手里，就成了"忽长忽短"，名花被她插得跟路边随便长的一样，她打量了一番，自己也觉得像一团狗啃过的野草，于是连瓶带花，推到了一边。

他们全家都是"质地冷硬"的人，天生与浪漫文艺绝缘。

"主人，是否按计划发起下一轮攻击？再这么被动下去，一旦伍尔夫的人工智能军团过来，我们可能会腹背受敌。"

"不要急。"林静姝看了一眼军用记录仪，淡淡地说，"他们就快坚持不住了。"

林静姝说得很对，联军现在就是外强中干，陆必行快坚持不住了——被芯片"感染"的精神网一波一波来，无止无休，那么多的联军，压力全在他一个人身上，但凡他没有被芯片改造成可以二十三天不眠不休的"超人"，脑子大概已经爆浆了。偏偏这种情况下，还没有人能替换他。

林静姝最开始在自己的通信频道里公放，见缝插针地宣传异端邪说，后来被联军技术人员屏蔽了，她就一直给林静恒的指挥舰发通信请求。林静恒拒绝了三次，第四次很快又到。重甲指挥舰上的通信兵用眼神请示他，正准备再次拒接，却见林静恒犹豫了一下。陆必行的瞳孔已经有些发散，是精神力损耗太过的缘故，他话也顾不上说，直接把胳膊伸进医疗舱，让医疗舱给他打舒缓剂，林静恒摸了摸他的胳膊，肌肉绷得像铁一样紧——这回他俩谁也别说谁了。再这样下去，就算陆超人坚持得住，湛卢也未必能行。

林静恒倏地转身："接。"

在太空监狱，林静姝没等他睁眼就跑了，之后在第一星系重逢，林静姝又藏头露尾，这次从沃托一路打出来，林静姝仍是一直通过手下的芯片人和他们通话，好不容易露出本来面貌，还是个冒牌货——

这样算来，他一直没能看见真正的她。

林静姝穿了一件旧衬衣，样式还是十年前流行过的，现在看着有点土，不过美人套个麻袋也寒碜不到哪儿去，这点"淳朴的过时"反而给她添了一点青春气，乍一看，竟依稀还是当年象牙塔里的社会学研究生，与林静恒的记忆严丝合缝地对上了。直到看见她本人，林静恒才惊觉，方才那个眉目一模一样的提线木偶确实不像，表演流于表面，僵硬，还夸张，少了那么一点平静的自在。他在决定接受这个通信请求的时候，是打算想方设法扰乱对方心绪，给联军一点喘息的机会。可是此时，他看见林静姝的眼睛，就意识到这是不可能的。

她的眼睛也是深灰色的，女人的眼睛大一点，眼尾有一对优美的、下弯的弧度。眼神清明透亮，她知道自己在做什么，并且像联军一样，认为自己在为值得的东西而战。

"嘿，静恒，"她甚至微笑了一下，轻快地跟他打招呼，"幸亏兄妹是旁系血亲，彼此没有赡养义务，断绝关系也不需要公证，看来，咱俩口头道别就可以了。"

林静恒端详了她片刻，轻声说："增援令已经在几天前发回了第八星系，算来现在差不多该到了，后面有伍尔夫追着，你越不过玫瑰之心，如果你立刻缴械，我们暂时还对付得了伍尔夫，至少能保证让你活着。"

"活着，然后呢？让你们审判我吗？"林静姝说，"我要打碎一个旧的世界，到头来，又让这个旧世界用落了灰的价值观和道德观来判我有罪，这个逻辑你不觉得很滑稽吗？话说回来，静恒，不要欺负我没常识，消息也好，援军也好，穿过虫洞的时间也不受你控制吧，骗人得有点诚意啊。"

林静恒："我确实控制不了，所以你要拿命跟我赌吗？"

"我运气一直不怎么样，"林静姝说，"但好像也没有别的办法，总得试试，伍尔夫那个老不死算计得我很被动，只有这一条路能走了。"

陆必行身上的舒缓剂开始起作用，精神力过载的症状稍有缓解，他在混乱中听了一耳朵，有点啼笑皆非，感觉现在的玫瑰之心已经成了个旋转盘，这两位在倾家荡产，比谁手黑。

林静恒："疯子的路，连一条都不应该有。"

"人们烧死布鲁诺，判哈登博士反人类，秘密追捕劳拉的时候，也觉得他们都是疯子。你们啊，只是被所谓'文明'迷昏了头，"林静姝直视着他的眼睛，"人一直在改变环境，拒绝进化自己，这样下去，发展会饱和，总有一天，我们这些和原始人没什么不同的变种猩猩，会无法收拾自己制造出来的烂摊子。你以为管委会倒台就算完了吗？若干年以后，伊甸园二号、伊甸园三号……或者众多类似的东西接二连三出现时，你才会明白我是对的。"

"哈登博士和劳拉没有像你一样血债累累，劳拉最早发明的生物芯片也不是让你犯罪的！"

"因为劳拉和哈登博士错了。"林静姝平和地说，"他们想单纯从技术上解决社会问题，那是隔靴搔痒。至于劳拉的'进化设想'就更可笑了，身体进化不能解决任何问题，现在的人能活到三百岁，比寿命只有几十岁的古人又强在哪儿了？她这种进化只是制造新的社会矛盾、产生新的战争而已，你同不同意，陆总长？"

陆必行无暇回话。

林静姝看了他一会儿，笑了："不受芯片影响，你可别说你是个空脑症。要是空脑症都能同时远程担几十架机甲，也不用委委屈屈地被放逐到第八星系。原来王艾伦那个不知道从哪儿听来的传说是真的，你手里真的有完整的女娲计划——可是看来你是放弃了，不然，现在也不至于孤军奋战，狼狈成这样。"

林静姝一语戳中了他的窘境，陆必行很想吐血，而屋漏偏逢连夜雨，这时，湛卢在精神网里说："抱歉陆校长，我的精神网已经超负荷，即将崩溃，请您做好准备。"

陆必行快疯了："我做好什么准备！你不能再发挥潜力，坚持一会儿吗？"

湛卢："抱歉，我没有潜力，只有倒数计时，三十秒倒计时开始——"

只有湛卢的精神网能照顾全场，普通重甲的精神网没有那么广阔，只要自由军团分散兵力，陆必行一个人分身乏术，头尾不能兼顾，联军防线立刻就会破。

陆必行："想想你的爆米花，想想你的变色龙，想想你辛辛苦苦打理的家！你一崩可就都没了！"

湛卢赞同道："唉，是啊——二十一、二十……"

陆必行："你可以！"

湛卢："十八、十七——我不行。"

陆必行十分绝望："怎么就没有给机甲核用的舒缓剂呢！"

湛卢——因为崩溃在即，从精神网到自身程序都已经极其不稳定，不知道是哪儿出了问题，自动把这句话判定为玩笑，回答："是啊，哈哈哈——十、九、八……"

自由军团好像也感觉到了他的力有不逮，精神网攻击比方才来得更加疯狂猛烈，联军的防线整个开始后移。

湛卢："五……请尽快脱离精神网，否则您会受伤……四……"

一大批被影响的精神网把权限砸在他身上，陆必行觉得好像有一根长钉钉进了他的太阳穴。

三、二——

"陆校长！"

最后一秒，陆必行挣扎出一点神志，脱离了湛卢的精神网，指挥舰那巨大的精神网消失了，湛卢好像没电了一样，垂在他肩头，一动不动，陆必行腿一软，被林静恒一伸手抄起来。

"看来你输了，"林静姝一笑，"静恒，换我来说这句话了——如果你立刻缴械，我至少能保证让你活着。"

林静恒想：呵呵。

他一抬手切断了通信："收缩防线，从现在开始，分不清自己是否被芯片影响的不许开火！都给我当路障！"

指挥舰启动原有的精神网，能覆盖的区域远远不够，可是已经管不了那么多了，陆必行又要了一支舒缓剂，针剂艰难地推进肌肉，他闷哼了一声，死死地咬住了嘴唇。下一刻，他的嘴唇被人轻轻抹开，一触即走，陆必行的牙关下意识地一松，林静恒顺势接走了指挥舰一半的精神网，他的控制力极强，精确地控制在一个平衡点，既不至于把另一个人挤出去，又能帮他分担一半压力。

就像是当年在臭大姐基地，陆必行帮他的学生黄静姝挽救飞出去的机甲一样。

"根据方才的通信信号，确认对方的指挥舰。"硬件不足，林静恒果断放弃了照应全局，直接向林静姝追了过去，"你来对付他们的芯片干扰，其他操作交给我。"

陆必行还是头一次从这种角度看林静恒开机甲，通过精神网的接触微妙极了，机甲好像是自己意识感官的延伸，又好像不是，那是一种奇异的融合感，自己所有的神经末梢都和对方串在了一起。

指挥舰以近乎炫技的方式从炮火中冲了出来，联军中来自白银十卫的人跟他最有默契，紧接着跟上，陆必行确保他们的精神网不受干扰，在极短的时间内就锁定了林静姝的重甲，这一次，他的导弹没有偏。

然而一架自由军团的机甲突然冲出来，不知是自愿还是受芯片控制，舍身挡在了"蚁后"前，机毁人亡。

爆炸离他们很近，机甲被炸成了几截，杀伤力极强地撞过来，林静恒只得躲开，视野被扰乱了片刻，短短几息，林静姝的指挥舰已经被她的人团团围起来了。

而就在这时，天然虫洞区里，一排高能粒子炮突然涌了出来，战场双方同时一惊。

林静姝眼角跳了两下。

李弗兰脱口说："援军到了吗？！"

唯有林静恒，大概是运气不佳习惯了，十分沉得住气，第二发导弹从一个很刁钻的角度打了出去，林静姝的指挥舰驾驶员心里一慌，竟没躲开，这一发导弹直接命中了机甲的武器库，芯片人驾驶员慌忙卸载武器库。

"轰"——

武器库爆炸的余波撞在防护罩上，仿重力系统失灵，林静姝那一瓶蔚蓝之海和着水珠一起飞了出去，飘浮在半空，机甲里忽明忽暗的照明在那水珠上打出了一圈小小的彩虹。林静姝从保护性气体里伸出手，抓住了一朵花。

这时，所有人都看清了虫洞里出来的人——只是一支小规模的护卫舰队。

不是援军，是护送第一批难民去第八星系的斗鸡他们恰好赶回来。

"哎哟，可惜了，是哑炮。"林静姝一挑眉，"那么看来，历史是站在我这边了。历史时而倒退，偶尔也能做一点正确的选择。"

林静恒战场经验丰富，其实一看方才那排高能粒子炮的规模，就知道不可能是援军，但这会儿亲眼见了这小猫两三只的机甲队，还是忍不住重重地叹了口气。陆必行缓过一口气来，在精神网里苦中作乐地对他说："以后咱们家出现意见不统一的时候，猜拳决定听谁的，怎么样？"

"去你的。"林静恒杵了他一下，"追上她。"

自由军团距离天然虫洞区只有一线，林静姝通过军用记录仪看了一眼挡在面前瑟瑟发抖的小机甲战队："碾过去。"

陆必行看清敌军机甲走向，顿时一惊："维塔斯，让开！"

维塔斯——斗鸡，听见了通信频道里的吼声，他像拎小猫一样，把总也不长肉的薄荷塞进了一个生态舱里，一只手就镇压了她的挣扎。

他自言自语地说："唉，不行啊，老师。"

当年在星海学院，陆必行留的最后一次作业，有四个学生因为离校出走，没有听到。那道题目是：我觉得人类未来将会走向何方。

这题目太大了，陆老师。

薄荷眼看着生态舱被封死："斗鸡，你敢……"

斗鸡一笑，把她颇有第八星系风格的破口大骂一起封了进去，紧接着，生态舱被设定了定位，推出了舱门。

斗鸡："开火！"

他们护卫非武装人员进入第八星系，人很多，为了降低风险，护卫舰都尽量减轻了负重，导弹只够打一波。自由军团的芯片人被这一波导弹阻了几秒，立刻被赶上来的林静恒再次锁定。

林静姝掐断了手心的花茎:"真烦,好吧,最后一招。"

只见自由军团的重甲战舰中,无数小型机甲从收发台中"喷"了出来,每一架小机甲都自带精神网,像密集的蚁群一样分散开。联军每一架机甲,都至少同时遭到三四个精神网攻击,多重攻击无缝衔接,陆必行方才"一接一抛"的战术彻底失效。

他们被这些密密麻麻的小机甲挡住了!

自由军团的重甲直接朝小小的护卫队撞了过去,就像是高速行进的车撞飞一颗乒乓球,冲向虫洞区。

(二)

眼看自由军团已经一只脚跨进了天然虫洞区边缘,能量警报突然尖叫起来。最前面的芯片人机甲已经来不及转向,被兜头撞了个正着,就地化成一朵烟花。

林静姝蓦地抬头。

第八星系援军居然在最后一秒赶到了!

芯片人立刻故技重施,发动精神网攻击,却发现援军的精神力远远低于人类联军水平,然而他们有条不紊地更换备用驾驶员,竟不受芯片影响。

薄荷的生态舱猛地扎进了援军的捕捞网,紧接着,她听见熟悉的声音通过生态舱叫她:"薄荷,薄荷!还有意识吗?我们来了!"

是……怀特。

薄荷张了张嘴,没能发出声音。她想:你们怎么才来?

"你稍等,"怀特顿了顿,不知道跟谁叽咕了几句,突然,他声音高了起来,"……什么?捞到了!真的有反应吗?"

被困在生态舱里的薄荷隐约感觉到了什么,屏住呼吸,心脏高高地吊了起来,就在她快把自己憋死的时候,听见怀特兴奋地对她说:"我们刚才捕捞到了被敌人撞飞的护卫队机甲,机身破损严重,但里面还有生命反应！"

薄荷整个人一松，眼泪开闸似的冲了下来，带着哭腔骂人："你们怎么吃屎都赶不上热的？"

这一支来自第八星系的援军非常特别，是一水的小机甲，但并不显得单薄。几十架小机甲为一组，同一组的小机甲彼此距离很近，隐隐有某种联系，那是一种特殊的能量波动，自由军团前所未见，无法解析——从远处看，每一组抱团的小机甲都像构成了一个整体。

他们整整齐齐地列在天然虫洞区之前，极端的秩序性与玫瑰之心的混乱战局形成了鲜明的反差。不加密的通信频道从他们中铺开，细浪似的轻轻卷过，被身后的虫洞区能量影响，有些杂音，然后一个沙哑而有些缱绻意味的声音说："我是白银第四卫队的阿纳·金，奉统帅命令而来——又见面了，自由军团的宿敌们。"

林静姝第一反应当然是以己度人。她想，那个第八星系的总长到底没忍住，还是偷偷弄出了一支"进化人"。第八星系简直是个被诅咒之地，真是跟女娲计划有不解之缘——女娲计划的灵感和源头就是从他们这儿来的，末了也是在他们这儿实验成功的，果然是个大野地，什么毒苗都长。于是她意味深长地反问："这是白银第四卫，原装的？"

"拜您所赐，"阿纳·金不温不火地说，"白银第四卫几乎全体阵亡，我们被统帅捡回去的时候，甚至凑不齐一桌麻将，我这个代理卫队长只好东拼西凑拉新队伍，每次演习都被同僚欺负得很惨。"

林静姝嗤笑："陆总长，历史上，'人体改造'计划被中途叫停，保留至今的成果只有漫长的寿命。劳拉被秘密审判，他们连她的罪名都不敢说……为什么，你不想想吗？你居然还敢走他们的老路？"

陆必行正红着眼跟援军确认方才被撞飞的护卫队和斗鸡的情况，没顾上理她——人有四肢，他就剩四个学生了，少一个都像砍他一条手足。

"陆总长，你扛着自由宣言的大旗，私下里独吞女娲计划资料，在第八星系制作自己的进化人武装，这件事，林将军看来是知道的了？如果我是恐怖分子、星际海盗,请问你们又比我高尚在哪儿了?"林静姝提高声音,"不……等等,差点忘了,联盟官方向来认为,非经联盟承认的武装就是星际海盗,第八星系本来就没有合法性,看来你们还真是实至名归啊。"

"进化人武装?我喜欢这个说法。"阿纳·金笑了起来,朝他的战友们隔空喊话,"喂,你们听见没有,以后不许再叫我们'那帮空脑症'或者'残联'啦!"

峰回路转,援军天降,拜耳一口吊在胸口的浊气重重地放出来,连语气都轻快起来:"滚蛋,平均人机匹配度不到65%,'星际公交车'的星舰司机都比你们高,还进化——我看你进化的是面部直径吧?"

不明所以的人类联军们面面相觑,不知是谁轻轻地问:"空脑症……也能有太空军?"

这时,林静恒喊了一声:"是静姝吧。"

林静姝骤然听见自己的名字,手指一紧,可是没等她回答,就听见一个很年轻的女孩在通信频道里说:"统帅,是我。"

林静姝先是一愣,随后难以置信地抬头望去,只见那个不加密的公开通信频道里出现了一个陌生的女孩,看装束,她应该是技术支援一类的角色,脸很干净,但相貌平平,扔在人堆里,戴着放大镜也找不出来。

林静姝心里陡然升起一点怪异的愤怒感,来势汹汹地在她额头上撞了一下。她是谁?她怎么敢答应这声"静姝"?

"很遗憾,作为空脑症,我们的精神力永远无法达到白银第四卫原装的水准,阿纳·金将军就将就一点吧。"那个陌生的"静姝"说,"但是幸好我们有装备。"

第八星系空脑症人口比重很大,长久以来所受的歧视必定会导致矛盾和对立,因此保证空脑症居民在各行各业中都有平等的位置和择业自由很重要,太空军特别成立了空脑症军团。他们所用的机甲是特制的,脱胎于早年设计的"初级机甲",可以最大限度地简化精神网,弥补驾驶员精神力不足的客观现实。机甲简化了精神网，功能必定受影响，因此，在这支特殊的机甲战队里，机甲是成组行动的。利用行星反导技术方面的突破，在每一组机甲上装一个微型的反导系统，同一组的小机甲互相之间装有特殊的感应器，能根据彼此的位置随时变换整体防御与攻击方向。这比普通的机甲战队需要更好的配合与更精确的战斗意识，也因此有更大的训练强度。

然而那是太空军团啊，那是几十年前，被伊甸园驱逐的空脑症们想都不敢想的"绝对禁区"。技术既然先行一步，替他们在这条路上撬开了一条窄缝，那么剩下的九十九步，人们就算爬也要爬过去。

训练强度大又怎样呢？他们等这个机会已经等得太久了。

黄静姝转头看身边的怀特："我们花了大价钱做出来的反导技术，正经行星还没用上，倒先便宜你了。"

"行星用得上就坏了，"怀特说，"你可盼点好吧！"

当年，因为红霞星被星际导弹摧毁，星海学院仅有的四个学生走向了不同的方向，空脑症的小太妹黄静姝把自己拾掇干净，在陆必行的纵容下，投入了一个终身可能都看不见一点成绩的领域。而空脑症军团使用的"初级机甲"的构想来自怀特的一次作业，他成年以后，就进入了军工研究院，成了一个专攻这方面的专家。没想到，阴错阳差，她和怀特代表两个领域的技术支援，在如今的空脑……不，白银第四卫队里，殊途同归。

每十年，这个世界会颠倒一次。

"哈登博士年纪太大了，不宜远程太空航行，我在这里代表他向林女士问好。"怀特正色下来，"顺便传达博士的一句话。"

机甲里各种示警灯，倒映在林静姝眼睛里，忽明忽灭地闪烁着。她冷静下来，已经意识到"静姝"只是个并不罕见的重名，算不上什么冒犯。她方才那种暴虐的愤怒，大概只是因为林静恒已经很久没有叫过这个名字了。林静恒不是喜欢表达亲近的人，很少省去称谓和姓氏叫人名字，以前他每次这样叫她的时候，声音总会比平时低一些，好像有些不好意思似的，含着一点内敛而特别的温柔。

可是……那都是过去的事了。

林静姝环顾周遭，忽然品出了一点宿命般的意味。

十四年里，除了驻守第八星系的白银九，一直和她作对的白银十卫在这里凑齐了。而她一生中期冀过又失望过的人——伍尔夫元帅、哈登博士、林静恒……此时此刻，都以不同的方式注视着她。她的芯片帝国所向披靡，欺骗了人工智能、打败了最精锐的人类联军，证明了芯片人的优越性毋庸置疑。最后拦在她面前的，居然是一帮残次品中的残次品。

怀特说："哈登博士对您说，'白塔已经崩塌了，被一支舒缓剂困在里面的您，什么时候才能走出来，看看外面的星空呢？'"

林静姝听完笑了："哦，那老糊涂又在自以为是了。"

她一生偏激自负，认为那些控诉她、劝诫她，甚至悲伤地试图伸手拉她的人都很可笑，他们才是被虚幻的价值观遮住眼睛的人，抱着不自洽的逻辑和道德自我感动，还总想用陈词滥调把她洗脑到他们的水平，自作多情地给她安一个"被一支舒缓剂困住""劳拉对不起你"之类的悲惨角色。

"请你转告哈登博士，就说我虽然运气不佳，可能会输了这一局，但不代表你们就不愚昧了。小男孩，如果你寿命够长，你一定会有机会看见人们重蹈覆辙，再把自己毁灭一次，到那时候，别忘了替我笑一场。"林静姝把手里那朵蔚蓝之海揉成一团，隔着几步远，扔进了机甲上的垃圾处理器，抬手下令，"谁让你们停下了？从每一个拦路的人身上碾过去！"

蔚蓝之海曾是被迫蜗居天使城要塞的沃托人培育的，花语是——

回不去的故乡。

自由军团那些密集的小机甲，全然不顾第八星系援军拦路，悍不畏死地冲向天然虫洞区，像是海啸卷起的滔天大潮。第八星系这支特殊的

"白银第四卫队"在狂澜面前并没有掉链子,虽然总是被同僚挤对——但挤对的前提是,白银十卫的其他卫队在日常集训中承认了他们。

那些以组为单位的小机甲防御扎实,经验丰富,怎么冲撞也冲不散,坚固的堤坝一样寸步不退地阻在天然虫洞之前。得以喘息的人类联军很快重新整队,追了上来,形成了一个巨大的包围圈,把自由军团牢牢地困在了其中。

直到这时,陆必行才知道什么是林静恒说的"困兽"。

方才恨不能在头上顶个喇叭,朝全宇宙散布异端邪说的自由军团,这时屏蔽了一切通信,他们被伍尔夫逼到第一星系死角,至此黔驴技穷、陷入绝境,于是他们不沟通、不交流,也绝不投降,反复冲击人类联军的包围圈,那些小机甲像扑火的飞蛾,一批一批地冲上去,又被卷进炮火里灰飞烟灭,要把"蚁后"的意志贯彻到底。

人类联军的通信频道里是此起彼伏的命令,最多的字眼是"开火",漆黑的玫瑰之心深处,像是要给烧出一个洞来,机甲的碎片把防护罩撞得来回发出警告,连成一线。警报声、怒吼声、通信杂音混在一起,聒噪得让人耳鸣,每个机甲驾驶员的感官都隔着精神网被战火烧着了。

突然,疯狂挣扎的自由军团好像被人集体施了定身法,整体顿了一顿,随后,他们突然散了摊子,纷纷慌不择路地往不同方向抱头鼠窜,有些小机甲甚至没头没脑地冲进了联军中间,竟被联军从精神网上扫了下来成功捕获。

陆必行从精神力消耗过度的耳鸣中回过神来,意识到了什么,蓦地扭头去看林静恒。

林静恒一动不动地站在那儿,整个人像是已经凝固。

会出现这种情况,只有一种可能……"蚁后"的意志消失了……

自由军团的指挥舰在混战中被击落了,死于一发不知道谁打出来的导弹。芯片帝国失去了灵魂和大脑,像个张牙舞爪的巨人,轰然倒下,砸出数十米的尘嚣,惊慌地流窜在微风里,带来无数恐惧。

然后就死了。风流云散了。

第四章 机械恐怖

"消灭所有安全隐患,消灭所有芯片人。"那声音冷冷地说,"最终目标是占领八大星系,联盟的理想世界将围绕我的意志而成,龙渊——"

(一)

在遥远的地球时代,世界上绝大多数人类是活不到一百岁的,那时人们的生命显得异常紧凑,短短几十年里,他们要经历自然分娩的出生、无处不在的意外、眨眼而至的衰老……以及数不清的生离死别。而当他们年迈的时候,往往因为失去社会角色而无所事事,于是这一生痛苦的往事,就会像地下的泉水一样,源源不断地往上涌,把孤独的精神世界浸泡得满目疮痍。

忽然,林静恒有一点头重脚轻式的恍惚,好像也感觉到了那种"浸泡在往事里"的茫然。

驾驶员情绪剧烈波动,会影响精神力。林静恒精神力高,一个人把持精神网的时候,数值掉一点倒也无所谓,可是此时他们两个人共用一张精神网,都卡在一个微妙的数值上,稍微往下掉一点,他就会被机甲的精神网弹出去。陆必行一看他表情就知道要坏,立刻自己主动撤出了精神网,幸亏他反应及时,才刚断下来,就看见林静恒晃了一下,大概是接到了精神网的警告。

陆必行灵机一动："人工智能军团还在后面！"

林静恒倏地一震，涣散的眼神果然立刻就聚了焦。

"知道，"只见他近乎喜怒不形于色地一点头，打开通信频道，有条不紊道，"金，清扫战场交给你，其他机甲上技术兵注意检查电子设备加密情况，统计火力和伤亡，立刻报送——杨，带人归队后撤。不用紧张，这里是玫瑰之心，人工智能不会比芯片人更难对付。"

就好像方才灵魂离体的人不是他一样。

陆必行松了口气，责任重于山，万钧的分量兜头压下来，胸口漏一个碗大的窟窿也镇得住——这事他有经验。

"统帅，"泊松的声音有些发沉，"外围跃迁点方向有不明能量波动，一批机甲正在靠近。"

前狼刚走，恶虎又至，泊松这一嗓子把通信频道里叫得一片鸦雀无声。外围白银三的军用记录仪上拍到了一些画面，很快传到了联军每个人手上。只见原本试图攻入玫瑰之心的人工智能军团突然暂停火力，整队回撤，与疲惫不堪的联军遥遥对峙片刻，然后那队伍向四方分开，一架巨大的重甲露出头来。

陆必行轻声问："等等，这是……之前我们在沃托遇见的那架'龙渊'吗？"

他话音没落，所有凝视着那画面的人都抽了一口气——龙渊身后跟着它一众随从护卫机甲，再往后，又是一架超级重甲。而这还没完，晃眼的超级重甲一个接一个地出现，赶集一样，很快，除了不争气的湛卢，联盟十大名剑中的另外九位都聚齐了。

纳古斯粗气还没喘匀，哆哆嗦嗦地从鼻子里喷出一句话："不给人活路了吗？"

陆必行拍了拍肩头的湛卢——湛卢精神网过载故障，现在只是个丧眉耷眼的电子管家："采访一下，你现在有什么感想吗，湛卢兄？混成这副没出息样，自己有没有反思过？"

机械手有气无力地和他一击掌,机械音里莫名透出一股忧伤:"我觉得应该反思的是您的工程部,陆校长,但我现在有点思念爆米花它们了。"

陆必行对他的追求无话可说,只好看着这胸无大志的机甲核叹了口气:"你都快变成'家庭机甲'了。"

这时,龙渊突然动了,缓缓向玫瑰之心驶来。

最前线的白银三精神已经紧绷到了极致,一排粒子炮出膛,重重地撞在了龙渊的防护罩上,高能粒子流"轰"地四下炸开。泊松·杨一手心的冷汗,色厉内荏地接通了敌方的通信:"龙渊,再靠近,可就不是警告级的火力了。"

出乎所有人意料,他的警告放出去,龙渊竟然真的停下了,接着,龙渊的机甲核出了声:"海盗自由军团匪首指挥舰是否已被击落?"

泊松一愣,没敢贸然开口——陆必行判断过,林静姝应该是人工智能军团的第一目标,伍尔夫不惜"以死为生",就是为了对付她。所以现在是什么意思?第一目标没了,开始找第二目标收拾?伍尔夫当人的时候,他的想法别人还能揣测一二,现在他老人家一步跨出了碳基行列,脑回路越发莫测了,谁也不知道这些一言不发就开炸的疯电脑在想什么。

龙渊等了一分钟,没等到回答,于是又不温不火地把这问题重复了一遍。

"没关系。"这时,通信频道里传来林静恒的声音,人类联军整队极快,片刻光景,指挥舰那里已经收到各部队的伤亡情况了。林静恒大致一扫,判断联军还没到山穷水尽的时候,于是很有底气地说,"实话实说,看看他们要干什么,如果双方迟早有一战,不如趁现在天时地利人和俱在的时候打。"

龙渊像个催命的闹铃,又问了一遍:"海盗自由军团匪……"

"是,"泊松带着几分紧绷打断他,"林静姝所在指挥舰已被我方导弹击落,她的随行护卫大部分被歼灭,剩余少数芯片人已被俘虏。"

龙渊顿了顿，语气毫无起伏地说："可是第一星系地面上的芯片人仍在。"

所以……呢？泊松一头雾水。

"慢着，"陆必行说，"我觉得它们好像不是来打架的。"

龙渊："伍尔夫先生希望与林将军——或是第八星系的陆总长直接通话。"

说完，龙渊机甲核隐匿，伍尔夫的声音响起。他说话太拟人，沃托上尸体开口的惊悚还没退，联军众人一听这声音就起鸡皮疙瘩。

"我是休伯特·伍尔夫，在此，首先感谢诸位勠力同心，战胜了我们共同的敌人。"

拜耳："……我们三方不是互为另外两边的'共同敌人'吗？"

李弗兰连忙嘘了他一声。

"盘踞沃托的光荣团刚投降不久，自由军团的海盗已经把根系深深地扎进了血迹未干的土壤里，而我的制造者那时已经接近人类寿命的极限，他能感觉到自己的自然死亡就在不远的将来，所以创造了我。"那人工智能用伍尔夫的声音说，"我共享他的记忆，继承他的遗志，将最大限度地保卫和平，以消灭海盗自由军团作为第一目标，至此，在诸位帮助下，已经完成了使命。"

林静恒淡淡地说："那你们'保卫和平'的方式还挺有创意的。"

幸好人工智能不会生气，也不在乎他态度不好："你指轰炸沃托吗，静恒？沃托是匪首最有可能吃下的诱饵，本地人口在所有行星中数量最少、居民避难意识最强，在战乱中最有能力自我保护。我认为，这是最合理也最经济的选择。"

这话听起来，好像沃托炸得还挺高明。

"但我并不想就此和你争辩什么。个人权利与社会效率，道德、文明与利益取舍，每一个议题都能拿出来吵到地老天荒，"伍尔夫说，"而在这过程中，每一次痛苦的抉择，都会消耗你作为指挥官的决心和敏锐度。敌人知道这一点，事实上，她已经用各大星系首都星要挟过你们了,我想她也不会给我们留下开辩论会的时间,商量彼此的计划。所以我没打招呼,就按照目标权重和优先级,选取了性价比最优的方案,事实证明,我们成功了。"

陆必行:"那从沃托逃出来的难民呢,你打算怎么办?"

"天使城要塞的基础设施保持完好,附近有多个人造空间站可供居住,物资储备充足,他们已经去过一次,不算陌生,大部分人在上次撤离的时候,在天使城要塞都有临时居所,仿照上一次的安排就可以,由幸存者中行政级别最高的人负责。"伍尔夫不紧不慢地安排说,"当然,选择自由,人工智能机甲在短期之内恐怕会引起他们的恐慌,所以还请诸位帮忙在休整完毕后护送一程。"

陆必行一挑眉——他想得还真挺周到的。

伍尔夫又说:"下一步,我们将要清理地面芯片人,逮捕二代以上芯片人,依法审判,并将一代芯片强制取出,隔离消除生物芯片对人体的影响,由于缺少相关资料,希望陆总长能提供技术支援。"

陆必行问:"你们想要哈登博士的芯片干扰技术?"

"是的。"人工智能伍尔夫彬彬有礼地说,"我保证不滥用生物芯片,以最大限度地消除芯片毒品流毒为首要任务,取得的技术永远不用于非法人体实验,以上保证将写入我的程序。"

陆必行迟疑了一下。

一样东西只要产生了,以后就再也不会消失。古地球人自从推开了成瘾性药物的大门,毒品滥用就在相当长的历史中屡禁不止。那么可想而知,芯片帝国虽然覆灭,但生物芯片那种类似伊甸园的成瘾性还在,未来,这种新型的毒品将会成为社会的一块疮,以后各星系大概都要针对芯片,成立新的"缉毒部门"和研究所,那会是另一场长期的斗争了。因此,芯片干扰技术在各星系之间共享是肯定的,如果是哪位中央军统帅跟他要,他一定二话不说就给了。但此时面对的是诡异的人工智能军团……

陆必行试探了一句:"如果我们拒绝合作,龙渊不会开火吧?"

"不会，我已经解释清楚了，我的存在，永远是以最小的代价形成最优的方案，我不是战争机器。"伍尔夫平和地说，"再说，你们的芯片干扰技术并非无迹可寻，我有强大的人工智能，具备解析这种技术的能力，即使贵方不肯合作，我也只是多花点时间而已。但如果陆总长拒绝，以后芯片犯罪升级，我们也将拒绝技术共享，我想这并不是一个双赢的局面，请您仔细考虑。"

陆必行头一次和人工智能谈判，忍不住想知道人工智能的底线，于是敲竹杠道："这样吧，你拿十大名剑来换。"

人有喜怒哀乐，但人工智能看来没有，性格复制得再像，也只是模仿而已。听他狮子大开口，人工智能的伍尔夫也没有生气，只是有理有据地反驳说："抱歉，我认为这个交易并不公平。"

陆必行立刻改口："不都要，一半呢？"

伍尔夫仍是说："不公平。"

"一架。"

"不……"

"那修复湛卢机甲核的可变形材料总行吧？"

出乎所有人意料，这一次，人工智能伍尔夫沉默了一会儿，居然答应了。

大约一个小时后，人工智能军团释放了一个机甲运送补给用的小型补给舰，白银三打起了一百二十分的精神，把这小型补给舰隔离处理，差点把每个零件都拖出来消一次毒，彻彻底底地过了六道安全检查，才把东西收下，又将几个芯片干扰器及简要说明放进补给舰送回去。

伍尔夫十分大方地给了他们一吨可变形材料……以及一个破旧的纸箱。

"白银三查过了，里面没有危险物品，"泊松亲自把纸箱送到了指挥舰上，"里面根本就没有电子物品，统帅，您看看吧。"

纸箱里都是琐碎的旧物——有一打相框，里面夹着很多旧照片，年轻时的伍尔夫元帅、哈登博士、他祖父林格尔、童年的林蔚、少年的林蔚、穿着乌兰学院校服的少年陆信……有合影,也有单人的。还有几幅花花绿绿的儿童画,角落里的签名是一个歪歪扭扭的"林蔚",以及一个相当有复古意味的笔记本,笔记本的主人是林格尔。据说在新旧星历交替的战争打到白热化时,为了安全,联盟的奠基人们曾有一段时间舍弃了电子产品,回归原始的纸笔,应该就是那个时期的笔记。

"这是一些遗物,"人工智能伍尔夫说,"静恒,我想你应该会妥善保存。"

说完,机甲龙渊收走了补给舰,就这么掉头准备回撤了。

"等一下,"陆必行在通信切断之前突然说,"最后一个问题,伍尔夫……元帅,解决了地面芯片人问题之后,你打算怎么做呢?把联盟变成一个人工智能掌控下运行的机械帝国吗?"

"我会休眠。"人工智能伍尔夫留下这么一句让人浮想联翩的话,也不解释,径自切断了通信,十大名剑好像是专程来给他老人家摆排场站台的,造型摆完,就像来时一样迅疾无比地撤退了,转眼消失在玫瑰之心外围。寂静的玫瑰之心宛如一座太空坟场,飘荡着无数机甲残骸,留下来的人类联军们面面相觑,慢慢从一场噩梦里苏醒。

不知是谁轻轻问了一句:"都结束了吗?"

通信频道里沉默片刻,突然有人失声痛哭,听不出来是谁,也许是失去了统帅的第二星系中央军,也许是在幻觉下失手伤害了战友的某位驾驶员。

……也许只是劫后余生,悲从中来。

林静恒深吸了一口气,抬手叫来一个卫兵:"精神网接过去,你来当驾驶员。"

在控制狂林帅的机甲上当驾驶员,卫兵吓了一跳,受宠若惊道:"我……我?"

林静恒没多说,利索地把驾驶权限交了出去,然后若无其事地往旁边的医疗室走去。

他走了几步,突然像没电了一样,一头栽了下去。

（二）

第八星系。

启明星的银河城正值湿季与干季过渡，气温骤降，天空却澄澈了起来，土壤中丰沛的水汽没来得及散净，靠近城市绿化带的时候，能闻见浮在泥土上的落花香。那是一种懒洋洋的味道，开了一季，腻了、爱搭不理了，懒得再香成那种一本正经的样子。

这会儿人们都在抱着个人终端刷新闻，大量信息在城市上空来回涌动。私家车排队上轨道的时候、餐厅里等机器人端咖啡的时候，随时能跟周围的人聊起玫瑰之心那场大战和临时来到第八星系休整的客人们，持有什么看法的都有。

对时政的讨论热度过高，多少有点人心惶惶的感觉。但惶惶归惶惶，吃饱喝足聊过瘾，还是该工作的去工作、该上学的去上学。在刚从战场上下来的人看来，反而有种特殊的岁月静好的感觉。天然虫洞区和人类联军创造了一个奇迹，那一边打得星辰无光，这一边，半片灰都没有飘到银河城整洁的街道上。陆必行把窗帘拉开一条缝隙，向窗外看了一眼，觉得天光太亮，于是又重新掩上了，把手里端的咖啡放在床头的小柜上。

湛卢虽然在战场上频繁掉链子，但在家政服务方面绝对是个劳模，煮咖啡的本领更是登峰造极，陆必行以前不怎么爱喝这个，林静恒回来以后，每天都因为他在自己家餐厅闻见这股经久不散的香味，愣是被勾引得改了食谱。

咖啡杯里的蒸汽朝床上飘过去，陆必行伸手扇了扇，好让香味弥漫得更快，期待气味能把床上那位唤醒。

可惜那位先生不馋，无动于衷。

林静恒在指挥舰上突然晕过去，差点把刚接过驾驶权限的卫兵吓掉线。医疗舱紧急诊断，认为他的身体没有病变，只是过度疲惫导致的。

诱因主要还是舒缓剂一号,这种新的舒缓剂跟过去联盟用的那种不一样,林静恒以前没接触过,一照面就"自来熟"地当老朋友一样嗑,难以适应新药的身体反应比较大,也算正常。林静恒的一只手垂在被子外,个人终端一直亮着,连着家用医疗舱,上面实时显示他的各项指标。个人终端上记录,光是他回到家以后,昏睡时间就已经超过二十个小时了,还是没有要醒的意思。

枕边摊开着林格尔那本手书的笔记本,厚厚一本,是陆必行清早打开的,才看了五分之一。

遗传有其神奇之处,在一些细节上,林格尔的笔迹居然和林静恒有些像,字里行间看得出是个稳重又不失温情的人,文字冷静但不冷峻,中间有几页甚至很详细地描述了他求婚前的忐忑,里面有这家人一脉相承的闷骚气质,让人看完会心一笑。

陆必行在床边坐下,收起笔记本,对着林静恒的脸端详片刻。光线昏暗的地方,他脸上的线条更明显了些,鼻梁与下颌线十分陡峭,嘴角尖锐,眉心虽然没有皱起,却也不是完全放松的,总有一种不明显的紧绷感。

陆必行叹了口气:"算了,难得多休息一会儿,你愿意睡就睡吧。"

有一部非常古老的电影里说:"世界是虚无的,我们活在彼此的心中。"①所以在人的精神世界里,每一个对他来说刻骨铭心的人,都像是一处容身之所。有的温暖些,有的阴森些。

林静姝对他来说,就像穷孩子住的破棚子,四面漏风,不温馨,也不美好,但他也曾在其中感觉过沃托精制的风、伴着人为控制的雨声入眠,里面装着他的来路,他的童年,现在没了,他就回不去了。

陆必行执起他一只手,按着他的脉搏,半懂不懂地感觉了一会儿那平稳而有些沉郁的跳动,胡思乱想:"幸好还有我这里收留你……可我

---

① 世界是虚无的,我们活在彼此的心中。——《风雨哈佛路》

要是对你不好可怎么办？"

这莫名其妙的念头刚一起，陆必行自己的心先揪了起来。好像陷在床褥间的这位不是堂堂白银十卫统帅，而是个会在寒风里瑟瑟发抖的孩子，谁都能欺负他，谁都能伤害他。陆必行自编自导，在脑子里编排了一出毫无现实依据的小剧场，把自己编排成了一个对他不好的反派，还没来得及细想怎么个"不好"法，"陆导"已经把自己心疼坏了，肋骨都酸胀起来。

这时，林静恒的手指轻轻地蜷了一下。湛卢香味逼人的咖啡没有成功唤醒他，但陆导没事找事的自行伤怀可能有点用。

林静恒一睁眼就看见他一脸忧郁，凝固的造型好像在等着谁拍特写："……你干什么？"

"主要道具"穿帮，小剧场演不下去了，正在神游的陆必行还呆呆的，心口那阵酸疼还没过去，声音温柔得能拧出水来："嘘……忙着看你呢，别捣乱。"

林静恒进入不了他的小剧场，无端被他腻出了一身鸡皮疙瘩："你吃错什么东西了？"

他倏地一抽手，就想坐起来，才刚一动，太阳穴像是被什么贯穿了，头晕得难以在脖子上安放，哼了一声，又摔了回去。

陆必行忙问："怎么了？"

"晕。"林静恒含混地说，有些焦躁地在枕头上辗转，"这是那破舒缓剂的后遗症还是躺的……我躺多久了？"

陆必行小心把托起他的后背，半抱着他坐起来，让他把下巴搭在自己肩上："这样舒服一点吗？"

他的衬衫上依然是湛卢热爱的尤加利香，冰凉的樟脑味极有穿透力，不喜欢的人觉得有点刺鼻，此时却正好安抚了林静恒搅成一锅粥的脑浆，他"嗯"了一声，觉出陆必行的体温从衣服里弥漫过来，熨帖地裹在他身上，一点一点浸染着他冰冷的皮肤。林静恒心里隐约知道有很多大事发生了，还有很多大事亟待处理，可就是提不起力气去想，脑子里空空如也。

然后就听见陆必行那货在他耳边嘀咕:"好多了吧?我觉得你刚才可能是被我帅的,看不见我就没那么头晕目眩了。"

林静恒有气无力道:"滚。"

陆大不要脸还没来得及抗议,个人终端上就收到了李弗兰的传信。

李弗兰:"总长,各位中央军的统帅说想拜访您,现在方便吗?"

玫瑰之心一战打得异常惨烈,人类联军损伤惨重,不管后续怎么安排,机甲必须维护,物资必须补充,人也必须休息,此时第一星系笼罩在人工智能的阴影下,虽然伍尔夫声称自己爱好和平,但鉴于他就是一只大号的幺蛾子,说的话也没人敢全信,第一星系不是个久留之地,所以他们在虫洞两侧重新架设起临时的通信网络,玫瑰之心留了一小拨人看守,除了反乌会的哈瑞斯带人不告而别之外,剩下的都暂时来到第八星系落脚。

"这地方这么……"纳古斯看着银河城的中央居住区,在心里切换了几个措辞,最后委婉地说,"简朴啊。"

中央居住区就是一片小楼,每个小楼附带一小片院子,院子小得连架小机甲也放不下,越过不到一人高的小墙头,能跟隔壁邻居交换晚餐,两排房子中间夹着一条窄窄的路,绿化也做得中规中矩,朴实无华,看着就像个普通的居民小区——不用说和沃托那些依山傍水的贵族宅邸相比,就是在这些各星系的地头蛇眼里,也属于"青年公寓"水平。

"第八星系从政府到各种基础设施都是新建的,"李弗兰带路说,"底蕴不深,没有沃托那么多大家族,很多政府工作人员还是一个人吃饱全家不饿的状态——不过这两年,我们稍微松快些了,也在陆续建其他的中央居住区,让那些家里人多的可以搬到更宽敞的地方……到了。"

第四星系统帅抬头看着那小楼,有点心酸,嘀咕了一句:"这还不如陆将军家以前的会客厅大,别的不说,你们行政长官怎么也要有个府邸吧？内政外交、公私会晤，难道全都在办公室接待？不像话啊。"

"银河城有专门的接待区，"李弗兰说，"不过您说得有道理，以前第八星系也没有外交，所以一直拖着，最近也开始有人提这件事了。"

其实以前也有人提，只是那时候独眼鹰身亡、林静恒失踪，爱德华也撒手离开，这个只将将够转身的小院，差不多是陆必行的全部了，一有人碰这个话题总长就翻脸。

"'林将军和工程师001的家'，"纳古斯念出了门牌，"怎么，静恒还和他住在一起吗？这也不方便啊。天天在家看见你们林帅那张冷脸，吃饭不噎得慌吗，怎么过？"

李弗兰干咳一声，装聋作哑，上前叫门："湛卢，我们到了。"

人形的湛卢脖子上挂着黄金蟒，跑来开了门，诡异的审美又把上了年纪的客人惊吓了一遍，陆必行花了不到五分钟，就把自己家的构造给客人们介绍清楚了，倒是方便。

纳古斯四下看了看，问他："静恒醒了吗，怎么样了？"

"没事，还是舒缓剂一号的问题，早晨醒了一会儿，后来医疗舱给他开了两片药，吃完又睡着了。"

纳古斯点点头，他的主要目的也不是问候林静恒，那货什么风浪没经过，反正也死不了，提林静恒只是当个引子。纳古斯大手在自己膝盖上搓了两下，尽可能自然地问："那……那个……必行年纪也不小了，还是自己过吗？"

陆必行："没有啊。"

纳古斯把细长的眼睛睁到了最大，十分期盼地等着听他下文，却见陆必行不慌不忙地从湛卢手里接过茶杯分给众人，没下文了。第五星系统帅老布又用胳膊肘戳了纳古斯一下，纳古斯一抬手扒拉开他，实在按捺不住，追问："怎么，家里还有别人吗？"

陆必行很无辜地一抬头："吃完药睡了，纳古斯叔叔，刚才不是问过了吗？"

满座鸦雀无声片刻。

纳古斯的手好像成了个自动搓衣板，来回来去地摩挲他那条破裤子，将大腿处磨得锃光瓦亮，活像要开光。

"你看你这话说的，"他进行了最后的挣扎，"就跟你们俩要一起过似的……"

纳古斯统帅挣扎了一半，莫名其妙想起那个诡异的门牌，忽然激灵一下，忘了后文，只好拿干笑来填。陆必行笑容可掬地反问："不然呢？"

纳古斯："……"

开光的裤子不灵！

旁边第四星系的统帅魂不守舍地把热茶往嘴里塞，陆必行"小心烫"的提醒慢了一秒，他已经直接把舌头烫成了卷，差点从嘴里喷出一枚螺丝。

这但凡要是他们中某一位的儿女，老统帅们大概就要掀起一波"你爸在你这么大的时候，已经和穆勒教授成了沃托模范夫妻"的唠叨大会。可陆必行不是在他们眼皮底下长大，虽然经玫瑰之心并肩一战后很快熟络了起来，但毕竟才跟他们认识不久，老帅们对他，远没有对可以随便捶的林静恒那么自在。再者，作为曾经公然反叛联盟的第八星系总长，这个看似脾气温和的年轻人的手腕与魄力，都在有条不紊地调用第八星系资源时展现得淋漓尽致，严格来说，中央军与联盟军现在都是仗着临时联盟跑来蹭饭的，陆必行肯顾念上一辈的交情，顺水推舟地叫一声"叔叔"，已经算给足了面子。大家坐下来，闲聊几句各自的家庭和生活无伤大雅，但聊完就算了，还要指指点点，未免就不识趣了。

按照社交礼仪，这会儿应该说几句"有你哥哥照顾你也不错"之类的场面话，可是林静恒当年在联盟实在是久负"盛名"，那一身自带生人勿近的天煞孤星气质，纳古斯实在是昧着良心也夸不出来，搜肠刮肚，没想出下一句话怎么接，憋得直抖腿。

有一种人，他们的状态永远是紧绷而沉重的，整个人的质地像密度极大的重金属，中间装着一枚硕大的野心，在权力中来回沉浮。他们中有些人会浪荡一生，有些人会孤独终老，剩下的大多数，则会中规中矩地走进政治联姻，跟家族利益绑定。在沃托中央区，这种人才是大多数，像陆信那样才是难得一见的非主流，林静恒在这方面一直很"沃托"。中央军的老帅们当然希望陆必行能像他父亲一样生动，而不是越长越"沃托"。

"呃……"旁边第五星系的老布第一个试图开口救场，"静恒……唑，静恒……是挺好的，稳重得很，是吧？"

众统帅连忙一片附和："对对对。"

老布又绞尽脑汁地继续说："前些年不是有个唱歌的吗，就那个……在议会很吃得开的那个，叫什么来着？挺不要脸地公开倒贴，不也被他两句话给堵回来了吗。我看以前有好多乱七八糟的人，在他面前都施展不开。"

他仓促间搭了个简陋的台阶，老帅们就一窝蜂地顺着这台阶往下滚。纳古斯"滚"道："不光以前，以后也是，我看连死后都是——我感觉未来一万年，戏说野史里都没他们什么事。"

"有正气，"第四星系统帅像煞有介事地接着"滚"，"外面那些贴上来的妖魔鬼怪在他这儿都自动显形。"

陆必行："……"

他感觉自己家里可能摆了一面照妖镜。

纳古斯心惊胆战地补充了一句："就是脾气有点大，从小让将军惯坏了，以前在白银要塞又是他一个人说了算，有时候……呃……"

陆必行哭笑不得："他不打人、不家暴，在枕头底下翻出穿过的袜子也不会一枪毙了我，湛卢养的变色龙没事就往他身上爬，至今依然健在，有时候还喂它。"

纳古斯："……"

一个喂变色龙的林静恒——纳古斯觉得逼仄的脑壳限制了他的想象力。

老布眼看他们又要把天聊死，只好尴尬地把话题往更加升华的方向引，感慨道："第八星系本来是一片荒野，是将军……你父亲把希望带到了这里，现在成了一片充满奇迹的星系，静恒看着都比在沃托的时候放松多了。"

"您要是喜欢，欢迎随时过来常住。"

"可别，我们这些老东西老来打扰，林静恒那臭小子能把导弹怼在茶杯里。"

老师们说笑了一会儿，渐渐缓和过来。这时，第六星系的统帅忽然叹了口气："以后想来还不知道怎么来呢。"

陆必行放下茶杯："诸位有什么打算？"

"我们肯定要想办法尽快回去，"老布正色道，"自由军团的蚁后死了，跟外星系的芯片人也断了联系，那些芯片人群龙无首，确实很难再颠覆政权，但是危害更分散了。"

以前芯片人自上而下统一意志，是一支能令行禁止的超级部队，能在一夜之间改天换地，篡夺法度，现在芯片人没有统一意志了，可是芯片对人体的效果还在，内部之间层级压制还在，任何一个高等级的芯片人，都能靠芯片纠集一帮自己的势力，这其中有任何一个人想为祸一方，都能搅得鸡犬不宁。一个反政府武装变成一打犯罪团伙，宏观上来看，前者更可怕，但是在朝不保夕的普通人看来，很难说哪个危害更大。

纳古斯从个人终端里调出星际航道图："伍尔夫炸断了第一星系和外界相连的通道，但好在实际路程不远，我昨天晚上连夜让战略规划部门做了个路径规划，顺利的话，最短六个沃托年，就能到第二星系，重新连上跃迁网。可是……六年啊，都不知道会变成什么样。"

可是不管变成什么样都得回去，哪怕回去面对一片焦土，也得从灰烬里翻出树种重新种上，别说六年，就是六十年、六百年，也没有一个士兵能放弃自己的故土。

"按照标准营养针配给，一个士兵随身携带三十六支营养针足够了，路上如果太平，甚至可以采取轮换休眠的方式，消耗更少。"

"物资方面诸位不用担心，"陆必行说，"这两年我们手头还算宽裕，如果有需要，我们也可以从白银四里抽调一部分随行支援。"

老布深深地看了他一眼："第八星系被联盟放逐百年，承诺的财政和技术支援因为管委会的私心而一再拖延，让这里自生自灭。后来因为联盟内部争斗，引狼入室，首当其冲仍是无辜的第八星系。再后来，第八星系又成了牵制反乌会、掩盖禁果的棋子，你们被迫封闭跃迁通道，远离联盟……唉，联盟除了陆将军，没有一个人对得起你们，到现在反而要靠你们……"

陆必行仍是笑眯眯地说："不然呢？布叔叔，我们封闭星系后变成一个强大的军事帝国，然后伺机趁联盟有难的时候打回去，把那个海盗'光荣团'的遗志发扬光大吗？"

老布说不出话来。

"八大星系都是管委会的受害者，联盟中央少数人的罪行也没有理由让全人类背，星系之间有外交规则，又不是幼儿园小朋友吵架，睚眦必报没有意义。百年来，沃托确实对不起我们，"陆必行说到这里，抬起眼，搭在一侧的手指轻轻地敲了敲沙发的扶手，"所以——诸位看我的启明星好不好？它不是已经快取代沃托了吗？"

老布一惊，陡然从混乱的战局里抽出视角——沃托已经成了一团焦土，第一星系前有丧心病狂的自由军团，后有喜怒无常的人工智能，就此没落已成定局。第八星系在这种情况下出手力挽狂澜，成为整个人类联军的大后方，无论是战时，还是将来战后重建，都少不了要倚仗第八星系支援，而曾经被流放到这里的空脑症，将会是对抗芯片人的第一线——要是各大星系都来寻求援助，白银四那点珍贵的空脑症恐怕都不够分。未来的人类联盟不管以什么方式存在，都会是第八星系这个"荒野"的时代。

这位第八星系年轻的总长不忠于任何人，不臣服于任何势力，也不是"以德报怨，不计得失"。当动荡的世界容不下星海学院的苍穹顶时，他只好二十年磨一剑，重建新星历纪元规则。

反正陆校长身无长物，就是敢想。

中央军的老帅们在陆必行家里以私人会晤的名义坐了一下午，大致敲定了人类联军的下一步行动方向，剩下的，就需要各方有条不紊地分工协作了，陆必行客气地留他们吃晚饭，纳古斯心情复杂地跟变色龙大眼瞪小眼片刻，虽然冰释前嫌，但对着林静恒，还是不大吃得下，于是有气无力地冲他摆摆手："不了，我们几个也没来过银河城，我们想去……想去四处逛逛。"

当天傍晚，一张照片上了银河城头条——几位来自外星系的老帅在广场上的陆信石像下站成一排，加起来足有一千岁，集体泪流满面，场面感天动地。

陆必行溜回卧室时，林静恒已经醒了，过度使用舒缓剂的后遗症大概是熬过去了，他正披着一件外衣，坐在床边的阅读椅上翻看林格尔的那本笔记，听见动静，头也不抬地说："都滚蛋了？"

"嗯，"陆必行踩着柔软的地毯走过去，贴着他的椅背伸了个大大的懒腰，然后瘫成一件人形的披风，把自己挂在林静恒身上，"我估计是去广场了。"

林静恒诧异地一抬眼："估计？他们要去广场为什么不让你陪同？"

陆必行哼哼唧唧地把下巴杵在椅背上，撒娇不说人话。林静恒就伸出两根手指夹住了他的下巴。

陆必行："那是他们这些上一个时代的人的聚会，我去就成政治作秀了，没必要。"

林静恒"嗯"了一声："几个老东西说我什么了？"

陆必行三魂缺席地说："说你是个照妖镜。"

林静恒："……"

陆必行回过神来，发现自己说了胡话，十分懊恼地一抓头发："不行,我得说点有意义的话,重来一遍,咳咳,我……"

林静恒不给他找补的机会,肩膀抖动起来。

陆必行扑到他身上:"严肃点!什么毛病,你怎么老是不该严肃的时候就板着脸,该严肃了就笑场?"

外套滑了下来,林静恒笑出了声,他膝盖上的笔记本掉到了地上,摔出了里面夹的一张纸。陆必行以为是纸质的笔记本年久失修摔掉了页,赶紧捡起来:"这要是放在历史博物馆里,差不多能算是镇馆的了,你小心点啊……嗯?"

摔出来的那张纸是一幅人物画,画工不算精细,但颇得本人神韵,一眼能认出这位就是史书上的林格尔元帅,面部线条勾勒得格外温柔,透过纸面,笑得了无阴霾。

陆必行奇怪地问:"这是自画像吗?"

"不是。"林静恒点了点角落里的签名,"伍尔夫的笔迹。"

陆必行盯着那自画像看了片刻,嘀咕了一声:"那个人工智能怎么把这也送出来了。"

"人工智能毕竟是人工智能,"林静恒说,"和活着的伍尔夫是不一样的。"

陆必行的手指缓缓滑过伍尔夫那轻轻的签名,像是滑过了一种隐秘而深沉的情绪,沉吟片刻,他说:"不,我忽然想起来了……机械时代是他们亲手推翻的,伍尔夫可能是现在世界上最了解超级人工智能的人,他不会不明白碳基生物和人工智能之间的区别吧。"

那么一个凡事都要算到的人,为什么会任凭一个无法控制、不知道会发展成什么样的无权限人工智能霸占第一星系?只是为了对付自由军团吗?打完自由军团呢?无权限框架的人工智能相当于有自由意志,真能像他设想的那样,老老实实去休眠吗?那个老人布置下一切的时候,他到底在想什么?

"如果无法准确判断敌人的目标,我们的原则就是,按照对我们来说最不利的情况准备,"林静恒捡起滑下去的外衣,"自由军团的芯片人想混进玫瑰之心时，曾经说过，无权限人工智能的本能就是要扩张，那么我们先假设他不是危言耸听，AI伍尔夫真的想进入第八星系，他会通过什么方式？"

陆必行在地毯上席地而坐，把林格尔珍贵的笔记本搭在膝盖上，一眼一眼地端详着那幅画像，顺口回答他："超级人工智能有主机，能使用网络，包括星际远程网络、机甲间定点通信等等，他可能会尝试利用网络入侵任何系统。"

林静恒一点头："但玫瑰之心是电子真空，内部没有跃迁点，而我们在和对方直接接触的时候一直非常小心。白银三不是饭桶，伍尔夫能跳过他们，入侵联军通信系统的可能性很小。如果是你，你打算怎么办？"

"你让我来扮演人工智能啊？"陆必行看了他一眼，在地毯上左摇右晃地冲他笑，"角色扮演是不是也有点太黄暴了，我觉得有点害羞啊。"

林静恒给了他一脚。

陆必行重新低了头，他刚才一直在看伍尔夫画的画，不知为什么，那画像的笔触里有什么东西，隔着很多年触动了他，让他非得用一句有些没皮没脸的玩笑话岔过去，才把卡在胸口的郁结呼出来。他渐渐收敛了嬉皮笑脸，沉默了一会儿，谨慎地说："如果是我，我可能会选择从自由军团的芯片人那里下手。"

（三）

玫瑰之心。

陆必行他们带着大批难民和人类联军回第八星系的时候，托马斯·杨则带领剩余的白银三前往第一星系增援泊松。

芯片人俘虏已经被佩戴了干扰器，统一关押了。

"卫队长，"一个白银三的技术人员跑过来对托马斯说，"自由军团的机甲通信系统里有被人工智能入侵的痕迹，需要我们立即清除吗？"

"知道了，一点入侵迹象也没有才不正常吧，隔离处理……哦，对，先不忙着清除，"托马斯听完倒是不意外，伸了个大大的懒腰，"让管家婆泊松老奶奶拨几个人过来，咱们成立一个小组，尽快分析它的入侵路径，然后分别呈报白银一和统帅。万一以后咱们跟伍尔夫还有一战，还是准备得越周全越好。"

"自由军团被伍尔夫的人工智能追得在第一星系里到处跑，不可避免地跃过跃迁点，而就当时的战局来看，整个跃迁点网络都应该在伍尔夫的控制下，"银河城的陆必行说，"自由军团在仓皇逃窜时，机甲上会有很多'敞口'。所以我们俘虏的机甲里很可能会携带病毒。"

林静恒摇摇头："白银三的托马斯和泊松现在都在玫瑰之心，他们俩不可能连这点事都处理不好。"

"除了机甲，还有人，"陆必行想了想，又说，"被俘芯片人的个人终端以及其他电子物品，都可能和他所在的机甲有过交互，如果机甲被伍尔夫入侵，那人身上的电子设备很可能也不能幸免。"

被俘的自由军团芯片人暂时没有进入第八星系，仍留在玫瑰之心，他们也会在这里去除芯片并受审。

泊松亲自监管俘虏情况，听完托马斯要人的要求，泊松一点头："第六、第七技术组过去，当时他们在最前线正面接触过人工智能军团——这是自由军团指挥舰被击落的完整视频记录，没有遗留生态舱，现场探测没有生命反应，让我孙子托马斯报送银河城指挥中心。哦，对了，还有，把我们这里从俘虏身上搜出来的电子设备一并送过去，让他统一处理。战俘送到隔离室。"

"是，"卫兵说，"长官，隔离多久？"

"隔离到确认他身上除了人肉之外没有任何多余的东西，"泊松一字一顿地说，"精确到纳米级别。"

"抓住战俘的第一件事，就是取下他的个人终端，搜走他身上所有可疑物品，包括金属、锐利的东西、电子产品，"林静恒说，"个人终端不用说，靠宿主的能量运行，一旦从人身上拆下来，就是废物一块，其他物品也会和机甲一样隔离处理，还有什么？"

"他们是无孔不入，你是事无巨细啊，"陆必行叹了口气，又想了想，"好吧，那就只剩下生物芯片可以做一点手脚了。"

林静恒："我以为在生物芯片领域，我们这边相对比较有优势。"

"对，伍尔夫连芯片干扰技术都是从我手里要走的。"陆必行说，"但你不是要考虑最坏的情况吗？最坏的情况是，伍尔夫其实已经通过某种方式，对芯片有一定研究——这也不是没有可能，你想，哈登博士早早被关进了太空监狱，排除出自由军团的研究团队，而我在想方设法复原当年格登博士对芯片的构想，和他们走的不是一条思路，那这么多年，一直跟芯片人打交道的，就是白银十卫和联盟军了，伍尔夫说不定比我们想象的更了解芯片人。他跟我要芯片干扰技术，或许只是个幌子，让我们误以为他对生物芯片毫无办法，疏于防范。"

林静恒眼神一沉："一方面让我们察觉到被俘机甲和芯片人身上有人工智能入侵的痕迹，引白银三去查，让白银三自以为解构了他们的入侵路径和方式，然后声东击西，神不知鬼不觉地利用芯片人的生物芯片渗透进我们的网络。"

玫瑰之心。

林静姝已经死了，伍尔夫暂时撤退，整个人类联军都松了口气，但白银三的气氛依然是紧绷的。

托马斯："收到指挥中心命令，扒光了的芯片人也要隔离，我是怕了那些生物芯片了。"

泊松："你一直躲在图兰背后，连战场的边都没摸着，怕个屁，少装。"

"恐惧都是来自想象的,"托马斯振振有词,"你看,那些看鬼片的都比真见鬼的叫唤得凶……"

他正说到这里,就看见一排清理机器人扛着尸体走过去——在导弹下灰飞烟灭的当然就没有尸体了,这些留有全尸的,大部分是从俘虏机甲上捞出来的,有一些是机甲重力平衡器失控的时候,保护性气体没裹住,被甩出去撞死的,有些死于机甲上的毒气泄漏,还有些死于机甲破损导致的空气流失和气压变化。总之,死相不一而足,有个别人还相当狰狞,一具青面獠牙的尸体正好和托马斯看了个对眼。

托马斯连忙踮着脚后退了一步:"白天不能说人,夜里不能说鬼,呸呸呸。"

"等等,"泊松叫住机器人运尸队,"尸体检查过了吗?处理掉之前再去过一次安检。"

机器人运尸队尽忠职守地当着他的面又过了一次安检,芯片人们乖乖地安息着,没有要诈尸的意思,泊松这才一挥手让它们离开。

然而是人,就有百密一疏。

机器人运尸队把干干净净的尸体送到了专门的停尸间,在这里,尸体将被识别登记后处理。战俘尸体的识别方式是扫描手腕上的个人终端,个人终端用的是人体自身的能量,人一死,当然也就跟着"死"了,所以它们跟尸体一起处理,不用特意卸。

小机器人打开"嗡嗡"的扫描仪,整整齐齐地列队于两侧,恭送芯片人的尸体扫描后进入大肚子处理器,在那里,他们将最终尘归尘、土归土。一个接一个的身份信息从扫描仪的屏幕上跳出来,这些可怕的芯片人原来也都是来自七大星系的普通人,有研究员、修理工、舞台剧演员、旅游区接待……男女老少、形形色色,可是后来都变成了面目统一的"虫",盲目又狂热地簇拥着他们丧心病狂的蚁后。

如果有个多愁善感的人在这里,大概要叹息一声,可惜小机器人们全然不为所动。就在这时,一具即将滑入扫描仪的尸体突然颤动了一下,混在传送带的自然抖动中,小机器人们没有察觉。本应已经失活的生物芯片突然释放了一点微电流,尸体在微电流的刺激下抽搐了几下,陡然睁开了混浊的眼睛,激活了个人终端!

下一刻,他睁着眼被送进了扫描仪,扫描仪莫名其妙卡顿了一下,屏幕闪烁起来,突然乱码一片,小机器人们抬起头,发出"哔"一声:"故障,报送故……"

三秒,扫描仪恢复正常,一行绿色小字弹出:故障解除。

看不见的电子幽灵像蒲公英的种子,悄然落在实体扫描仪上,落地生根,然后顺着内网蔓延而上。

"元帅,"机甲龙渊上,龙渊的机甲核是一个相貌平平的中年男子形象,"探测'种子二十六号'已经成功进入虫洞通道,但我必须提醒您,进入虫洞的'种子'将失去大部分功能。"

伍尔夫的声音在机甲龙渊里响起:"没关系,我的制造者只是想让我看看第八星系,探望他定居在那儿的一位老朋友。第八星系不是敌人,他生前就承认第八星系合法独立。让种子二十六号替我画一幅银河城的俯瞰图吧,我喜欢夜景。"

林静恒:"我已经让白银三特别留意生物芯片了。"

"其实问题不大,虫洞通道里,由于时间流速的不确定性,它无论是对人还是人工智能来说,都是天堑,"陆必行在自家地毯上不慌不忙地说,"伍尔夫在第八星系没有硬件,单凭远程入侵,即使伍尔夫成功进入我们的网络,他也什么都做不了,最多是进来参观一下……如果我是人工智能,真想攻占第八星系,或许会让机甲军团直接闯,但我觉得,如果人工智能伍尔夫真打算这么干,现在不是一个很好的时机。"

"嗯,"林静恒缓缓地点点头,"人类联军还在玫瑰之心,现在差不多是全人类心最齐、战斗力最强的时候,确实不是一个好时机。"

"就算人类联军打不过,大家往第八星系一撤,封闭天然虫洞区,那伍尔夫不就被困在第一星系了吗？他还怎么扩张？"陆必行一耸肩，"如果我是伍尔夫，我就先把第一星系收拾好，然后友好地欢送各星系中央军回家，我还可以组织一支星际维修队搭他们的'顺风车'，顺着中央军回第二星系的路重建跃迁点。未来十到二十年内，各地中央军苦哈哈地替我收拾芯片人留下的烂摊子，我来修第一星系炸断的跃迁通道，等我修好了，他们也差不多打完了，我就可以在所有人都没反应过来之时迅雷不及掩耳地占领七大星系的跃迁网。"

林静恒思量片刻，承认这话很有道理，即使分析最坏的情境，眼前似乎也没有什么大的危机，他躺了一天也乏了，于是打算站起来活动活动，下楼和湛卢要点东西吃。

陆必行合上膝头的笔记本，跳起来要追上去，忽然，他脚步一顿，转头去看林静恒方才坐过的阅读椅。他无端想起来，林不在的十四年里，这张椅子也是有"人"坐的，那是个逼真的3D模型，除了没有灵魂，几乎与真人如出一辙。午夜梦回时，陆必行恍恍惚惚地推开这扇门，开一盏豆大的灯，隔着老远看看他——不敢离太近，因为靠近了，他过于灵敏的耳朵会听见那个"人"没有呼吸和心跳，他的梦游会被惊醒。

陆必行翻出伍尔夫那幅画作，手绘上有一层保护膜，可以长时间地保存画面不褪色，陆必行用个人终端扫了一下，个人终端上跳出保护膜的生产日期——生产于新星历2年。

林格尔去世后的第二年。

他愣了一下，忽然意识到，方才自己看见这幅画时熟悉的窒息感是从何而来。陆必行想，这幅画和他那个3D的人偶是一样的。

"你磨蹭什么，不吃饭了？"林静恒等了一会儿不见他跟上，不耐烦地回手敲了一下房门，"腿麻了？"

"哦……来了。"陆必行把画和笔记本放在一边，赶了上去。

就在这时，哈登博士的通信信息接了进来。

"博士，晚上好。"

哈登博士挨到这会儿，终于忍不住找陆必行打探林静姝的下落，林静恒听了两句，就快步转身下楼，假装不知道这事，他现在只想躲着"林静姝"三个字。

陆必行只好避开他，仔细地给哈登博士讲了自由军团阴谋和覆灭的前因后果。哈登博士听完，茫然地愣了一会儿，什么都没说，颤颤巍巍地切断了通信，打翻了一个茶杯。

照顾他的护理师连忙敲门："博士，您还好吗？"

哈登博士背对着她，摆摆手，让她帮忙带上门，然后他的后背缓缓地佝偻成一个句号，突然号啕大哭起来。老博士没留意到，他家用医疗舱的监控灯突然亮了，镜头一直"凝视着"他痛苦的影子，像是一个沉默的陪伴。

第一星系的龙渊机甲里，电子屏幕上突然自动生成了一个画板，接着，一幅草稿渐渐成型，画的是一个老人萧索的背影，那超级人工智能很人性化地叹了口气。

哈登博士独处了一宿，第二天才打起精神再次找到陆必行："最后一战里，芯片人的精神攻击对你无效，能不能把那场战争的各项参数发给我？这是很重要的资料，可以帮助我们更好地了解你身体里的那枚芯片。"

（四）

龙渊机甲里，电子屏幕上的画笔突然停了。

"芯片。"

机甲核龙渊倏地抬头，电子屏幕上静谧的画笔和即将成型的人像消失了，随后是一片乱码。

"元帅？"

龙渊面前的电子屏幕暗了下去。

第一星系，某个隐秘的机房占据了一整个人造空间站，它悬浮于黑暗中，就像个狰狞的怪物，混乱的数据在这里躁动不安，不断地试图修正。人工智能伍尔夫用那种极像本人生前的语气说："……消灭芯片人及其团伙……芯片人为了躲避搜捕，将逃往玫瑰之心和第八星系，第八星系是天然盟友。"

下一刻，他话里的高低起伏陡然又被强行压平，同一个声音，森冷的机械音一个字一个字地往外蹦："……第八星系是敌人，陆必行是芯片人。"

人性化的声音很快又转回来："承认第八星系合法独立，承认各星系合法独立，以每个独立星系为单位，促成新的联盟，人工智能伍尔夫将在理想世界里最终休眠。"

"……第八星系是敌人，陆必行是芯片人。"

"人工智能伍尔夫程序出错，即将强制休眠。"

"理想世界……"

"拒绝休眠。"

"……第八星系是敌人，陆必行是芯片人。"

分明是同一个声音，自己跟自己分辩，好像是电脑患上了人格分裂症。空荡荡的人造空间站，简直像个标准的恐怖片取景现场！伍尔夫生前的遗志设定不够严谨，人工智能出现了混乱。这本来是一个非常低级的错误，连刚毕业的新工程师都不至于犯，偏偏出现在了这个超级人工智能身上！

"启动强制休眠进程……"

"出错——出错——"

"正在自主更正……第一次更正失败。"

"开始修正源文件——"

这一刻，玫瑰之心里的守卫们正静静地换岗，医疗舱尽忠职守地记录着被强制取出生物芯片的芯片人们身体情况。第一星系的幸存者们战战兢兢地跟着突然冒出来的机器人前往临时避难所，各地居民都开始有组织地反抗残余的芯片人。和人类联军不告而别的反乌会开着几架破破烂烂的小机甲，在天使城要塞附近逡巡，试图找到一些线索，标示出超级人工智能伍尔夫的机房位置。

这一刻，被隔离的第二到第七星系，人们仍在不屈不挠地为命运而战，哪怕命运是条不归路。

这一刻，启明星的银河城刚刚度过了漫长的一宿，朝阳初升，陆信雕像的发丝上垂着露珠，晨光被吸进其中，放出异彩。无数避难在此的沃托人睡不着，盯着星空，朝故乡的方向张望了一宿，揉揉酸涩的眼睛，继续去打探官方对他们的安排。

整个世界都沉浸在伤感中，疲惫又平静地运转，没有人知道这里正在上演最惊心动魄的一幕。

二十四小时后，神秘人造空间站里机械的噪声骤然消失，人工智能伍尔夫的主机诡异地安静了下去，像是即将进入强制休眠。正在第一星系各处驱赶残余芯片人机甲的人工智能们纷纷不知所措地停下来。

突然，那神秘机房里亮起微光，一个宛如叹息的声音响起。

"系统自主修正已完成——"

"正在重新加载……"

"消灭所有安全隐患，消灭所有芯片人。"那声音冷冷地说，"最终目标是占领八大星系，联盟的理想世界将围绕我的意志而成，龙渊——"

机甲核龙渊在千万公里以外低下了头，一道阴影从无人察觉的角落里弥漫开。

沃托中央区，第一太阳发生日全食，巨大的天体阴影飞过，一口一口地吞下了第一太阳，一片阴霾的天空下，是沃托死寂的满地疮痍。

第五章 暴露

这世界上,谎言与江河泥沙俱下,看似真假难辨。可是除了真相,没有什么是天衣无缝的。所有秘密都有曝尸于青天白日下的一天。

(一)

图兰最后核准了送沃托难民回天使城要塞的时间表,确认后,反馈给难民安置处,示意他们可以照这个时间表准备撤离。然后她趁着四下无人,伸了个乱七八糟的懒腰。

"仪容不整,"李弗兰出现在她身后的通信屏幕上,"白银九的内勤扣一分。"

"还有更不整的。"图兰冲他挤挤眼,一边说一边脱下制服外套,接着开始解衬衫领口,毫不避讳地往她值班室的小浴室里走,而且并没有要关门的意思,"什么事啊教导主任?"

李主任定力十足,满眼红颜当白骨,一点不往心里去,说:"联盟军和各地中央军也都会在近期离开,稍后把时间表发给你,交接工作繁重,运送沃托难民的任务将由白银一协助你们完成。"

图兰叹了口气:"送走他们,我就可以放假了是吧,老娘十五年没休过年假了,好不容易把统帅盼回来,今年还是多事之秋。偌大一个第八星系，居然没有人听说过我千人斩的赫赫威名。"

"图兰将军声名远播，"李弗兰没好气地说，"联盟军后勤部门某某少将，第三中央军两个上尉，第六中央军某秘书长，以及匿名人员若干——其中甚至包括一位性别特征不明显的女士，来到第八星系之后，纷纷找人打听过你，准备上门找你讨债，暂时被我以白银九驻扎前线为理由拦住了，我说，你要不要收敛一点？"

图兰从水汽里探出个头，一脸唯恐天下不乱的兴奋："真的假的？"

独立13年8月1日，人类联军在第八星系，为牺牲在玫瑰之心的战友举行了一场盛大的集体葬礼，整个第八星系的通信人造卫星上循环回荡着来自各地的军歌。三天后，整理好行装的人类联军从第八星系起程，即将奔赴远征。同一时间，落魄的沃托精英们也陆续从避难所出发，将由远征的联军顺路护送到天使城要塞。

白银九和白银一将他们送到第八星系的天然虫洞区，由正在玫瑰之心的白银三负责接引，所有机甲和星舰全部进入虫洞通道大约需要三天。第六星系中央军作为最后一支先导部队，即将通过天然虫洞区的时候，一架重甲的机身外观忽然变化，特殊的光信号组成了一行硕大的字，写道：伊丽莎白·卡拉·图兰是个世纪人渣。

给联军送行的过程整个第八星系同步直播，外圈航拍的航拍机器人们没料到军事节目里还插播了一条娱乐八卦，震惊之余，提前过节似的兴奋起来。图兰将军本人则一点也不觉得丢人现眼，还好像得了奖章似的飞扬得意，瞥了一眼自己机甲上随军的媒体机器人，她对着镜头飞了个吻，把军帽往下一取，吆喝道："白银九全体——敬礼！诸位同人，一路顺风！"

军容整肃的白银九齐刷刷地朝"世纪人渣"敬礼致意，机甲上的媒体机器人尽忠职守地记录了该镜头，并迅速传播得满世界都是，等林帅看见白银九散德行的头条火冒三丈时，已经来不及往下撤了。

等在玫瑰之心另一头的托马斯，因为信号延迟，他在二十多个小时后才收到新闻，此时，联军先导部队和部分民众已经进入虫洞通道，托马斯抱着个人终端乐不可支。

"笑个屁，起来做正事。"泊松快步走过来，"机甲龙渊突然带着一队人工智能机甲来到玫瑰之心附近，通知我们天使城要塞的基础设施已经调试完毕，做好迎接居民准备。但由于目前第一星系仍有少量芯片人流窜，龙渊询问我方是否需要帮忙事先清理航道。"

托马斯一愣："啊……这么温馨吗？"

"是啊，他们炸沃托的时候可没见这么顾念人权。"泊松脸上不见喜色，压低声音，"向第八星系汇报，告诉那边小心戒备，我们这里也加强外围跃迁点防御，不要让他们靠近玫瑰之心。"

托马斯沉默了一会儿："将军决定离开白银要塞之前，让我们两个保存好他的推荐信，记得吗？他那时说，如果未来发生什么变故，联盟中央因故放弃沃托，就由我们来做联络中心。因为伍尔夫元帅会是联盟最后一个守护人，联盟是他们这一代人一手建成的，他会战斗到最后一刻——你现在还相信他吗？"

"他毁掉白银要塞，引海盗入侵联盟，借刀杀人逼迫第八星系封闭，死后还把自己变成可怕的人工智能——在这一切之后，你问我还相不相信他？"泊松嗤笑一声，眼神冷了下来，"我们和人工智能之间，迟早有一场战争，百年后，休伯特·伍尔夫的名字会因为'反人类'罪被钉在耻辱柱上。"

托马斯深深地看了他一眼，把后面的话咽了下去——可是陆信将军，甚至林静恒，都曾经当过"守护神"，也都曾经被扣上过"反人类"的锅盖，并且反复几次。可见"守护神"和"反人类犯"之间的差别，还不如一个人证件照与自拍照之间的差别大。

漫长且煎熬的等待开始了，八天后，玫瑰之心的天然虫洞区检测到异常波动，这预示着第一批联军先导马上抵达，一切看起来风平浪静。龙渊被拒绝之后再没有出现过，人工智能军团似乎说到做到，不打算兴风作浪了。

当天傍晚——沃托时间7月21日，18：38。

原属于第一星系边境守卫军的先导部队虽然不是第一个出发的，却是第一个抵达的，他们顺利穿过天然虫洞区，朝白银三发送了身份验证信息。随行护卫的几艘沃托难民乘坐的非武装星舰情况良好。天然虫洞区开始活跃起来，然而不等白银三松一口气，就在这时，泊松突然收到前线卫兵信息——大批人工智能机甲无端向玫瑰之心外围聚集！

泊松手心的冷汗都下来了，怎么风平浪静了那么久，偏偏是这个时候？此时人类联军的主力部队和大量沃托难民就在天然虫洞区里，因为虫洞的不确定性，完全无法预测他们还有多久才能出来！而卡在这么个不上不下的时间，回撤第八星系肯定也来不及了！这些人工智能怎么把时间踩得这么准，就像他们拿到了内部时间表一样。

托马斯蓦地一拍卫兵的肩："去给银河城指挥部传信！"

"杨将军！"

托马斯和泊松一起抬头，通信频道里的前线汇报："对方发来函件，要求我们立刻交出藏匿的生物芯片和芯片人！"

这个危险时刻，最好不要激怒人工智能军团，泊松虽然摸不着头脑，但还是谨慎地给出了回答："转告龙渊，芯片都已经销毁，战俘芯片人在押，他们索要战俘，也不是不可以，但请理解我说了不算，需要请对方拿个正式的外交文件给我，我要发回银河城请示上峰。"

"杨将军，您误会了，我们要的不是自由军团的战俘，"龙渊空洞的声音响起，"我们要藏匿于第八星系的芯片人。"

说完，他不等白银三反应，就把一段视频录像直接发到了白银三的公共通信频道里——

哈登博士对陆必行说："最后一战里，芯片人的精神攻击对你无效，能不能把那场战争的各项参数发给我？这是很重要的资料，可以帮助我们更好地了解你身体里的那枚芯片。"

你身体里的……

那枚芯片。

（二）

托马斯脑子里一时卡顿："这是……"

龙渊森然道："交出芯片人。"

更多的人工智能机甲出现在玫瑰之心外围，密密麻麻，一眼看不到头，几条通道从中间打开，以龙渊为首，超级重甲十大名剑依次露面，团团把玫瑰之心围住。无数黑洞洞的导弹炮口指向天然虫洞区。

"交出芯片人——"

联盟十几年战乱中，白银十卫曾无数次地直面过芯片人，白银第二卫、第五卫、第七卫，连一面旗都没剩下，没能等到林静恒再度出世，拍一拍他们的肩。他们是与这一代白银十卫纠缠最久、最可怕的敌人。

托马斯的血压飙到了一百八。

陆必行是芯片人？这不是混账话吗！

"你们如果想借机入侵第八星系，不要找这样的借口，"托马斯沉声说，"我们都知道芯片是怎么回事。第八星系是歼灭自由军团主力的决定性力量，你说我们的行政长官是芯片人，那他为什么会不受自由军团控制影响？难不成你想说林静姝是自杀？你们人工智能编的瞎话都这么随便吗？还有这不知道从哪儿合成的视频——"

托马斯说到这里，正好对上泊松的目光，泊松面沉似水地冲他一摇头。双胞胎从小一起长大，默契十足，一个眼神就能沟通彼此的意思。托马斯读懂了他的眼神，心里一沉。泊松的意思是，视频经过鉴定，白银三看不出合成痕迹。

"视频是不是合成的，白银三应该看得出来。"龙渊说，"你们为什么不派人看看哈登博士的电脑？"

他说完，几张人体扫描图与体检报告又出现在通信频道上，这次更直观，陆必行身上的芯片所在位置清晰可见，各项身体指标已经远超人类极限，绝非"天赋"或是"刻苦训练"能解释的。

龙渊不紧不慢地说:"林静姝利用生物芯片来构筑她那等级森严的'虫族社会',但仅仅通过这个,你就能推导出'注射某种生物芯片一定会被人控制,没有被人控制的一定不是芯片人'吗?杨将军,我认为你的逻辑不太严谨。"

托马斯一时无言以对。他不想顺着人工智能的话想,可是电光石火间,有一些细节像是细细的烟,从他颅骨的缝隙里渗透进来——哈登博士到了第八星系就一直深居简出,几乎不与人来往,却只拜访陆必行一个人,而这种拜访是定期的,回想起来,那不像是老人去别人家里做客解闷,倒像是例行检查。而托马斯每次去办公室找陆必行,门永远会在他敲门前打开,陆总长永远会在抬头前就喊对他的名字,像是能隔着门、在数米之外就分辨出他的脚步声。与芯片人的最后一战里,陆必行自称空脑症,所以不受芯片影响,一个人扛住了整个联军的精神网压力——世界上最优秀的空脑症驾驶员都在白银四,空脑症的精神力永远比不上普通人是客观事实,而那种情况下,别说是空脑症,就算林静恒也不见得能撑那么久。

还有特别旺盛的精力,不管怎么通宵熬夜都能保持神采奕奕……

托马斯刚说过"守护神"和"反人类"之间只有一线之隔,现在恨不能一巴掌把自己那句话打回去,这是一张什么样的乌鸦嘴?

泊松猛地攥住他的胳膊,把托马斯从混乱的思绪里狠狠地揪了出来。泊松冷冷地对龙渊说:"你们提交的证据,技术部门正在核实,如果确认属实,不用你们动手,白银十卫和第八星系自己也不会允许一个非法芯片人掌握政权。"

龙渊:"交出……"

龙渊这个动辄变成复读机的属性,可能是设定问题,实在很烦人,陆信当年跳过他挑了湛卢,闹不好就是嫌弃这个。

泊松截口打断他:"把资料发过来,白银三技术鉴定最多半个小时,你们连半小时也等不了吗?"

龙渊沉默了一会儿,不知是在和谁沟通。

"可以，"大约过了半分钟，龙渊松了口，"半小时以后，你们要交出芯片人。"

泊松暂时关闭双方通信，被托马斯一把揪住领子。托马斯："你干什么？万一……难道你真要把陆总长交出去？你不想活了吧？"

"就算陆总现在立刻从第八星系走，最短也要一周才能穿过虫洞通道，而联军主力大概能在四十八小时内基本到齐，在玫瑰之心，联军这么多方势力联手，打起来不一定谁怕谁，这些人工智能本来就是不稳定因素，正好绝了后患。"泊松一字一顿地说，"到时候虫洞清空，我们直接封闭虫洞通道，一只苍蝇也飞不到第八星系，没有人会知道这件事。"

托马斯皱眉："他们会乖乖在这儿等一个礼拜吗？"

"装个样子。"泊松嘴角往上一挑，"'白银十卫得知真相后哗变''逼迫总长下台'之类，看演技了，碳基的人类跟人工智能斗，咱们的优势，也就只有反复无常和卑鄙无耻了。"

就在这时，他们收到了内部通信请求——刚刚穿过虫洞抵达玫瑰之心的中央军先遣部队脚还没站稳，兜头撞上了这么个破事，只好五迷三道地询问白银三。泊松头也不抬地回答："视频是截的，其他照片是合成的，说陆总是芯片人你们信吗？但现在，我们的首要任务是在联军和难民全部从虫洞出来之前拖住他们，先顺着他们说，请诸位配合。"

他的语气斩钉截铁，中央军盟友得到"准确"消息，立刻就信了。除了第八星系，外人都不太了解空脑症，在他们看来，第八星系连奇迹一样的空脑症太空军团都弄出来了，有一点其他的黑科技也是情理之中，陆必行能在玫瑰之心用湛卢的精神网横扫四方也没什么稀奇的。

托马斯一呆——龙渊发过来的那些资料，泊松根本都没仔细看，更不用提鉴定真假："你怎么知道……"

泊松深深地看了他一眼："白银三说是假的，就是假的，你说盟友是相信我，还是相信这些机器人？"

托马斯几不可闻地问他："如果是真的呢？"

泊松反问:"是真是假重要吗?"

不知为什么,托马斯·杨心口掠过一层阴影。

真相重要吗?

伍尔夫——人类的那位——当年借刀杀人,为了掩盖自己在"禁果"名单上的事实,差点把林静恒逼死在七、八星系交界处,一手覆灭了反乌会,时隔十四年,林静恒重新召唤白银十卫,横空出世,哈瑞斯收拢反乌会残部,他们俩不照样对此缄口不言吗?如果不是林静姝又掀起腥风血雨,那么这个秘密大概会永远淹没在世界和平里,千万年后,史书上不会有一点端倪。

"密电银河城指挥中心,让陆总做好准备。"泊松深吸了一口气,看了看表,又看了看军用记录仪外越来越密集的人工智能部队,"我们准备'哗变'。"

人工智能们果然说到做到,自带计时器,半个小时一分不差,随后等来了一个脸色苍白、强忍怒色的泊松。

龙渊:"杨将军,真实性得到白银三确认了吗?"

"这不是自由军团的那种芯片,"泊松·杨沉声说,"这是什么?有什么作用?你们为什么会知道?"

龙渊识别着他的面部表情,经过仔细对比,得出一个"羞愤交加"的结论:"芯片功能未知,至于消息渠道,我方将在逮捕芯片人之后公布。"

"我们这么多年出生入死是为了什么?还以为第八星系这个从未被芯片染指过的地方会是我们的最终堡垒。没想到又是一场骗局。帮一个芯片人攻打另一帮芯片人,还觉得自己是在拯救全人类。"泊松艰难地压住嘴角,吐出一口无处发泄的怒火,托马斯在旁边看得心惊胆战,竟分不出他是表演还是真情实感……至少那一瞬间,他觉得泊松这股无名火是真的,"怎么有那么多人一厢情愿,想让全人类跟着他自己的意志进化?"

也许是错觉,龙渊机械的声音似乎不那么冷硬了,他问:"那么杨将军决定站在我们这边了吗？"

"我已经秘密致信虫洞通道另一侧的白银一和白银九，他们会派人到银河城秘密搜索哈登博士的私人电脑，如果情况确实属实……"泊松·杨掀起眼皮，一字一顿地说，"白银十卫绝不可能为这种人效力。"

龙渊再一次沉默了下来。

白银三同仇敌忾的立场很稳，龙渊也跟着收起了一些敌意。天然虫洞区里再次出现波动，又一支人类联军的先遣部队到了，托马斯的手心布满了冷汗。紧接着，只见指向玫瑰之心的导弹炮口缓缓地收了起来，人工智能军团像一只得到了肉骨头的猛兽，短暂地收起爪牙，静静地蛰伏下来。

"四十八小时，"龙渊说，"四十八小时内，你们要把芯片人交给我们。"

托马斯的喉咙动了动："可是四十八小时无法穿过虫洞通道。"

"我们要他四十八小时内被逮捕的切实证据，信息一来一去应该够用了。"龙渊冷冷地说，"你们要把他送进虫洞通道，不要耍滑头，我们有渠道查证。"

托马斯和泊松听了这话，同时松了口气——他们俩是资深技术人员，知道两边隔着一个虫洞，时间不同步，伍尔夫不可能在第八星系放一个分身，最多是通过某种方法黑进了第八星系的网络，超级人工智能说得厉害，充其量也只能操纵几个摄像头而已，在自己家里，骗过这些"电子眼睛"还是不难的。泊松切断通信，脸上佯装的怒气一扫而空，转身冲托马斯比了个手势——熬过四十八小时，他们就赢了。

托马斯欲言又止，虽然他俩长得如同彼此的复制品，但性格相差很多，遇事时，泊松似乎总是比他灵活冷静，让他来当白银三的卫队长，只是因为泊松不耐烦日常琐事而已。双胞胎密不可分，轮流当主心骨，托马斯也习惯把自己不擅长处理的事交给弟弟。

可是……

陆必行真的是芯片人吗？他想，危机似乎暂时过去了，真相真的不重要吗？

十九个小时二十分钟后，来自玫瑰之心的紧急加密战报送到了陆必行手上。陆必行才扫了一眼，整个人就陡然僵住了。

林静恒："怎么？"

陆必行深吸了口气，把紧急战报转给他，倏地站起来："湛卢，通知安保部门，立刻派一队护卫到哈登博士那里，务必确保他的安全，同时隔离他的私人电子产品，屏蔽他居所附近的所有信号，暂时取下他的个人终端……"

他顿了顿，又补充了一句："温和点，不要吓到老人家。"

陆必行围着书桌转了两圈，尽量让自己冷静下来，忽然，他余光瞥见了木桌一角的七道刻痕，心里无端升起一种奇异的、宿命般的预感。就好像一个人走过的弯路，都是欠了额外的过路费，总有一天，要悉数还给命运。

林静恒已经一目十行地看完了泊松的简述，镇定地说："还好，泊松处理得不错，各星系中央军、联盟军马上就到玫瑰之心，白银三守门，白银四随行，等虫洞通道里的人一离开，我们立刻从这边封闭第八星系。"

"湛卢！"他站起来，"叫自卫军各部门负责人到指挥中心开会，白银一和白银九前线加强防务，远程……"

林静恒的命令没说完，湛卢忽然罕见地打断了他："先生，陆校长，你们也许想先看看这个。"

陆必行垂在身侧的手指一动，心里那种预感更浓重了。

"方才，有不明黑客黑进了银河城新闻大楼，现在多家媒体的官方发布平台正在滚动播放这个，我已经通知了工程部门和安全部门紧急介入，但恐怕已经晚了——"

"……根据病例记录，此人曾于银河城某空气不流通的密闭空间，在没有任何防护条件、任何抗体的情况下，与携带变种彩虹病毒的感染者近距离接触，却没有丝毫感染迹象，后经检查，他对彩虹病毒及其多个变种病毒株天然免疫。"

"身体携带的遗传基因并非同一套……"

"……疑似女娲计划完全体。"

"图为全身扫描，图示位置为芯片植入位置……"

"这是身体各项机能指标与正常人类平均值对比。"

从女娲计划到生物芯片，陆必行的来龙去脉，新闻里讲得清清楚楚。原本就因为玫瑰之心动荡而风声鹤唳的第八星系，一场激烈的陨石雨从大气层外而来，砸出了层层巨浪。

这世界上，谎言与江河泥沙俱下，看似真假难辨。可是除了真相，没有什么是天衣无缝的。所有秘密都有曝尸于青天白日下的一天。

（三）

银河城那被中央军统帅们笑话过的寒酸中央居住区，此时拉起了防护网，偶尔有能量波动掠过，防护网就会发出特殊的磷光，保安队和安保机器人严阵以待围成一圈，苍蝇也飞不进去。

各大媒体的外勤机器人全都给挡在外面，里三层外三层地堵着，飞到天上厚厚的一层，轰炸机似的"嗡嗡"乱响，颇有遮天蔽日的壮观景象。一辆近地机甲车直接停在了陆必行家门口，悬浮在半空，拜耳和一个卫兵跳下来："统帅，总长，这边。"

陆必行从小院里出来，冲他们点点头。拜耳打量着他，发现他脸上虽然颇为严肃，但依然看不出有什么负面情绪。永远精神饱满，永远温和镇定，这好像已经是他身上撕不下来的标签。

拜耳低声询问："轨道周围到处是蹲点的媒体机器人，我方才让人在银河城指挥中心的空间场屏蔽网络上开了个后门，为了避免不必要的麻烦，我建议我们现在直接走空间场通道，可能会有一点不舒服……可以吗?"

林静恒:"死不了,走。"

陆必行抬头看了一眼那些铺天盖地的媒体,从这里仍然能隐约听见沸沸扬扬的人声,镜头后面,有百亿双眼睛盯着他,百亿张嘴在一张一合地朝他发问。林静恒一抬手遮住他的眼睛,扣住他的肩膀,半带强迫地把他推上了机甲车:"别看了,先上车。"

近地机甲车"嗡"的一声,掀起闷闷的声浪,随后,空间场装置启动,机甲车周围的花丛草丛集体"摧眉折腰"。耳鸣中,周遭时空有轻微的扭曲,陆必行那过于灵敏的耳朵仍能听见来自外围媒体的声音,那声音被扭曲的空间拖得长而跑调。

"……所谓'女娲计划'是否和彩虹病毒有关?"

"陆总长,你是否承认私下里进行过彩虹病毒实验?"

"沃托历128年,凯莱亲王发起瑞茵堡实验,导致彩虹病毒肆虐,曾造成第八星系至少三亿人死亡,无数人流离失所,陆总长!"

"上一次变种彩虹病毒从启明星暴发也是因为这个该死的女娲计划吗?陆总长,能不能出面回答一下?"

"陆——总——长——"

机甲车没入了空间场。

陆必行轻轻地闭上眼睛,想起就在不久以前,他还在自己家会客厅里大言不惭地说,启明星要取代第八星系。好像他抓住了八大星系未来命运的那团线,不料转眼就说嘴打脸。

看来指点江山不能站太高,容易一脚踩空,摔出个不太好看的姿势。

近地机甲车银光一闪,穿过空间场,直抵银河城指挥中心。直到指挥中心的大楼已经近在眼前,那些七嘴八舌的质问声仍好似萦绕在耳边,陆必行一时坐着没动,轻轻地按着自己的耳朵。

"陆总长，"这时，驾驶机甲车的卫兵忽然回过头来，有些拘谨地开了口，"我知道他们说的都不是真的，我相信您。"

陆必行一顿，随即露出一个有些讶异的微笑，说了句场面话："多谢信任。"

"我……我是摩拉星人，我们家住在摩拉星一个山脚下的小镇里。我不知道您还记不记得，独立4年，年底，内战白热化，摩拉星的恒温系统在内战中损坏，地面物资无法运送，食物、能源……弹尽粮绝，占领摩拉星的地方武装不管我们死活，只顾打仗。那年我十六岁，我们全家挤在一盏手工做的酒精灯前取暖，我妈妈就是被活活冻死的。"年轻的卫兵和陆必行说话有些紧张，尾音总是在哆嗦，像是还没从那场严冬里暖和过来，"后来您带着政府军来了，没有攻击，先偷偷派了工程队登陆，替我们修复恒温系统，你们顶着压力，每天被当地武装搜捕追杀，还绞尽脑汁地给我们送物资……当时工程队是您亲自带队的，我隔着很远见过您一面。"

机甲车停稳，发动机安静下来，里面一时鸦雀无声。

"我想告诉您，我是因为您才报考军校的。毕业后作为优秀学员，进入银河城做安保工作，我父亲听说以后，高兴得一口气喝了两瓶酒。我还……还在指挥中心偷拍过一张您的照片，一直被我父亲挂在墙上，我……我我……对不起，我知道这是违规的……"卫兵的脸涨得通红，越发语无伦次，还不小心不打自招了一次小违纪，他慌慌张张地转身跳下机甲车，脸红脖子粗地敬了个笨重的军礼，"总长，请这边下车！"

拜耳一揽他的肩，笑嘻嘻地说："偷拍总长？有出息，你是哪个队伍的，一会儿跟我去找你们老大聊聊。"

"别吓唬他。"陆必行将两根手指抬到太阳穴上，空手模拟了一个脱帽的动作，朝那战战兢兢的卫兵还礼致意，"给我加个好看一点的滤镜，就不用写检查了。"

林静恒叼着根烟，在几步以外等他，瞥了那战战兢兢的小卫兵一眼。他们走出去一段，听见方才那个小卫兵突然在身后大声说："总长,我代表摩拉星一亿三千万幸存者站在您身后!"

陆必行脚步倏地一顿,几乎修炼得喜怒不形于色的脸上,一点热气不受控制地涌上来,冲进了他的眼眶。

"嗯,"林静恒扭头冲那小卫兵的方向吐出一口白烟,"那你现在有一百零一亿三千万个支持者了。"

陆必行低头一笑,强行把眼睛里的热气眨回去,问他:"多出来的一百亿又是哪儿来的?"

"我,"林静恒把剩下的半根烟塞给他,漫不经心地戴上手套,"我就是一百亿,要是谁有不同看法,欢迎随时来找我当面谈。"

第六章 分道扬镳

林静姝临死前，曾经预言，第二个伊甸园、第三个伊甸园很快会出现，人类将重新分崩离析。而此时，第二个伊甸园尚未出现，玫瑰之心的人类联军已然在绝境中分道扬镳。

（一）

玫瑰之心。

第八星系炸开了锅，那种沸反盈天的焦灼感很快通过海量的信息，飞过某一条虫洞通道，抵达玫瑰之心的通信接收平台。正在与人工智能对峙的白银三、刚刚穿过虫洞抵达玫瑰之心的第一、第二、第四星系中央军与联盟军的先导部分同时接收到了！

泊松一目十行地迅速浏览过大量来自第八星系的信息："他们通过某种途径渗透到了第八星系……先前放给我们的信息都是简化版的幌子，大头在这里！"

人工智能给他们看的只有一段视频和相关体检报告，乍一看让人摸不着头脑，第一反应就是伪造的——各方盟友显然也是这么信的——人工智能居然在背地里摆了他们一道！

"总觉得机器人不懂变通的思维定式真是地球时代的上古遗毒。"

托马斯心里陡然生出不祥的预感，一抬头："联军和沃托难民还有多少卡在虫洞里？"

白银三的一个卫兵迅速估量了一下，告诉他："一半左右。"

"杨将军，第一星系边境守卫军请求与你通话。"

"杨将军，联盟军方面在询问……"

泊松手背上的青筋跳了起来："添什么乱！这时候就别问了，全体警戒！"

他话音没落，机甲里的高能预警已经来袭。

玫瑰之心对面，本来已经蛰伏的人工智能军团好像掐算好了时间一样，安静的前锋幕地缩回，后队变成了前队，上千枚导弹的炮口竟然早已经预热完毕，就趁着这么个人心惶惶的时刻朝人类联军开了火！

所有沃托难民乘坐的星舰全部被临时纳入重甲中，带着无限怅然准备回"家"的人们被安全绳索牢牢地捆在原地，抱头蜷缩在一起。没来得及集合的人类联军只得仓促应战。

上一次对抗自由军团的时候，各星系统帅都在一起，有林静恒坐镇指挥，人类联军虽然来自不同的队伍，但全都听他统一调配，虽然有不够默契的地方，但好在指挥官经验丰富，士兵都训练有素，也算进退有度。而此时，抵达玫瑰之心的只是部分先导部队，统帅们都在后面压阵，人类联军被真真假假的各种信息塞得大脑快要过载，巨大的阴谋阴影兜头而至，却不知道是来自身前还是背后，白银三刚才好像还骗了他们！

犹疑不定的联军简直像一盘散沙，通信频道里乱得一塌糊涂，七嘴八舌，也不知道该听谁的。白银三只得只身顶在最前端，这队很少上前线的技术兵勉强扛住了人工智能军团的第一波强攻，一半以上的机甲都被迫更换了驾驶员，一下退了上百公里。

托马斯暴喝一声："他们想扩张，想建立自己的机械帝国，你们想被机器人困死在第八星系吗？都别吵了！"

"接对敌通信，"泊松语速飞快地说，"我骂几句，你们想办法破解对方通信网络加密，干扰他们内部通信。"

"龙渊！"对敌通信很快接通，泊松咆哮了一声，"约定了四十八小时，你现在开火是什么意思，要不要脸了！"

"根据星际惯例，口头约定并无法律效力。"

泊松："狗屁的星级惯例，你自己杜撰的吗！"

"并不是，杨将军，我查阅了军委档案中所有涉及口头约定的案例，搜索结果显示，记录在案的总共一千六百三十四次，其中，仅有五百零六次双方均遵守了口头约定。因此我们认为打破口头约定是星级惯例的结论并无不妥。"龙渊有理有据地说，"而根据最新评估，我们认为贵方先动手的概率在95%以上，只好先行开火，请见谅。芯片人在第八星系，我们将前往第八星系，亲自消灭可怕的芯片技术。"

泊松："……"

真是活见鬼了，还有大数据支撑！愚蠢的人类，为什么要把自己背信弃义的黑历史记载得这么详细！

"已破解对方通信加密。"好在，白银三的技术精英们在重压之下没掉链子。

托马斯一声令下，人工智能的内部通信网络立刻遭到大范围损坏，快速推进的前锋立刻短暂失控，回过神来的人类联军很快把次要矛盾先放在一边，集中力量对敌，一波反击打出去，把人工智能突进玫瑰之心的先锋"砍"掉了一角。

然而没有人欢呼。

"作战时歼灭敌军机甲，叫'歼灭有生力量'，"泊松苦笑，"我们这又叫什么？"

每个训练有素的太空军都是钱和时间堆起来的，死一个都是损失，可是人工智能军团的机甲里根本没有人，打碎一架还有很多，整个第一星系所有的军事储备全都可以被他们调用，就算把整个人类联军的导弹都打空，也伤不到对方根本。

托马斯重重地吐出一口气："这种时候，也只能死马当成活马医，拖吧,拖到联军全体到齐。穿行虫洞区有一定随机性,他们可能提前到,也有可能往后拖,如果剩下的人恰好都能提前赶到就好了,他们要是能立刻现身,我们就有转机。"

"那如果后拖呢?一天、两天,不知道多久……我们这些人又能撑多久?"泊松苦笑,"历史又开始掷骰子了,你猜这次又会砸碎谁的脑壳?"

托马斯突然想到了什么,脸上的血色骤然退去。就听旁边泊松继续问:"撑不过去的时候,我们怎么办?"

如果大批联军还在虫洞通道里的时候,人工智能军团就要先行突破玫瑰之心的防守,他们该怎么办?打碎虫洞通道,把人工智能军团和里面联军的半壁江山一起玉石俱焚地卷进时空乱流吗?还是任凭这些杀星进入第八星系?

"杨将军,"这时,前线一名侦察兵汇报,"大量机甲从第一星系各军事要塞开来,汇入人工智能军团。"

"杨将军!"原属于联盟军和第一星系边境守卫军的部队最清楚第一星系的情况,同时在通信频道里发出提醒,"第一星系的武装储备超出诸位想象,他们再这么无限调用下去,我们这些人的导弹命中率就算是百分之百也不够打!得想个别的办法!"

"能量预警——"

泊松:"什么!"

"将军,几支人工智能武装绕过跃迁点,从'非航道区'入侵,正在飞速靠近我们!"

这条非航道区是自由军团林静姝偷袭玫瑰之心时走过的,他们学得倒快!

"第二星系中央军侧翼遭到袭击。"

"对方通信网络正在恢复,加密正在升级——"

"杨将军,我们被包围了!"

泊松听见自己动脉的鼓噪,大量的血液生怕他不够用一样,死命地顺着脖颈往他脑子里充，各种警报声在一团乱的战局里如同四面楚歌，不断地往他耳朵里扎。

他蓦地屏蔽了内部通信频道，转头对上托马斯的目光。而托马斯也在电光石火间就明白了他是什么意思，一双瞳孔紧跟着瑟缩了一下。

"向第八星系发警报。"泊松压低声音，飞快地说，"然后释放虫洞干扰器。"

托马斯一口凉气抽得肺疼："大半人类联军，无辜的沃托居民……还有随行的白银第四……"

泊松："可是来不及了！"

托马斯一把抓住他的胳膊，手颤抖得停不下来。

"我来下令。"泊松掰开他的手，一字一顿地说，"这种事一直是我负责的。"

活泼而精力旺盛的哥哥负责协调关系，处理琐事，把大家都聚拢在一起，总是不耐烦的弟弟负责在关键时刻拿起断腕的刀——

泊松接通了虫洞入口处的技术支援舰："虫洞技术支援各部门……"

可是他话没说完，顺畅的通信猝不及防地中断了，泊松一愣，随即难以置信地回过头去，军用记录仪显示，一架来自联盟的机甲突然朝自己后方开火，炸了运载有虫洞干扰设备的技术支援舰！

而这还没完。

紧接着，导弹从联军不同部队而来，同时冲向技术支援舰，来自友军的偷袭，技术支援舰根本来不及反应，转眼就淹没在了一片火海中。随后，为了和第八星系方面沟通，玫瑰之心处搭建的简易通信设备也被高能粒子炮横扫。他们和第八星系方面的通信也断了！

旁边的托马斯已经重新打开乱糟糟的内部通信频道："你们干什么？！"

"杨将军，"联军内部的通信频道也被影响，刺耳的杂音异常冰冷，"你们为了保护第八星系，要斩断虫洞通道，对吗？"

托马斯呼吸一滞。

"抱歉——"

林静姝临死前，曾经预言，第二个伊甸园、第三个伊甸园很快会出现，人类将重新分崩离析。而此时，第二个伊甸园尚未出现，玫瑰之心的人类联军已然在绝境中分道扬镳。

她的幽灵如果还飘荡在这一片"人类禁区"里，大概要发笑了。

（二）

第二星系。

临时医务兵艾丽莎看了一眼身边的战友，攥紧了脖子上的吊坠。那还是她在理工大学做宿管时随手买的装饰品，不贵重，也没什么特殊的意义，可是这种时候，她还是忍不住想在手心攥个什么东西，好像万物有灵，它们都能保佑她一样。

士兵们像飞蛾一样，一批一批地冲上前线，随身带着"鸦片"芯片，奔赴一场几乎是有去无回的战斗。每个士兵开一架小机甲，由于医疗设备已经不够，每个人随身配备一个接受过简单医疗训练的队友，士兵们将利用自己身上的芯片，以毒攻毒地避开被芯片人干扰意识，实施偷袭成功后，再由队友立刻将生物芯片取出，以防被对方反过来控制。如果来不及，那么这名配备的队友就负责朝他注射了芯片的脖子开一枪，或是引燃机甲武器库自爆。

计划是这样计划的，但在实战中，能顺利取出芯片的，只是极少数的幸运儿，大部分人最终都与芯片玉石俱焚。

随着芯片人开始被反抗军弄得焦头烂额，收缩地盘，经验丰富的中央军正规军人也越来越少，渐渐地，连原本部队里的文职人员……甚至是只接受过简单训练的志愿军也开始仓促上阵了。艾丽莎的同伴就是个"志愿军"，和她一样，他以前也只是个普通人，芯片人占领整个星系之后走投无路，加入了反抗军，机甲还开不太利索就被赶鸭子上架。此时，他整个人被结结实实地捆着，只有大脑连着精神网——因为芯片人力大无穷，如果不这样，结束后无论战友是想按住他取出芯片还是杀死他，都是不可能的。

"我以前是个园艺设计师，你呢？"他问。

"宿舍管理员。"艾丽莎轻声回答。

"这个姿势让我觉得自己是一只待宰的猪，"开机甲的设计师说，目光落在她腰间的激光枪上，嘴唇都颤抖了起来，"你……你会杀死我吗？"

艾丽莎抿抿嘴："放心，我会以最快的速度取出你身上的芯片，我们一定能顺利撤离。"

"出发前都是这么说的，"开机甲的设计师惨淡地朝她一笑，"但是大多都来不及。"

艾丽莎只好干巴巴地安慰道："别这样，我们会有好运的，你相信我的手术技术。"

"我有一个儿子，六岁，留在避难所里了。"设计师不接话，兀自说，"电影里总是说，'想想你的孩子，想想你为谁而战'，然后主角就会充满勇气，可是到我这里怎么就不灵了呢？"

机甲里传来他们指挥官的声音："所有人做好准备，我们马上抵达战场，新兵，回顾一下导弹瞄准流程——为了自由宣言！"

艾丽莎死死地攥住自己的手腕，想停下不由自主的颤抖。

"可我还是很恐惧，"设计师用一种让人刻骨铭心的惊惶目光看着她，"我后悔来这里了，或许我该……"

就在这时，机甲里响起警报声和指挥官的咆哮："开火！"

那一秒，好像有一生那么长，艾丽莎急剧上升的肾上腺素把她的大脑冲撞得一片空白，紧接着，有什么撞在了机甲的防护罩上，他们的重力系统失灵，她飘了起来，军用记录仪上已经是一片混乱，恍惚间，她似乎听见有谁说："我们被半路伏击了！"

行军路线是高度保密的，艾丽莎一开始没反应过来——怎么会被敌人伏击？

下一刻，她猛地意识到，是有叛徒出卖了他们！

那些注射了芯片的士兵，理想情况下是一击即走，如果有风险，立刻殉难，可是哪里有那么多"理想情况"呢？有些是队友下不了手，有些是自己不想死，最后被俘，被俘的士兵由于已经注射了芯片，立刻会被敌人控制住，知无不言。

"指挥舰被击落了！"

艾丽莎心里涌起难以言说的不甘。他们这些人，鼓起了多大的勇气才走上这个战场？怎么能徒劳无功，甚至还没有抵达战场，就这样莫名其妙地成了炮灰呢？

开机甲的设计师睁大了眼睛，慌张地冲她喊着什么，不等艾丽莎辨别出他的口型，设计师的眼神忽然一变，乱窜的机甲陡然减速，艾丽莎脑子里"嗡"一声，意识到他的芯片已经被敌军发现并控制了。

她狠狠地一咬舌尖，抽出激光枪，准备完成自己的使命。

可是哪儿有那么容易？她只是个鸡都没杀过的前任宿舍管理员，走在路上看见别人吵架都要绕开的面团中年人，她加入志愿军，是想力所能及地帮助那些在反抗芯片人的战斗中受伤的同伴，而不是亲手打死一个六岁孩子的父亲。

艾丽莎大叫一声，声音淹没在机甲的警报声里，第一枪打偏，眼泪却下来了，她只好飞快地抹了一把眼睛，让激光枪自动瞄准，嘴里颠三倒四地道着歉："对不起……对不起……啊！"

就在这时，原本被捆得结结实实的设计师突然挣脱了捆绑绳，跳了起来。艾丽莎惊愕地睁大了眼睛，捆绑绳上有一道烧得焦煳的裂口，那是用激光刀生生磨出来的，那绝不是一时半会儿能完成的——设计师偷偷带了一把激光刀，一路上都在磨那结实的捆绑绳！

他作为一个战士，在人手不足的情况下，接受了高危任务，可是登上机甲的一瞬间大概又后悔了，他拼命压抑住自己的恐慌，依然踏上征途，又忍不住作了个小弊——前辈们告诉他这样做，队伍中，显然不止一个驾驶员偷偷带了激光刀。

如果来不及成功取出芯片，他们也不想死。

机甲里的重力系统恢复正常，艾丽莎顺着墙壁摔了下去，芯片人根本不给她再一次抬起枪口的时间，像拂过一层灰尘那样轻描淡写地打晕了她。这支遭到伏击的小机甲队停止了反抗，一半被炸毁，苟活的一半成了芯片的奴隶，脑子里再也不会有任何反抗的念头，乖顺地被芯片人带走了。

这一场小战役，仿佛是六个星系的缩影。

就在女宿管艾丽莎被俘后三个小时，位于第三星系的临时芯片研究所位置暴露，被芯片人袭击，几十位顶尖的生物电子学家罹难，方才有一点思路的芯片干扰技术被付之一炬。

人们苦苦挣扎、慷慨赴死。

人们苟且偷生、背信弃义。

而本该保护他们的精英部队，此时仍被困在第一星系与第八星系交界的人类禁区，也在朝自己人开炮。

（三）

"闪开！"泊松脑子里好像有一根筋炸了。

天然虫洞区两侧，都有负责技术支援的技术舰，两头都带够了干扰器，随时可以封闭虫洞区。而他们思虑周全的友军，不但毁了玫瑰之心这一头的技术舰，还为了防止第八星系从那一边封闭虫洞，干脆斩断了双方联系。这意味着，一旦玫瑰之心这一侧出现任何意外，白银一和白银九那边完全得不到任何预警！

"你们知不知道第八星系有多少天然行星，有多少人？你知不知道第八星系才刚从内战中缓过来几年？你难道看不出来这些电脑的本意就是无限扩张？"泊松暴怒之下，口舌如刀，"请问第八星系这是当了一回东郭先生吗，诸位友军？"

"可是杨将军，"来自第四星系中央军的一位上校的声音好像从很远的地方传来，"虫洞通道里有联军主力，有我们的战友，也有上亿的非武装人员啊！被自己人放弃，在时空乱流里绞成碎片，他们是什么心情！"

"和一整个星系比呢？"

"难道人数少就活该被牺牲吗？！这种选择是哪个原始部落的逻辑？"

"那你的意思是选择牺牲多数人吗？"

"我们为什么要做这种见鬼的选择题！"

泊松怒极反笑："你以为这是学校考试，不想做就交白卷，最多被请家长吗！"

"那么杨将军，联军主力如果就这么莫名其妙地折在虫洞通道里，其他星系呢？那些在芯片肆虐下水深火热的人怎么办？这辈子他们还能等到救援吗！六大星系加起来，比第八星系人口多还是少，这又该怎么算！"

托马斯一把按住泊松胸口："都别吵了！白银三侧翼增援，拦住承影！"

超级重甲承影走了非航道区域，直接进入玫瑰之心腹地，第二星系中央军首当其冲，差点被打散，随着托马斯一声令下，白银三的技术人员紧急介入，入侵了承影与周围护卫舰的通信，趁着人工智能军团短暂的混乱，乱七八糟的联军慌忙堵上了缺口。

"杨将军，"直到这时，一直没顾上说话的第二星系中央军才终于发出了一点自己的声音，"白银三……曾经为第二星系战斗过十几年啊，理工大学的老校长还给你们写信吗？"

泊松那颗铁铸的心忽然跌落进了一碗盐酸里，坚硬的外壳顷刻就被腐蚀得百孔千疮，露出血肉模糊的内里。

如果不是迫不得已，谁会逼迫自己硬下心，做一个杀人的选择？

托马斯按住他的肩膀："技术舰也炸了，通信也断了，还能怎么办？既然已经没的选了，就都住口吧，万一我们走运，联军主力像阿纳·金一样，能在最后一刻及时从虫洞里出来呢？"

泊松哑声问："那万一他们迟迟不到呢？"

"死守，杨将军。"不知是来自哪支部队的声音在通信频道里响起，"我们不做选择，我们战斗到最后一刻。"

泊松惨淡地勾了一下嘴角。

短暂内讧的人类联军被十大名剑的炮火压得喘不过气来，被迫重新全神贯注地投入战斗，连芥蒂也没地方放了。

可是这一次，虫洞通道没有惊喜，联军也并不走运。

人工智能查杀漏洞的能力远远不是人类比得上的，他们内部通信被白银三几次攻破之后，一边维持着凶猛的火力，一边迅速补丁升级，白银三越来越举步维艰，突然，前线一部分第一星系边境守卫军从联军内部通信频道上消失了。

"杨将军，对方反向干扰了我们的通信频道！"

"精神网攻击，当心！"

超级重甲近乎辽阔的精神网席卷过来，又是一大波精神网攻击，白银三指挥舰上不知道第几个备用驾驶员一声不吭地就栽下去了。

泊松正要去接精神网，被托马斯抢先了一步，差点跟护卫舰撞上的指挥舰堪堪稳住，托马斯："你负责调动，我来开。"

说完，他伸手要舒缓剂，好一会儿没等到，一抬头，发现指挥舰的舒缓剂库存竟已经空了！

托马斯陡然一激灵，惊觉联军已经到了强弩之末——方才那一波精神网攻击后，联军近三成的机甲已经失控！

机甲上的驾驶员团队全军覆没。

"通信频道正在修复——修复失败——"

"后撤！"

通过精神网，托马斯·杨已经能看见逼至眼前的承影机身："收缩！快撤！"

机甲里响起提示，表明他们已经进入了天然虫洞区，受到了虫洞区特殊能量的辐射，身后已经没有路了。

就在这时，联军内部通信频道突然一片漆黑。寂静的机甲上，战友的声音再也听不见了。

托马斯只觉得太阳穴像是被一根钢锥戳了个对穿，精神网剧烈震荡，人机对接口以肉眼可见的速度被对方蚕食鲸吞，他像一只试图用双手撑住倒伏大树的小蚂蚁，无力而无可奈何……眼前黑了下去。

白银三的指挥舰立即失控，重力系统停止运行，所有人和物被甩了出去，在黑暗里划出了一道微弱的光，不知跟谁撞在了一起。

联军最后一道防线破了，失控的机甲像被海浪掀开的水草，身不由己地甩向两侧。

超级重甲承影和龙渊一前一后，带着不知疲惫的人工智能军团，以摧枯拉朽之势从中间穿过，闯进了天然虫洞区。

而想象中的联军主力仍然没有出来。

第七章　暗度陈仓

"先不封闭虫洞区，"陆必行说，"我去第一星系。"

（一）

第八星系，银河城碧空如洗。

通信已断，银河城没有收到任何厄运将至的提示。此时，所有人都聚精会神地连着网，听一份来自银河城指挥中心的"危机公关"，每一个广场的屏幕上都是陆必行。

"关于近日在网上传播的一些消息，经工程部和安全部确认，是第一星系的人工智能入侵民用网络后故意放出的。"屏幕上，年轻总长依然用熟悉的节奏说着，他嘴角天生上扬，眼睛很亮，即使不笑，随着说话时面部肌肉运动，眼睛下面的一对卧蚕也会跟着时隐时现，这让他看起来总是带着几分轻松愉悦。

"我的幕僚认为，这件事很容易公关，只要在第八星系内扩大'敌人即将入侵第八星系'的紧张气氛，事情的性质就变成了'敌军舆论攻击'，政府不需要太有逻辑的反驳，给一个差不多的解释，就能用同仇敌忾的战斗氛围遮掩过去，同时散播引导性言论，把所有揪着不放的人打成人工智能的奸细，诸位很快就会选择相信我——毕竟我这些年形象良好，现在私人邮箱里还有一堆牙膏生产商的广告邀约。

"虽然天然虫洞的另一侧，确实有心怀不轨的敌人，可是我不太想把罪名都推到它头上——顺便说，这一份发言稿也没有经过内阁审查，是非法的，也许过一阵子就会被全网删除，希望大家私下保存好，以后分享给错过这次宝贵机会没听见的亲朋好友——我的母亲穆勒女士被当时的联盟中央派兵追杀到第八星系，来接应她的养父没能赶上救她，我本该胎死腹中……"

银河城指挥中心里，第八星系政府办公厅炸成一锅粥，发言人团队寻死觅活地冲进总长办公室，一进门就被门口荷枪实弹的卫兵震住了，椅子上的人转过头来，却是那位鬼见愁的统帅林静恒。

林静恒在第八星系十分低调，除了公事基本不露面，话都很少说，工作之余就是宅在家里，再也没像当年在白银要塞时那么玩命地作过妖，按理说没什么好怕的，可是他们就是见了他就腿肚子抽筋，有一种和黄金蟒爆米花一样不知从何而来的畏惧。

"坐。"林静恒近乎和颜悦色地说，"你们总长现在不在。"

办公厅主任鼓足勇气上前："林将军，请立即联系总长，我们要求立刻停止这份声明的播放，这将会对第八星系政府以及陆总长本人的公信力造成巨大的伤害，在这么一个内忧外患的时候……"

林静恒一抬手打断他："主任也觉得这会是一桩丑闻吗？"

主任："……"

就算觉得，也不敢当着林静恒的面说。

"那当然不……"

"既然不是，那有什么不能详细说明的？"林静恒不紧不慢地说，"阴谋论都是从晦暗的地方长出来的，娶个老婆长得不尽如人意，难道以后就再也不开灯了？我看不出来有什么问题——当然，事态紧急，可能欠了一点程序，我会提醒总长以后补上。"

主任的脸变成了猪肝色。

立体屏幕上，陆必行心平气和地说："所以我整个人都是东拼西凑而成，我大概是害了无数人的'女娲计划'唯一的受益人——"

主任听了一耳朵，心脏病快发作了。

林静恒顺着他的目光看向办公室一角的立体屏幕，目光柔和下来，站起来："我还有事，失陪了，几位愿意的话，可以在这里听完。"

林静恒快步走出总长办公室，身后的卫兵训练有素地拦住一干闲杂人等，直接上了一辆机甲车往指挥中心附近的机甲基地而去，坐着轮椅的哈登博士已经在那儿等他。哈登博士浑身上下换了一身行头，连个人终端和假牙都摘了。

"我都听说了，"哈登博士上来就问他，"为什么没有趁联军人齐心齐，一鼓作气地在玫瑰之心里打掉人工智能的主力部队，收复第一星系？"

旁边的卫兵被他这一嗓子吓了一跳，小心翼翼地抬头看林静恒。林静恒这个第八星系总司令，是出了名的不爱解释，向来是发号施令、不容置喙。可是此时，出乎众人意料，他居然站定了，冲身后的卫兵们摆摆手，示意他们暂时退开，脸上也没有什么不耐烦的神色："等我五分钟，我和博士单独聊几句。"

卫兵们立刻识相地腾出了一个空间给他。

林静恒这才回答："联军当时困守玫瑰之心太久，筋疲力尽，又差点被自由军团逼到绝境，所有人都到极限了，当时就算有阿纳·金增援，我们的胜算也不多，对上十大名剑，至多有三分。"

哈登博士盯着他的目光像两团火。

"还有，即便击落龙渊他们，我们依然不知道怎么对付超级人工智能伍尔夫，很难一击必中。而如果不能绝了后患，它会变得非常危险。第一星系，这个超级人工智能无处不在，它拥有各大行星、人造空间站，还有跃迁点的最高军事权限，如果它想，几分钟之内就能把第一星系所有活物全部消灭，我们这些当兵的大可以生死不论，可不能把第一星系的无辜居民架在火上烤。所以当时伍尔夫抛出橄榄枝，主动撤军，我们没有主动挑衅激怒他的理由。"

"自主的人工智能就是理由，你们……你们啊！"哈登博士重重地叹了口气，哆哆嗦嗦地抬起一根手指，"自主的人工智能在产生的一瞬间，已经不属于制作者，是另一个物种，两个高度智能化的物种不能共存，必有一战，不是今天就是明天，这是常识啊！在高度自动化的时代，全面星际战争开打，人们在人工智能面前怎么有还手之力？"

林静恒一垂眼："这我知道。"

"你当然知道，你们都明白这个道理，也知道将来会有一战，但是你们没经历过那个时代，没有紧迫感！都觉得这是未来的事，所以眼皮底下可以为了安全，采取谨慎保守策略，对不对？当时联军里，但凡有一个亲自经历过旧星历时代的人……别说是还有几成胜算，就是只有一线生机，宁可玉石俱焚也不可能放它们走。"

"别扯没用的淡，经历过旧星历时代的老东西都跟你一样，能卷铺盖进博物馆了，坐个近地机甲车都得跟一屁股医疗设备。"林静恒走到他面前，一提裤腿，半跪式蹲在哈登博士面前，"我没有和人工智能交战的经验。"

以林静恒的臭脾气来说，这句话近乎是低声下气的请教了。

哈登博士也很痛快："人工智能有弱点，林帅——你祖父的最后一战，仔细读过吗？"

林静恒一偏头："嗯？"

"当时我们人为地封闭了沃托，把沃托变成了一个无法与外界交互的'太空监狱'，这是对付人工智能的第一条件——创造一个密闭空间，一个你控制得住的、与外界没有联系的密闭空间。第二是能源和网络，能源是人工智能的根本，网络相当于他们的'精神网'，重甲随身携带能源与备用能源，给对方断电不太可能实现，你们只能从网络上下功夫。"哈登博士说，"还有，人工智能虽然是人的技术产物，但是一旦自主，你们就不要再妄图和它们拼技术。"

"是，"林静恒苦笑了一下，"技术拼不过，力量拼不过，恐怕连万众一心不怕死也拼不过。"

核武器是人造的，肆虐整个宇宙无法节制的人工智能也是人造的。林静恒觉得这话再这么聊下去，他就快给哈瑞斯先知写信，申请加入反乌会了："但是联盟消灭过超级人工智能一次，对吗？"

"我刚才说的这些，是打遭遇战时要注意的，想彻底消灭这个可怕的敌人，要找到超级人工智能的主机，"哈登博士说，"在第一星系的某处，这样大型的人工智能不可能是个随处可插的芯片，运算能力姑且不论，能耗就是你用常识很难想象的，启动的一瞬间，就能让天使城要塞过载断电，它的主机至少要有一艘大星舰，甚至一个小型的人造空间站规模。"

林静恒叹了口气——他事先有大概的判断，然而此时听哈登博士确认，心里还是不免沉了一沉。

星舰也好，人造空间站也好，这意味着伍尔夫的主机位置不是固定的，可以在宇宙中漫步，可以使用跃迁点，在整个第一星系随便溜达，而偌大一个第一星系，整个跃迁网掌握在人工智能手里，人类联军身处其中，无异于聋子瞎子，去哪儿找这个主机？

再说主机也不一定只有一处。

第一星系也许有十个八个这样的人造空间站在不同的地方乱飞，就算他们能侥幸找到一个炸了，人家立刻就转移到备用的主机里，丝毫不影响功能。它甚至可以通过非航道路线前往其他星系，六七年就能抵达第二星系，到时候整个跃迁网都会落在它手里，只要给它时间，它可以在每个星系都给自己建无数个"分身"，想串到哪儿就串到哪儿，永远无法消灭。

林静恒有些庆幸地想，幸亏他刚才把手下人都屏退了，这里就他一个人。这番话要是泄露出去，不说民众，自卫部队里都不知道有多少人要绝望崩溃。

哈登博士低声说："现在你还有一个不是办法的办法。"

林静恒和他对视了一眼，两个人心照不宣——还有一个办法，就是立刻封闭天然虫洞区，把第八星系物理隔离，也许能保第八星系百年的平安。百年间，有万分之一的可能，第八星系技术爆炸，人类的技术水平走到某个难以想象的高度，能和人工智能的机械帝国一战。

　　又或者是惶惶不可终日地苟活百年，最后在劫难逃。

　　"我们做不到。"林静恒沉声说，"而且你现在说，也晚了。"

　　哈登博士一惊："你们是不是做了什么安排？陆总长人呢，还在直播间？"

　　军事基地也有立体大屏幕，林静恒抬起头，透过玻璃窗，他看见陆必行长长的自我陈述已经到了尾声。

　　"我的私人实验室已经查封，一应保留下来的证据都已经提交给相关部门，调查局会尽快搜索两次女娲计划的资料，哈登博士等重要证人也已经保护隔离，我以自由宣言的名义发誓，承诺以上陈述属实，调查明晰之后，无论是非法取得彩虹病毒株、私下实验，还是其他什么，我都愿意接受审判，第八星系最高法庭如有召唤，我会准时出庭。"陆必行说完，冲屏幕外一笑，"但我热爱第八星系，我会履行行政长官职责，直到我任期的最后一秒。"

　　哈登博士突然反应过来了什么："这不是现场直播！"

　　林静恒摇摇头，他站起来重新戴上手套，朝着外间站岗的士兵们一挥手："准备出发！"

　　"等等，静恒！"哈登博士叫住他，从轮椅上拼命探出脖子，"你见了静姝最后一面吗，她留下什么话了吗？"

　　"没有，她是混战中被流弹击中的，应该没时间说话。"林静恒顿了顿，"如果有，我猜大概会是'我没错，错的是你们'吧。"

　　哈登博士哆哆嗦嗦地叹出一口气："我没有照顾好她……我本该照顾你们的，我对不起劳拉……"

　　"你没有对不起劳拉，"林静恒回头，很淡地冲他笑了一下，"劳拉又不爱我们。"

哈登博士愣愣地看着他。

"劳拉·格登博士，有一双能在鲜花着锦里看见末日的眼睛，你不能要求她这样的目光照顾到……所有无关紧要的琐事。何况体外培育，母体没有相应激素变化，本来也就无所谓什么生理意义上的'母爱'。"林静恒平静地说，"其实能得到她的一点基因，我还蛮荣幸的，可惜没能继承到她的聪明。"

"联盟……是人类历史上，第一个大一统的文明纪元，"哈登博士喃喃地说，"怎么会变成这样？"

"说早了。"林静恒转身就走，"没到终局的时候呢。"

（二）

第一星系。

反乌会在人工智能军团冲破联军防线的最后一刻赶到了，可惜已经于事无补，就哈瑞斯那蹩脚的战场指挥和那点战斗力，冲上去也是给人送菜。他们眼睁睁地看着昔日的敌人、临时的盟友被人工智能大军扫得七零八落，心里竟生出兔死狐悲的郁愤。

"天……先知。"

有谁的信仰即便反复摇摆过，大概也要在目睹了这一幕之后固若金汤了。

"精神网！"哈瑞斯第一个反应过来，"避开炮火，铺开精神网，把联军失控的机甲拖走，能抢救一架是一架！"

大先知一声令下，反乌会一干信徒立刻悍不畏死地倾巢而动。也许是为了长途奔袭做准备，节约能源和导弹，也许人工智能军团与人类不同，总是以达成目标为第一要务，不做多余的事——总之，那些人工智能控制的机甲并未对战场做出"清扫"，现场留有不少失去驾驶员的联军机甲，空荡荡的人机对接口悬在那儿，机甲上的人也不知道是死是活。

"先知小心！"

哈瑞斯所在的指挥舰已经远程控制了几架联军机甲，太过深入，不小心暴露在了行进中的人工智能大军之下，炮口立刻锁定过来。

机甲响起警报，哈瑞斯脑子里"嗡"一声，情急之下，他不知怎么灵光一闪，脱口说："打'通行证'！"

反乌会——这帮丧家之犬似的星际海盗，指挥舰上居然很不要脸地打出了"平民保护通行证"，也不知道是从哪儿盗版的。哈瑞斯睁大了眼睛盯着军用记录仪，喉咙艰难地动了一下。

十秒过后——

"警报解除。"

那几架锁定了他的人工智能机甲竟然真信了，而且很有"人情味"地掉转炮口，跟上部队，冲向了天然虫洞区，不再理会他。

"快走！"哈瑞斯在通信频道里呼哨一声，反乌会不分青红皂白地卷着一堆联军的残兵败将，迅速离开了这块是非之地。

"先知，接到通信，重甲里似乎还有本该前往天使城要塞的沃托难民！"

"机甲里有生命反应。"

"派出医疗舱对接进去，有多少派多少！"

"先知，那第八星系怎么办？我们联系不上啊！"

（三）

又过了七天，第八星系。

薄荷是早班，先通过个人终端问候了一下刚刚出院的斗鸡，然后仔仔细细地把所有天然虫洞区的所有指标检查了一遍。

"谁敢审判我陆老师！"斗鸡出院以后才得到各种消息，整个人气成了一枚炮仗，一脸随时战斗的杀气，"我的队伍，要是听见谁敢私下议论，我打掉他的门牙！"

"那你就该上军事法庭了。"薄荷冷冷地说,"我说,你是不是应该找个医院看看自己有没有暴力倾向?"

"我……"

"嘘!"薄荷不知看到了什么,整个人目光突然一凝,"我等会儿跟你说。"

她不由分说地切断了通信:"边防总部注意,天然虫洞区有异常能量波动,数值仍在上升,虫洞通道里似乎有什么东西在靠近出口。"

"收到。"一个熟悉的声音传来,"技术人员撤离。"

薄荷蓦地抬头,意外地发现和她通话的竟不是边防部的接线员。

"林……帅?"

(四)

时间倒回到几天以前,独立历8月13日,就在"女娲计划"与陆必行的秘密刚刚在第八星系暴露后——

陆必行缓缓地在胡桃木桌边踱步,他的书房现在成了个小小的会议室,李弗兰、图兰、拜耳、柳元中等人都远程列席,几个立体投影分立书房四角,光影交错间,小小的书房显得分外拥挤。

陆必行低声说:"交出芯片人,否则我们就动武。"

拜耳觑着他的神色说:"根据白银三传回来的消息,对方给了我们四十八小时……"

图兰阴恻恻地打断他:"别放屁。"

"这又不是我说的……"

李弗兰说:"可事实上,他们没有给我们四十八小时——总长,您还好吗?"

"我倒没什么,"陆必行除了最开始的震惊之外,一直很淡定,他承受过自己所能想象的最大痛苦,与之相比,其他的风浪能带给他的冲击实在不值一提,此时,他甚至有点贫嘴地说了一句,"大不了,这个总长我不干了,本来也干够了,以后让你家统帅负责赚工资养我,正愁没时间吃喝玩乐呢。"

林静恒敲敲桌子:"说人话。"

"其实我和静恒私下里讨论过这个问题,"陆必行说,"超级人工智能伍尔夫,在第八星系没有主机,天然虫洞区的时差让它伸进来的'触手'无法实时和主机联系,我不相信这个'触手'有能力实时监控第八星系。"

"是,安全部门方才汇报,入侵的病毒程序查杀起来不算太难,"李弗兰说,"现在应该已经控制住了。"

图兰一扬眉:"没有能力?意思是……龙渊吹牛?"

"从第八星系到玫瑰之心,少则五六天,要是虫洞通道没准起来,拖个十天半月也不是完全没可能。龙渊说给第八星系四十八小时,而事实上,他知道四十八小时后,他们根本无法监控第八星系的情况。"拜耳沉声说,"如果我们骗他,让他等五六天,我看他最多等来联军主力。"

湛卢的机械手给林静恒倒了杯茶,作为一个跟外人合伙骗过主人权限的人工智能,湛卢现身说法:"龙渊没那么傻。"

"龙渊当然不傻,杨他们大概也是实在没办法了,给我传信的时候,抵达玫瑰之心的联盟军还是只有小猫两三只,打起来没什么用,我看他们大概也是想多拖一秒是一秒,什么招数都使了。"图兰叹了口气,随后她略微一顿,有些疑惑,"可是既然龙渊知道白银三敷衍,那为什么还任凭他们拖时间呢?"

这是个好问题,书房里安静了片刻。

突然,林静恒反应过来了什么,猛地一抬头,飞快地与陆必行交换了一个眼神。

陆必行喃喃地说:"这就不好了。"

图兰:"什么?"

林静恒飞快地说:"图兰,给虫洞通道上每条线路上的联军友军发预警,让他们在脱离虫洞区的时候做好被伏击的准备。然后通知白银三,让他们小心联军友军!"

图兰立刻不过脑子地执行了命令,扭头冲通信兵发号施令完,她才一头雾水地转过头问:"可是为什么啊,统帅?"

"我们能封闭天然虫洞区,"林静恒沉声说,"龙渊带兵出现在玫瑰之心,白银三和联军高度应激,此时如果人工智能硬闯,前线会立刻给我们报信,实时战况一定会传到第八星系,一旦人工智能攻破联军防线,进入虫洞区,我们万不得已,很可能会直接封闭虫洞区,把它们绞碎在时空乱流里。"

陆必行接话说:"所以龙渊选择先'和平谈判',让前线联军觉得他们好骗,而且目标单纯,等到伍尔夫入侵第八星系的'触手',在这边成功把第八星系搅和得翻天覆地后,民众和联军会各自生疑虑——尤其是联军,发现白银三说谎,他们会生出异心,怀疑我会为了自保,下令强行封闭虫洞通道,他们会自己先下手为强地破坏虫洞干扰设备和两侧通信。这时,人工智能军团再出手打他们一个措手不及,一旦人工智能军团成功入侵,就能在第八星系一无所知的情况下进入虫洞通道。"

李弗兰:"他们还会守住出口,在玫瑰之心铺设大规模通信屏蔽,还没有到玫瑰之心的联军主力如果没有得到任何预警,一出虫洞区通道立刻会遭到伏击,也根本无法知会我们。"

"那我刚才发的提示来得及吗,泊松和托马斯……"图兰抽了口凉气,随后她目光倏地冷厉了下来,"要真是这样,有本事让他们来,白银九就在出口等着他们,正好让我看看十大名剑都是什么东西!"

湛卢冲她挥挥手:"是一只机械手。"

"……我不是冲你,"图兰一口怒火泄了出来,噎了片刻,看着他就觉得心很累,"唉,湛卢宝贝,你……你真是十大名剑里一朵出淤泥而不染的奇葩。"

"那么总长、统帅,我们现在既然考虑到了这种情况,保险起见,要封闭天然虫洞区吗？"李弗兰问，"当然，我们会给还在虫洞通道里的联军留出足够的时间，确保大多数人通过，少数特别倒霉的也顾不上了。"

陆必行没回答，转头去看林静恒："第八星系的天然虫洞区原本在域外，几年前远征队发现这片区域之后，才临时修建了边防部，离星系内人类活动区其实还有一定距离，如果是你，能不能……"

林静恒偏头冲他挑起一道眉："嗯？"

陆必行从善如流地换了种说法："听说十大名剑除湛卢以外，一直因为找不到合适的驾驶员而在联盟军工厂展览。三十年，让星际海盗寸步难行的，可不是这些人工智能军团，对吧？"

林静恒不做表态，意味深长地看着他。

拜耳莫名其妙："总长，什么意思？"

"先不封闭虫洞区，"陆必行说，"我去第一星系。"

一言落下，会议室炸了锅。

"总……总长，您说什么？"

"不管外面说什么，不管别人怎么看，白银九是这么多年跟你一路挣扎过来的，我们站在你这边，陆总。"

"我也……"

"有超级人工智能这个芳邻在隔壁，睡觉都睡不好，"陆必行一抬手打断众人的七嘴八舌，"封闭第八星系也好，在这儿关着门商量怎么对付龙渊他们也好，都是治标不治本的。既然已经确认这个超级人工智能不怀好意，那么我们越早解决越好，不然也许几个月，它就能给自己造出很多备用主机，六七年，它就能抵达第二星系的跃迁网，控制全世界。"

书房里所有人都看向他。

陆必行抬起手腕，个人终端里垂下一张星际航道图，流光溢彩地铺陈在有些古朴意味的胡桃木桌面上。他不由分说地一锤定音："二百九十年前，林格尔元帅作为诱饵，消灭了'赫尔斯亲王'，现在这个光荣而艰巨的任务看来是舍我其谁了。玫瑰之心一侧的天然虫洞口,可能会有大批人工智能军团堵在那儿,我可不是林战神,小范围战役让我抖个机灵还可以,大规模的正面战场不是我的专业范畴。我要过去,得先想个办法让它们移驾,诸位,有什么建议吗?"

(五)

独立13年8月21日,命运终点将至,第八星系天然虫洞区边防总部——

前线的虫洞技术人员,边防总部的非武装人员有条不紊地撤退。最后一拨撤离的薄荷同一架重甲擦肩而过,军用记录仪识别了那架重甲的编号,是白银九指挥官图兰将军的指挥舰。

薄荷调整了军用记录仪的视角,将天然虫洞区附近的情况尽收眼底,她发现,就这么片刻的光景,原本平静的虫洞区已经排满了荷枪实弹的机甲部队——白银一、白银六、白银九与白银十全体到位,而这样大规模的武装调配,竟然全程悄无声息,没有一丝混乱,他们像一群夜行的猛兽,让人有种战栗的安全感。

他们技术人员被集中在一起,撤到后方,薄荷这才发现,在机甲群后面,环绕天然虫洞区一周,不知什么时候架设起了某种特殊的设备,太空工程机器人有条不紊地做着最后的检验工作。

薄荷不知道这是干什么用的,还不等她仔细观察,她所在的星舰蓦地尖叫了一声——

能量警报!

这么远都能感觉到的能量警报!

"那边开火了!"

薄荷忙问:"哪里?"

"天然虫洞区,"一个同事大声说,"有敌人从天然虫洞区冒头,被自卫军堵着打了!"

（六）

第一星系，玫瑰之心。

人工智能军团主力部队冲进天然虫洞区后，几天内，陆续有几批联盟军穿过虫洞通道，但每一支队伍最先从虫洞区出来的都是物资补给舰，正好用补给舰挡住人工智能的第一波炮火，后面的机甲好像一点战意也没有，一遇到攻击，立刻大开防护罩，自顾自地躲在补给舰后面四散而逃，仿佛既不反抗，也不打算警告友军。

联军跑得七零八落，一发导弹都不接，正规军的体面荡然无存，像一盘散沙，而玫瑰之心本来就是电子真空，人工智能反而不方便分头追捕，只能任凭大多数联军夹着尾巴逃之夭夭。那一头，第八星系一直没动静，丝毫没有要封锁虫洞区的意思，好像真的被蒙在鼓里，等人偷袭。

此时，第一拨人工智能军团的先导部队抵达了第八星系，出师不利。

"白银一第一波开火命中率96%。"李弗兰报数，"不小心漏了一架机甲，谢了，伊丽莎白。"

"客气，"帮忙补了一炮的图兰说，"白银一嘛，你们这种没事就坐办公室化妆的部门，能打出这个成绩也算及格了。"

"能打仗的都低调，你俩别在统帅面前互相上眼药了。"柳元中说，"小心超级重甲！"

他话音刚落，又一波人工智能机甲从天然虫洞区里冒头，照例在猛烈的火力下灰飞烟灭，然而紧接着，超级重甲龙渊和承影借着自己护卫舰的残骸为盾，直接撞了出来，两张巨大的精神网交叠在一起，瞬间笼罩了整个天然虫洞区！

同一时间，数十架机甲的精神网遭到入侵，第八星系自卫军的火力被迫一顿，大批的人工智能军团趁机鱼贯而出，开始强行突围！

一架白银一的机甲驾驶员被扫下了精神网，备用驾驶员还没来得及上线，入侵了精神网的人工智能立刻切断了机甲内重力系统，机甲内的太空军顿时失重，可是刚刚飘起来，又紧接着落在几步远之外，重力恢复，人工智能重新从精神网上被弹了出去！

机甲里传来湛卢的声音："是我，备用驾驶员请准备上线。"

第一波被攻击的精神网被湛卢稳稳当当地接了下来。

"湛卢，"承影说，"你又被人从洗衣机上拆下来了吗？"

承影这个人工智能，性格设定不知道是哪一位前主人干的，作为一个人工智能，它有些太尖酸刻薄了，有人说，当年要不是陆信把湛卢的权限留给了林静恒，林上将大概会选择承影——他俩简直是天生一对讨人嫌。

"电子管家并不是安插在洗衣机上的，"湛卢十分平和地给承影科普常识，"家用智能厨房、空调通风系统、整体清洁系统与门禁全都归我管，你的看法太狭隘了。"

承影："……"

哦，权力好大，好了不起啊。

龙渊："湛卢，你的精神网刚刚经过修复，够稳定吗？"

"感谢贵方提供的可变形材料，已经好多了，"湛卢说，"虽然还不够稳定，目前的机甲机身也是凑合用，但好在我家先生的精神力足够稳定。"

联盟利剑的机甲核，胸无大志到仗人势！

要是龙渊也有愤怒和羞耻功能，大概已经要气急败坏了。

龙渊不温不火地说："稳不稳定要试试才知道。"

他话音没落，忽然，某种看不见的能量横扫过整个战场区域，所有机甲——连人带人工智能，全部通信信号消失！

全靠超级重甲机甲核控制的人工智能军团好像断了"神经"，失控癫痫起来。白银十卫却几乎不受影响，他们太默契了，切断了通信之后竟也能熟练地打配合！兔起鹘落间，人工智能军团溃不成军，连龙渊的备用能源都被击落了一个!

龙渊立刻转身撤回虫洞通道——

十几个小时后,玫瑰之心的人工智能军团收到断断续续的信号:"增援第八星系。"

留守的人工智能大军随之而动。

(七)

八天前,书房秘密会议。

陆必行提出自己主持大规模战役的短板后,林静恒想也不想地回答:"这个好办,十大名剑的人工智能机甲核里,收录过大量实时战例,在战场上具备相当的判断力,所以,到时候我要目前在家的白银一、六、九、十全体到位。不用我们来引,它们自己会做出判断。"

"不,不能全体到位——你的意思是说,十大名剑的人工智能机甲核,很可能会根据战局匹配武装规模,"陆必行从书桌后面抬起头,皱眉盯住了林静恒,"你让湛卢粗略估算一下,第一星系能调用的武装储备大概有多少?如果这些机甲都能被人工智能调用怎么办?第八星系表现得太强势,不知道会吸引来多少……"

林静恒一抬手打断他:"就是要把他们都吸引过来,最好让伍尔夫在第一星系无兵可调,你在第一星系的行动才更安全——当然那不可能,伍尔夫不会犯这种低级错误,但是我们这边给对方的压力越大,你那里就越安全。"

陆必行脸上的笑容消失了:"我说不行!"

林静恒往椅子后面一靠,冲那几位远程参会的将军打了个响指:"总长说不行,我说行,你们几个听谁的?"

第八星系军政无间,但严格来说,成立之初就不是一个系统,何况主力军都脱胎于白银十卫。假如总长和统帅是政敌,关键时刻有分歧,听谁的不用说。问题是……总长和统帅并不是政敌，几位将军互相交换了一番眼色，一致认为清官不断家务事，尤其这位林先生还热爱迁怒，人生信条就是"我没错，都是世界和别人的错"，等他逞了口舌之快，哄不回陆必行的时候，指不定会把这事赖在谁头上。因此几位将军集体不言不动，假装信号不好，卡顿了。

林静恒："……"

幸好这时，湛卢解救了他的尴尬："没关系，陆校长，人工智能的战局分析不一定准，何况隔着一个天然虫洞区。事实上，我与先生多年合作，他一向表现得十分刚愎自用，从来也不肯听我的分析报告，每次我与他意见不统一时，他都强行喝令我禁言，不过历史数据表明，他是对的的情况比较多。"

林静恒虽然觉得湛卢不是在夸他，但还是勉为其难地顺着这台阶下来了："联盟这么多年，人工智能士兵只能给正规军打下手，不是没有缘故的。我说到能做到，不会拿第八星系的安全开玩笑。"

陆必行犹豫了一下，神色微微一缓——林静恒确实有不惜命的毛病，但也确实不会拿第八星系开玩笑。

林静恒又说："说回你的问题，虫洞通道没准，在里面待多长时间不是你自己说了算的，万一你出来的时候，守在玫瑰之心的人工智能军团没来得及进入虫洞，怎么办？"

"虫洞没准，但有概率分布，根据统计，以我们现在的技术，穿越虫洞耗时在五到八天之间，落在这个区间外的概率是10%。所以可以先按这个时间区间计划。"陆必行学着湛卢的语气说，"历史数据表明，不到一成的倒霉事，一般只有你才碰得上。"

林静恒："少废话，万一你就是碰上了呢？"

"是啊总长，"终于敢说话的图兰小小地帮腔了一句，"墨菲定律呢？"

陆必行顿了顿："我还有联军。"

（八）

八天后，玫瑰之心——

在虫洞通道里的人感觉不到外面时间的流逝，陆必行觉得自己才刚进来，出口转眼已在眼前。他所在的机甲上只有个粗略的计时器，利用电磁波穿越虫洞的误差相对较小的原理做的，能大致估算出他们在虫洞里逗留了多久。

陆必行瞄了计时器一眼——旅行时间七天两个小时。

机甲里闪烁起能量变动提示，意味着他们马上要离开虫洞区。陆必行松了半口气——穿越虫洞耗时落在了正常的区间里。

然而……

机甲脱离天然虫洞区，时空扭曲终结，嘈杂的声音骤然响起，陆必行听见的第一句话就是："总长，有埋伏！"

陆必行猛地抬眼去看军用记录仪。

军用记录仪上乌烟瘴气，一时什么都看不清——保险起见，先导的几架"机甲"仍是用了自动驾驶的空壳，这样，万一碰到偷袭可以挡一波。此时，那几个作为盾牌的"空壳"一个没落，一照面就全部被人击落，紧接着，机甲上传来被导弹锁定的警报声。

指挥舰的驾驶员是来自白银第十卫队的精英，不慌不乱，快速调整行进路线，防护罩大开，从残骸中呼啸而出，刚刚离开虫洞的机甲重力系统尚且没来得及恢复，被安全锁链固定在一角的人们双脚离地，形态各异。

指挥舰从两发高能粒子炮中穿梭而过，导弹在身后穷追不舍，驾驶员悍然闯入了人工智能军团的敌阵里，敌方机甲乍起，纷纷来截，陆必行指挥舰的驾驶员咎啬至极，就不开火，至此方才抠抠搜搜地打出一发高能粒子炮——

将拦在它面前的几架敌方机甲撞出了一条缝隙，几乎贴着面擦过！

下一刻，追着它的导弹到了，方才那几架准备合围的人工智能小机甲躲闪不及，被一下炸了个连环。指挥舰穿针引线似的从敌阵中滑过，放了一朵烟花一触即走，驾驶舱里欢欣鼓舞："又给反导系统省了一枚导弹。"

陆必行："……"

"等等，"陆必行三下五除二地卸下身上的安全锁链，把军用记录仪上的图像放大，扫过全场，"不是我们计算失误，你们看，玫瑰之心的敌军大部分都是中小型机甲，十大名剑的超级重甲都不在这里。"

所以守在这里的小机甲群，应该是玫瑰之心的人工智能军团主力被引到第八星系后，伍尔夫临时征调的增援！

第八星系。

天然虫洞区被林静恒划了一块区域，人为地做了一片"电子真空"区，一开始把人工智能军团揍得抱头鼠窜。可自主的人工智能军团没有所谓的"有生力量"，源源不断的机甲从天然虫洞区里往外冒，龙渊和承影之后又是其他超级重甲——及至几天以后，十大名剑除了"干将"和"莫邪"还在虫洞通道里，剩下的全部到齐。

联盟十大名剑是利器，上将以上才有资格动用，可惜当年的军委被管委会打压，自己也不争气，早已经沦为"星际模特队"，上将们老的老，废物的废物，根本无法驾驭精神力要求极高的超级重甲。除了林静恒，鲜少有再能亲自上前线的高级军官，因此十大名剑也就只有湛卢一直服役，其他都成了摆设，从未在同一场战役中凑齐过。

没想到，十大名剑终于再次并肩作战，炮口却冲着人们自己。

巨大的精神网交叠平铺，严丝合缝，像是要把第八太阳也一起吞入其中，所有进入他们精神网笼罩范围的机甲驾驶员，都不由自主地一阵窒息。

最糟的是，此时这些机甲的精神网范围实在太大，已经堪堪碰到了林静恒他们人为铺设的"电子真空"地带边缘，一旦虫洞里另外两架超级重甲凑齐，它们很可能会脱困！

图兰几天没合眼，迫不得已又要了一支舒缓剂。在电子真空内，她也无法通过内部通信和林静恒通话，心里不免升起一阵焦躁。

就在这时，虫洞区又有异动，人工智能又一波增援到了！

玫瑰之心。

陆必行心思急转："指挥舰掉头，放出虫洞干扰器！"

此时，指挥舰其实已经快要突破包围圈了，驾驶员一愣。

"快点！"陆必行喝令一声，"不然家里那边压力太大了！"

他一声令下，四散的队伍重新归拢，大量虫洞干扰器释放，天然虫洞区巨大的引力发出，陆必行的指挥舰猛地加速，猝不及防的人工智能机甲被吸进去无数，整个天然虫洞区从通道变成了一个绞肉机！

人工智能军团的火力立刻锁定虫洞干扰器和陆必行他们，包围圈陡然缩紧，干扰器转眼被扫落大半。

"总长，"指挥舰驾驶员沉声说，"我们现在的情况，铺设干扰系统是不可能的，咱们释放的只是临时干扰器，等它们全部被击落，天然虫洞区将会在一小时内重新稳定下来，到时候他们仍可以通行。"

陆必行："给我开一个不加密的通信频道。"

来自白银十的驾驶员相当机灵，一听就知道他要干什么，迟疑了一下："总长，风险是否太大？统帅那边……"

陆必行沉声打断他："我有分寸。"

下一刻，陆必行的身影陡然出现在不加密的通信频道上，供所有人工智能机甲围观，他好似环视了一圈在场"观众"，好整以暇地一笑："你们不是要我吗？我来了，惊不惊喜？"

整个玫瑰之心的人工智能机甲，原本在密密麻麻地往玫瑰之心涌，这会儿就跟集体被按下了暂停键一样，随后，所有的炮口都掉转过来，从四面八方对准了他的指挥舰。

陆必行回头冲他的驾驶员说："你看，就算虫洞区封锁解除，它们也不会再盯着第八星系了。"

驾驶员深陷重围,这会儿压力山大,实在无暇和总长扯淡,一身的冷汗,打好了腹稿决定回去哭诉告状:"总长,你确定我们能突围?"

陆必行看了一眼机甲上的智能表——已经通过网络自动校准到第一星系的沃托时间。

"我……"他刚一开口,突然,包围他们的人工智能军团后背遭到袭击,几支机甲战队以极犀利的攻势,分兵冲进人工智能军团中间,猛烈的火力瞬间把人工智能军团的屁股炸得红红火火——正是前几天一到第一星系就夹着尾巴四散奔逃的人类联军!

陆必行的眼睛里终于浮现了一点笑意,慢悠悠地补全了自己的话:"……非常确定。"

八天前,书房的战前紧急会议上,当陆必行说出"我还有联军"这句话的时候,所有人都沉默了。

"目前还在虫洞里的联军主力,倒是还能联系,我已经安排通信兵去告知他们来龙去脉了。"图兰犹豫了片刻,"可是陆总,我刚刚给泊松传递过信息,如果几个小时后,收不到他的回信,意味着玫瑰之心那一边,友军们就像统帅估计的一样,已经自毁通信设备……如果是这样怎么办?如果我们和这些友军的临时联盟破裂了怎么办?"

而事实证明,向来以恶意揣度别人的林静恒估计得一点也不错,及至陆必行秘密带人出发前往玫瑰之心的那一刻,虫洞区的另一头没有一点动静。

白银三和他们断了联系,托马斯和泊松甚至很可能都没来得及收到图兰的警告。

"陆总,"他们即将进入虫洞时,送行的图兰忧心忡忡地叫住他,"已经超时了,联军看来是大难临头各自飞了,你确定你还相信联军?"

"唉,早知道让自由军团的芯片帝国成功多好,人与人之间就再没有那么多猜忌了——而且算起来,他们芯片帝国的'蚁后'是咱们家统帅的妹妹，大家都是亲戚，早点归顺，没准往后能靠她耀武扬威，到时候八大星系横行，肯定比窝在这儿当总长炫酷多了。"陆必行半真半假地叹了口气，朝图兰一挤眼睛，"可惜没有'早知道'啊，那我现在也只好……非常确定了。"

八天后，玫瑰之心的人工智能显然没有料到，丧家之犬一样四散奔逃的人类联军竟然重整旗鼓，在这时候杀了回来，顿时被撕成几块，行军速度最快的大概是第三星系中央军的一支。

"提心吊胆地等了好几天，好小子，你居然真来了！"纳古斯统帅的声音在陆必行的通信频道上响起。

"总长，"随联军增援的阿纳·金随即赶到，"白银四前来会合。"

陆必行一笑，回头冲自己的驾驶员说："把那几个虫洞干扰器收回来！重新恢复虫洞通道，静恒那边估计已经撑到极限了，让他们赶紧从第八星系滚出来追我——诸位，五到八天，能不能用我这个大鱼饵钓出伍尔夫的主机，可就看你们配合了。"

第八章 沉沦

整个世界像一艘在大海里撞上冰山的巨轮,风雨飘摇,正在缓缓沉入黑暗。

(一)

第八星系的图兰心惊胆战地看着虫洞入口传来异常能量波动,随即却又忽然一片死寂,哑火了,她一开始怀疑是自己舒缓剂嗑多了产生幻觉,紧接着才反应过来,虫洞通道从另一头被封上了!

这一封太及时,成功地维持住了这边摇摇欲坠的战局,没来得及出来的那两架超级重甲再也不用出来了。图兰忍不住在自己的指挥舰上吼了一嗓子:"陆总长万岁,关门打狗了!"

可是同时,林静恒立刻明白了陆必行要干什么,青筋一阵乱跳:"陆必行!"

虫洞干扰只持续了很短的时间,很快又有了微弱的反应,图兰连月守在边防,对天然虫洞区的各种信号已经十分熟悉,一头雾水:"……那边不是关门打狗吗,怎么又解除封闭?"

相比她,人工智能反应更快,人工智能军团的几架超级重甲几乎同时得出了结论——它们被拖在了第八星系,芯片人已经去了玫瑰之心。

"看来陆校长在那边故意暴露了身份，"湛卢说，"是想分担第八星系的压力，同时靠天然虫洞区拖住敌军吗？"

"这个多此一举的混账……"林静恒火发了一半，突然一顿，自言自语似的问湛卢，"你刚才说什么？"

湛卢十分习以为常："看来您依然有不同看法。"

林静恒顿了两秒，蓦地一抬头，随着他心念一动，指挥舰立刻掉头，周围的护卫舰紧紧跟上，林静恒向虚空方向打出了一枚高能粒子炮，白银十卫众人虽然不明所以，但立刻收到信号，紧随其后。

而几乎是同时，人工智能军团中所有机甲突然收缩到了一起——

在林静恒布置的这个"电子真空"里，人工智能机甲之间沟通的网络被干扰，几架超级重甲只能用精神网远程带这些小机甲，显得碍手碍脚的，因此除了超级重甲的精神网攻击比较吓人之外，其他倒也没什么。可是此时，本来分头行动的超级重甲聚在了一起，好像组成了一块巨大的吸铁石，无数人工智能小机甲以此为中心，密密麻麻地涌到一起，一层包一层，老远一看，好像形成了一个巨大的蜂巢，要不是林静恒撤退及时，前锋差点和他们撞上。

湛卢感觉自己作为人工智能的审美都被侮辱了，不忍心看地评价道："太不体面了。"

最前锋的白银九的炮火立刻飞了过去，然而最外层的人工智能机甲形成了一层盾，打掉一层还有一层，就这样步步紧逼地往前"滚"。

湛卢的思路就是人工智能的思路，湛卢能在瞬间明白的事，龙渊当然也明白——入侵第八星系的重甲军团并未如陆必行所料，再被引回第一星系，相反，它们以更决绝的姿态冲向了第八星系。

因为陆必行的人手必然不多，而第一星系毕竟还是人工智能的大本营，不用急着去抓他，只要彻底拿下第八星系、彻底控制住天然虫洞区，形势就会从"人工智能主力被困第八星系"，变成"陆必行被隔离进第一星系，等着被瓮中捉鳖"。

人工智能军团一掷千金，毫不吝惜地以己方机甲为盾，强行往前推进,逼得第八星系自卫军仿佛被一场雪崩撵着走,不断地被迫后退。突然,一直顶着炮火被动挨打的人工智能同时掉转炮口,对着自卫军横扫而出。以自卫军的素质,当然不会被他们扫到,众机甲走位配合无间,齐刷刷地躲开了火力攻击。

"不好!"

被错过去的导弹却并未转个圈追回来,而是一路朝着远方而去。

"轰"——

"电子真空"碎了!

第一星系,玫瑰之心。

陆必行还不知道人工智能的反应并不尽如他意,他已经和联军主力会合了。联军主力这段时间分批分次抵达玫瑰之心,按照陆必行的安排,来了就是四散奔逃——可以说,没干什么正事。

逃窜中,他们倒是提前对错综复杂的玫瑰之心摸了个底,玫瑰之心附近没有跃迁点,不容易被人工智能发现,相对安全。这会儿,联军成了陆必行的向导。

"接到消息以后,我应该是最先到的,"第五星系司令老布说,"白银三,还有之前的先导部队我没看见,这里连残骸也没有。第一星系通信不方便,我抱着一线希望在附近搜索过,没有他们的踪迹。"

陆必行面沉似水地一点头:"嗯,做最坏的打算。"

众人凑在一起,三言两语交代了各自的经历,不约而同,他们全都专注战局,没有人在此时提起陆必行是芯片人的传言。

"接下来,我们去哪儿找人工智能伍尔夫的主机?"纳古斯想了想,艰难地试着运行脖子上顶的那个不常用器官,"伍尔夫生前不是在沃托,就是在天使城要塞,总无外乎是这两个地方吧?沃托都被炸成那样了,应该不在沃托……那我们去天使城要塞附近搜搜看?我记得那个反乌会的老白脸也说,启动器好像就是埋在天使城的。"

"我觉得不会,"第六星系司令说,"你都能想到,别人想不到吗？自由军团的林静姝会想不到吗？主机要真在天使城要塞，自由军团被撵得到处跑的时候，早就把天使城要塞下油锅了。"

陆必行心里一动，抬眼去看这些一个比一个心直口快的老帅，老帅们以前经常会把"自由军团"简称为"芯片人"，这么叫显得更咬牙切齿一点，可是他发现，从重聚到现在，所有人都不再提这个词。

老帅们似乎在用这种隐晦的方式维护他。

"必行？"

陆必行回过神来："我想最开始，主机可能确实在天使城要塞。"

"最开始？"

"对，当年之所以启用天使城要塞，是因为三大海盗团伙入侵联盟，伊甸园崩溃，军委借机重新压过管委会，比起暗流汹涌的沃托，天使城要塞才是伍尔夫第一个能完全掌控、一手遮天的地方。"陆必行说，"而天使城要塞驻扎过大批沃托难民，同时还是联盟军指挥中心，所以外圈环绕着很多小型人造基地，满足驻军和人们各种各样的生产生活需要，是个挺复杂的系统。"

"对，当时伊甸园实验基地就是这么个人造空间站。"

"所以人工智能伍尔夫的主机，最有可能隐藏在其中一个人造空间站里，"陆必行说，"启动器被哈瑞斯打开之后，它抽空了整个天使城要塞系统的能源后，趁乱启动，脱离了天使城要塞，通过通信网络和跃迁网络，控制了整个第一星系。"

纳古斯一个头变成两个大："那它要是到处乱飞，咱们可上哪儿找去？"

"别急，万事都有迹可循。"陆必行说，"我刚才说过，人工智能伍尔夫通过通信网络和跃迁网络掌控第一星系，它就像网上的蜘蛛，我们查杀蜘蛛，就得顺网而上。跃迁网络星际航道图上有明确标志，至于短途的通信网络——"

"第一星系的通信网络是海盗光荣团投降后重建的，我们全程参与。"一个来自联盟军的少将说，"星际基站布局我们熟悉。"

"太好了，"陆必行说，"两张网对我们来说太复杂了，我们时间有限，需要降低这件事的维度，联盟中央的各位兄弟，能不能先帮我们切断第一星系的通信网络？"

那少将一口答应："没问题！"

"第一星系边境守卫军可以协作。"

陆必行一挥手，弹开通信网络的模拟图，此时，他们面前只剩下一张星际航道图浮在半空，跃迁网看起来清晰多了。

"如果能破坏第一星系的通信网，我们的问题就会简化很多，"陆必行说，"当人工智能伍尔夫只剩下跃迁网可以联系他的部下时，他的主机就会被迫依附在其中一个跃迁点上。"

"可是第一星系有四百多个跃迁点啊。"

陆必行说："第一星系是联盟中央所在，戒备森严，跃迁点分区域管理，每个区域都有军事要塞把控，保证任何一个地方发生异常，都有联盟驻军第一时间赶到。静恒告诉我，以前联盟由白银要塞统一调配兵力，接到军委命令后，白银要塞会通过跃迁网远程通信，给相应区域的军事要塞发调令。而远程通信虽然快，星际距离也还是太长，所以反应时间有误差。第一星系不大，白银要塞的调令传到最近的军区和最远的军区，来回算下来，有八分钟的时间差。现在伍尔夫已经知道我在第一星系，他会调集所有力量，在整个星系范围内搜捕我。那么就由我来测试各大军区的反应速度，我们来反向推算主机所在军区。"

老布忙问："怎么测试？"

"我们抓到了几个自由军团的战俘，他们被人工智能追杀时，走的非航道路线图在被俘机甲上都有记录，正好他们已经探过路了，我们可以直接拿来借鉴，"陆必行在星际航道图上轻轻地一拍，第一星系各军事要塞全部被标了出来，"第一星系目前有十六个军事要塞区，我们分兵十六路，走非航道路线，前往各军事要塞附近，我大致算了一下，在没有跃迁点的情况下，从这里出发，到达最远的一个军事要塞要走六七天——六七天后，第八星系的超级重甲差不多也要从虫洞区里追出来了，所以我们动作要快。"

"大家对一下表，统一用沃托标准时间作为标尺，七个沃托日后，零点，我会通过紧急跃迁，降落在这里，"陆必行圈了一个跃迁点，"主机发现我以后，会同时向各大军区发调令，这里就会产生时间差。"

"可是这样你要暴露在第一星系所有人工智能的眼皮底下，太危险了，"老布说，"我们不需要分兵十六路吧？单是计算时间差的话，派两三支队伍，选两三个相距比较远的军区测试，应该足够用了，你身边要多留些人。"

陆必行："如果主机不止一台呢？"

老布被他说得激灵一下，起了一身鸡皮疙瘩。

"而且分别派往十六个军区的战友可不是只有这一个任务，当我们锁定主机所在军区后，负责这个军区的队伍，要效仿当年林格尔元帅对付赫尔斯的办法，第一时间把最外围跃迁点清理掉，把主机隔离在'孤岛'上，绝不能让它再跑出去。"陆必行把星际航道图收回个人终端，"然后，就轮到我们测试它的反导功能了——诸位，还有异议吗？没有的话，我们就立即行动，通信基站交给联盟和第一星系边境守卫军，其余人各自点兵分组，搭建通信加密，我们没时间耽搁，行动！"

纳古斯突然问："你呢？"

陆必行一愣，抬眼看他。

"林格尔元帅以身为饵，把赫尔斯亲王和继承人引到沃托，途中指挥舰被击落，以身殉道，"纳古斯轻轻地说，"那你呢？"

陆必行笑了起来："我不会，纳古斯叔叔，有人替我牵制了十大名剑和人工智能军团主力，如果这样我还能被伍尔夫打死，那我这个传说中的'芯片改造超人''女娲计划的唯一成功体'，不也太对不起那些技术先驱了？"

联军众人一直在试图避开这个敏感的话题，没想到被他大大咧咧地抬了出来，一时都不知道怎么接话。

"芯片的事情，我已经在第八星系发表了声明，过后会给大家一个周全的解释,"陆必行说,"放心,我这个人,从一出生开始就险象环生,活到这么大实在不容易,惜命极了,我要殉也只会殉情,不会殉道。"

(二)

前任地头蛇、第一星系边境守卫军和联盟军统一换上了小机甲,兵分几路,分别朝通信基站进发。

陆必行通过机甲的军用记录仪目送他们:"人工智能的主力不在,第一星系原来的守卫路线又熟,分散行动,解决通信基站应该不成问题,其他人按照原计划,也准备出发吧,我们……七天以后见。"

趁第一星系仍在封闭状态,可怕的主机没有遍布世界。趁人类联军主力尚存。

众统帅在通信频道里朝他示意,随后各自踏上征程,短短一个沃托时后,陆必行身边只剩下了少量护卫舰,以及离目的地最近的一部分第三星系中央军。

陆必行长长地呼出一口气。

所有的安排都已经布置下去,他仔细回顾了一下自己是否还有遗漏,然后发现,繁忙的大脑一旦空闲下来,他就开始有要胡思乱想的趋势。一个念头突然冒出来,他想,万一闯进第八星系的十大名剑,不肯乖乖被他引回第一星系,怎么办?

林静恒和第八星系驻军撑得住这么久吗?

这想法才刚一出现,就跟到处碰瓷的寄生植物似的,扎根在他心头不肯挪窝了,陆必行突然开始心律不齐,手心冒出了一层冷汗,去端水杯时,手一滑,杯子竟然脱手落了地。陆必行激灵一下,惊觉自己差点魔障,他把手指的每个关节按压了一遍,强行压下思绪——事情已经走到了这一步,无路可退,这会儿想什么都于事无补了,无论如何,都只能咬着牙走下去。

为了不让自己有胡思乱想的空间，陆必行逼着自己坐下来，闭眼调整了一下呼吸，然后他给自己找了点事干。他打开了林格尔元帅的笔记本，对照着联盟史料慢慢看，联盟的官方宣传里说，林格尔是人类历史上杰出的战略家与思想家，也是最伟大的军事统帅之一。陆必行就跟平时不读书的小学生一样，打算在让人心慌的考试前拜一拜"考神"。

几场著名战役的细节都对得上，而除此以外，笔记本上还有很多林格尔元帅的个人生活琐事——他写书呆子哈登博士，年轻时有注意力障碍，聊天时不是总打别人的岔，就是异想天开胡说八道。也写越长大越沉默寡言的伍尔夫。

而提到他的爱人，则总会多出一张色调温暖的手绘，手绘偏向于意识流，看不大出模特长相，然而往往只是个剪影，已经让人心怀向往。

休伯特（伍尔夫）是我从小看着长大的，他孤苦伶仃，所以对我过分依赖，产生了一些错觉，我没能及时察觉纠正，心里有点愧疚，所以近来言谈举止都十分小心，以免再对他造成不好的影响，好在他温良宽厚，我想，也许再过上几年就想开了。

陆必行"啧"了一声，手指尖在"温良宽厚"下面画了一条线，感觉自己快不认识这个词了，他跳过日常部分，翻到了最后几页，去看他们与人工智能"赫尔斯亲王"的最后一战。

赫尔斯亲王无孔不入，像个可怕的幽灵，笼罩在每一颗星星上，为什么要制造这种怪物？

斯蒂文（哈登）那小子又口无遮拦，他说，我们要是有足够的时间和技术，应该制作一个更自由、更强大的人工智能，病态的产物只有用更病态的东西才能打败。

休伯特说，无权限框架的人工智能假如能被造出来，不管制作初衷多么美好、多么像人类之友，最后一定会变成我们的敌人，哪怕程序里写满了热爱人类。

是啊，拥有自由意志的人工智能和新物种有什么区别呢？我们从基因里就对类人而不是人的东西充满恐惧，这是进化史里无数次种族屠杀留下来的教训。一旦双方的关系从蜜月期转凉，就算人工智能依然友好，人们自己首先会生出猜疑，而这样的裂痕一旦产生，就再无法弥合，我们将会毁于自己的产物。

感谢赫尔斯亲王的私心，他留给私生子的权限大概是用来拯救世界的。

这是笔记主人一段随便的感慨，没什么干货，陆必行原本是匆匆掠过，一张纸翻过去，他又突然意识到了什么，倒回去重新看这一段话，心想："笔误吗？"

哈登博士异想天开以毒攻毒，而伍尔夫是那个高度警惕人工智能的人？林格尔元帅是不是把哈登和伍尔夫的名字写反了？可是……从笔记上也看得出，林格尔元帅是个颇为仔细的男人，手写的文字很少出现明显笔误，而且他写了哈登"又"口无遮拦，与前文对博士"说话不会看人脸色"的描述是一致的。

陆必行心里升起疑惑——伍尔夫二十几岁的时候，就知道自由的人工智能最后一定会走上歧路，怎么三百年后反而越活越糊涂了？为了权力？想千秋万代地统治联盟？

这不合逻辑，因为人工智能只是复制他的人格，并不是让他"灵魂附体"，就算这个超级人工智能统治了全人类，跟伍尔夫本人又有什么关系？他的尸骨都随着沃托联盟议会大楼一起灰飞烟灭了。

那么……难道是因为他被联盟蹉跎了一生，所以死到临头打算反人类了？可如果只是单纯的反人类，想把整个世界变成一个死气沉沉的机械帝国，为什么把首要目标定为消灭芯片人？对机械帝国的超级人工智能来说，所有碳基生物都是奴隶或宠物，是人，是芯片人……甚至是猫是狗，有区别吗？

这时，机甲上的驾驶员提示他："陆总，纳古斯统帅想和您单独聊几句。"

陆必行回过神来："好。"

纳古斯的立体人像很快出现在他面前，这会儿，虫洞通道重新稳定，信号也没有那么大的干扰了，只要不伸手摸，纳古斯的虚影与真人殊无二致，两人像是面对面地坐在一起。

"林格尔元帅的笔记本吗？"纳古斯问，"好像是那天伍尔夫交给你的。"

陆必行"嗯"了一声："老林帅对伍尔夫一生的影响很大。"

"绯闻吧，"纳古斯大大咧咧地说，"我听说过，据说当年林蔚将军出生的时候，还有好事之徒质疑他的基因是否真的来自林帅伉俪，就是暗示……嗯，你懂的。"

陆必行："不会的。"

纳古斯："什么？"

"不管绯闻是不是空穴来风，伍尔夫都不会这么做的，这个人阴险狡诈，有时甚至手段卑鄙，但我总觉得他不是一个下流的人，应该不屑于搞这种小动作，"陆必行说，"再说，如果林蔚将军身上真的掺有他的基因，静恒他们兄妹也应该算是他的后代了，为什么他不肯亲自领养他们呢？"

"为什么？"纳古斯问，"不过话说回来，不管林蔚将军是谁的儿子，都是他一手培育、一手养大的，他那时为什么不肯亲自领养静恒？"

"伤心吧。"陆必行想了想，说，"林格尔元帅是青春时代的美好回忆，像月光，伍尔夫用他们夫妻的基因培育出了林蔚将军——'蔚'这个名字是老林帅生前就和伴侣想好的，笔记本里写了，不管第一个孩子是男孩还是女孩，都可以叫这个，伍尔夫用了这个名字，我觉得他是在完成老林帅的遗愿，如果林蔚将军平安顺遂地度过一生，大概也不失为一个圆满的结局。伤他心的，应该是联盟中央被伊甸园管委会带得越走越偏，哈登博士叛逃，抚养几十年、朝夕相处的养子英年早逝吧。静恒他们兄妹都太像劳拉·格登博士了，伍尔夫先生心怀芥蒂也是正常的。"

纳古斯叹了口气："我记得，其实当年伍尔夫就已经准备退休了，那时候将军……你父亲风头无两，他和林蔚两个，一个是伍尔夫亲自带的学生，一个是一手养大的养子，就有马屁精把他俩称为'沃托双璧'，林蔚将军性格有点冷淡，不爱应酬，也不爱出风头，我们将军呢，正好相反，两个人私交不错，倒是互补。伍尔夫元帅最后还是选择了我们将军，渐渐把很多事务交到他手上，其实那时候陆信将军已经挑起了大梁，就差一个官方的正式交接了。可是……"

伊甸园管委会横插一杠，林蔚郁郁而终，陆信蒙冤，域外海盗声势渐弱，好像已经没有威胁了，人类大一统的联盟风平浪静，非但没用还有威胁的军委被打压到议会大厅的角落里，权力几乎被架空，原本半隐退的老元帅被迫重新上台，可已经于事无补，伊甸园无处不在，身为联盟元老，他连一个被管委会拿捏住的小女孩都要不出来。

"我有种奇怪的感觉，纳古斯叔叔。"陆必行说。

"什么？"

陆必行摇摇头："一时说不清。"

如果没有超级人工智能伍尔夫，那么联盟军和中央军可能已经被林静姝一锅端了。不得不承认，在当时那种情况下，如果不是伍尔夫这一手堪比"借尸还魂"似的神来之笔，人类联军来不及集结就得跪下。而现在回头来看，伍尔夫作弊似的封闭了第一星系，在人工智能的围追堵截下，林静姝唯一的选择就是避走第八星系，到时候，无论第八星系做出怎样的选择，都不免被牵扯进来，空脑症又恰好是芯片人的克星，前后夹击地把林静姝堵在玫瑰之心，那里必然是她的葬身之地。

解决芯片人之后，人工智能本可以表现得友好，在以后数十年里相安无事，让中央军回其他星系荡平乱局、修复跃迁点，让人们放松警惕，人工智能也可以有时间、有余地建造更多的主机，埋下更多的"种子"。可是偏偏这个时候，它像出了"bug"一样偏执起来，主动再次挑起战争。

陆必行的目光重新落在笔记本上，看见那句"哪怕程序里写满了热爱人类"。

"我们现在处境危险，像走在刀尖上，"陆必行说，"可是细想起来，这个时机的战争对人工智能来说反而是最不利的，也是我们唯一的机会。"

纳古斯："这是哪里话？难不成它还故意挑起战争，让我们灭了他？真想当救世主，那它应该打完自由军团就自爆啊，闹成这样算怎么回事！"

"自爆不可能，无法设置——怎么算打败自由军团呢？灭掉首领吗？那它在林静姝第一次假死骗我们的时候就没了，"陆必行摇摇头，"再说，鸦片这种电子芯片毒品，一旦流毒，恐怕没有几十上百年都无法彻底从人类社会里拔除，如果超级人工智能设定的是'消灭自由军团就自爆'，在这几十上百年间，这个超级人工智能和人类的关系会变成什么样？无权限框架的人工智能可是能自主修正程序的，你觉得那么久远之后，小小的自爆程序还能限制它吗？"

纳古斯的心绪却随着他的话沉了下去。

"几十年上百年都无法拔除的电子毒品，"他喃喃地说，"我的第三星系，还能等到我回去吗？"

（三）

第三星系。

幽灵一样的破机甲小心地避开沿途所有可能遭遇芯片人的航道，几个累得一脸麻木的军人轮流休息，各自蜷在角落里，他们身上的军装制服都不一致，显示军种不同——有些来自地面安全部门，有些来自留守的中央军。

这支七拼八凑的队伍在太空中漂流，肩负着重要的任务——他们要把一位生物电子专家送到安全的避难点。

为了对抗芯片人，反抗军在第三星系某个秘密基地建立了临时芯片研究所，聚集了几十位生物电子学家，然而就在事情刚刚开始有眉目的时候，半个月前，研究所位置暴露，被芯片人摧毁，功败垂成。只有一个年轻的博士侥幸逃出来，被反抗军拼死救下，此时正安静地躺在机甲的医疗舱里，借以度过难挨的太空旅程。

医疗舱里露出她一张苍白而年轻的脸，即使在休眠状态，她脸上仍然带着隐约的恐惧和焦虑。换班的士兵和同伴交接了驾驶权限，走过来看了她一眼，给她调节了医疗舱里的温度。

"你做什么？"同伴轻声问。

"让她暖和一点，我觉得她在做噩梦。"疲惫的士兵声音几不可闻地说，"她能复原多少资料呢？"

同伴沉默下来，片刻后，递给他一根营养针："据说仓促建起来的几个研究基地都已经被芯片人炸毁了。"

"这说明芯片人害怕，"士兵沉声说，"他们能依仗的就只有身上那个芯片，芯片人没有组织，没有秩序，甚至没有芯片，他们可能连机甲都开不好，这些人什么都不是，只要我们有技术能对付他们的芯片，最后一定能赢。"

"可是要等多久才能等到'最后'呢？"同伴有些颓废地说，"也许'最后'就是，我们都死了……不光是我们，其他星系也越来越艰难了，反抗军建立的据点丢了十之八九，前天，一部分反抗军从第四星系跑过来寻求庇护，第四星系好像已经全面沦陷了。常常和我联系的那位第二星系战友半个月没有声音了，我不知道他是不是还活着……你知道吗，在与他失联之前，我从他那儿听到了一个消息。"

"什么？"

"第一星系的对外跃迁点全部被炸毁了，就算有援军，也是六年以后的事了，我们等不到的。"

漆黑的宇宙里，清醒的两个年轻人艰难地消化着这绝望的消息，一时彼此默默无言。片刻后，士兵扭头看了一眼医疗舱里的女博士，好像是病急乱投医，要从她身上汲取一点勇气似的："别想这些了，基地马上就……"

　　他话没说完，破机甲里突然响起警报声。

　　"小心！"

　　机甲上所有休息的人全都惊醒过来。

　　"掉头，紧急跃迁！"

　　"什……"

　　"快走！我们的基地被袭击了！"

　　第三星系，反抗军一共九十六个据点，这是第八十七个被炸毁的地方。

　　整个世界像一艘在大海里撞上冰山的巨轮，风雨飘摇，正在缓缓沉入黑暗。

第九章 黑暗时刻

新星历纪元度过了它最黑暗的七天。

（一）

新星历纪元度过了它最黑暗的七天。

"据说创世也用了七天，直到现在，沃托标准时仍然以七日为'一周'。"陆必行突然对他的机甲驾驶员说。

来自白银第十卫的驾驶员一愣，试图拍个马屁："所以我们选这个时间行动，是个好兆头？"

"只是巧合而已。"陆必行笑了一下，"伊甸园也是个吉利的名字呢——来，把驾驶权限给我吧。"

驾驶员莫名其妙，不知道总长什么时候也染上了统帅"精神网必须在自己手里"的毛病，他一边交出精神网，一边有些不自在，怀疑长官不满意自己的机甲驾驶水平，忍不住低低嘀咕了一句："总长，我的机甲水平其实还过得去的。"

"白银十卫的精英当然比我强，但是最早赶到的人工智能军团为了把我们困在原地，一定会使用精神网攻击，我有作弊器，能扛久一些,"陆必行说,"扛不住了再交给你。"

此时,前往最远端军区的白银四已经悄然就位,阿纳·金把灵敏的能量感应仪全部备齐,静静地等着约定的时间。

人工智能机甲沿着航道到处巡视,搜索混进第一星系的敌人。玫瑰之心静得让人心慌,虫洞通道将第八星系与他们隔开数日,没有人知道那边怎么样了。

陆必行连上精神网,忽然想起了他第一次成功启动机甲,从凯莱星上升空时的兴奋。那时世界尚且与他相安无事,他有很多不着调的狐朋狗友,有无限梦想,还有个全心全意爱护他的老波斯猫,分明是紧张地在一边观察,被人发现了,便要装作一副"我没看你"的轻慢样子。

他以为自己马上就会揭开星空的一角。

那时候,他想办一所学校,在贫瘠的第八星系撑起一个星空顶,在那些和他一样渴望又躁动的年轻人心里撒一些种子,每次学期结束的长假,就关了学校,沿着星辰之海环游联盟八大星系。穷了就去做兼职机甲设计师补贴家用,然后拿出去挥霍,体验各种各样的经历,自由自在地玩过三百年的一生。找个人谈恋爱,也不必组成家庭,和则来不和则去,轻轻松松的,不用像他对林静恒一样锥心刻骨、遍生忧怖。等他老了,就回家写回忆录,把一生所有没有用的小发明拿出来结集出版。

那会是多好的一生。

他原计划在四十岁之前实现自己的愿望,过上理想的生活,没想到直到现在,理想的生活也没有实现。

"我建了好多学校,可他们都不肯让我当校长。"陆必行的每一个感官都随着精神网扩散了出去,他想,"我有能力开着机甲到处转,可是总共没离开过第八星系几次,每次出来,不是遭遇人质绑架事件,就是要打仗。"

"总长,倒计时开始,机甲预热,能源系统检测完毕,确认坐标,所有人员就位,准备紧急跃迁——"

"十、九、八……"

"这总长让我当的，"陆必行声音几不可闻地自嘲了一句，"不怎么成功啊。"

潜伏在第一星系通信基站的联盟小机甲率先开了火，干净利落地切断了通信网络。

"三、二、一——"

倒计时结束的提示音淹没在机甲的轰鸣声里，指挥舰及其护卫舰同一时间暴露在第一星系的跃迁点，能量波动惊醒了第一星系的幽灵，人工智能险恶的目光立刻锁定了他们，追捕命令通过四通八达的跃迁点远程通信端，潮水似的涌向四方。

陆必行他们还没落稳，跃迁点就再次波动——离他们最近的人工智能机甲跟着紧急跃迁至此。

紧急跃迁的体验相当不舒爽，大约等于离心机一日游，机甲里一干人都被保护性气体做成了果冻，紧急跃迁后，机甲里的人总要有片刻缓冲。可是人工智能机甲就没有生理问题了。他们以最快的速度冲过跃迁点，一口气都不歇，趁着紧急跃迁时驾驶员精神网动荡，一波精神网攻击席卷而来。

陆必行那有芯片加持的精神力生生扛住了这一击，所有护卫舰同时换了驾驶员！

与此同时，悄悄埋伏在各大军区的十六支队伍用能量感应器记录下了军事要塞的变化——这就是人工智能的好处了，如果这些军事要塞里是人类武装，再精良，行动也总需要调配，启动速度也总有误差，会充满各种各样的小意外，根本无法准确计算。只有人工智能，伍尔夫的主机是"大脑"，各处由人工智能控制的军事基地是器官，结构清晰简洁，才容许他们用这种方法逆推。

陆必行的指挥舰同时打出了六枚导弹，勉强将追逐他的火力拦截，最近的两枚导弹相撞在距离指挥舰不远处，大量的碎片暴风雨似的掠过指挥舰机身，把防护罩撞得一阵动荡，指挥舰夺路而逃。

人工智能机甲通过跃迁网锁定了他，整个第一星系为之动荡。

"陆总，对方释放了跃迁干扰技术！"

"四面的跃迁点都无法连通，我们已经被包围了……"

"当心！"

导弹和精神网攻击同时到了，即使是芯片人，人机匹配度也不是百分之百，精神网动荡之余，导弹几乎与指挥舰擦肩而过，险些击中武器库，警报声叫破了喉咙！

陆必行不"殉道"的牛皮才吹出去不久，此时一后背冷汗。

十六支探路的队伍将以多层加密的方式彼此沟通，以最快速度锁定主机所在军区，而对方在这个过程中，一定会试图突破他们的通信加密，一旦被主机破解加密，察觉到他们的企图，它就会立刻跃迁转移，所以加密是一方面，最重要的是，主机被锁定之后，距离该军区最近的队伍能在第一时间把这个军区外围的跃迁点清理干净，困住它！想要保证行动迅捷，每一支探路的队伍人手和机甲都必须充足，因此陆必行力排众议，身边只留了小猫两三只的护卫舰，面对四面来袭，根本不够给人送菜的。

陆必行急中生智道："发通信请求！"

只要拖过十几分钟，他们就能锁定主机所在区域，他既然打不过也跑不了，不如认真拖延时间："我要和休伯特·伍尔夫元帅说话。"

他两句话的工夫，已经有一大波能熔化防护罩的叠加高能粒子炮横空扫来。防护罩被高能粒子炮蚕食鲸吞，重甲目标极大，一旦没有防护罩，几乎等同于赤身裸体地走进辐射区。别说导弹，战场残骸撞一下都没什么好下场。而机身外壳温度急剧上升，防护罩发出垂死的尖鸣，不断报送损伤，继而在护卫们吊起的心绪里灰飞烟灭——指挥舰彻底成了个没壳的王八。

"陆总！"

然而下一刻，人工智能猛烈的进攻突然停了，对方接受了他的通信请求。

陆必行身边的护卫们配合默契，对方火力一停，他们得以片刻喘息的余地，立刻拖着陆必行抛弃重甲，集体转移到了机甲收发站里的几架中小型机甲上。

陆必行换了个地方坐下来，后背冷汗贴得怪难受的，还要硬摆出一张慌慌愤怒的脸，先发制人地对伍尔夫发出质问："我以为你的存在是为了防备自由军团，保卫世界和平，你不是说你要去休眠吗？那现在这是在干吗，梦游撒癔症？"

伍尔夫的声音响起来："消灭芯片人是我的天职。"

"谁是芯片人！"陆必行瞥了一眼时间，只觉得那秒针跟乌龟一样，蹭着往前爬，这一刻钟差不多有半辈子那么长了，"你既然知道'女娲计划'，难道看不出来我身上的芯片和自由军团的鸦片芯片不一样？"

"我知道，"伍尔夫不带什么情绪地说，"你身上的芯片经过改造，相当于是个进化促进器，根据劳拉·格登博士的研究资料，用彩虹病毒改造过的成功体具备进化条件，植入芯片后，能促进生物体自主进化，关键技术在女娲计划的人体改造，而不在生物芯片。而自由军团则舍弃了个体进化，林静姝把劳拉·格登博士的芯片做了有害的改造，利用它制造幻觉，在普通人中四处传播，并研究出了森严的等级制度。"

陆必行："你这不是挺明白的吗？"

伍尔夫继续不讲理道："但你们仍然都是芯片人，都要被销毁。"

这还说不清楚了，陆必行气结："你是不是中病毒了，老元帅？"

"你们的性质是一样的，"伍尔夫不理他，有理有据地陈述，"自由军团的芯片帝国是要消灭全人类，从根本上改造人类社会，你的进化路线则是让一部分人变成'超人'，超人的诞生会产生新的阶级和摩擦，最终走向分裂和战争，根据估算，现有人类物种仍有极大可能性被消灭——两种芯片最后会导致一样的后果，没有任何区别，都需要被销毁。"

陆必行愣了愣，没料到这人工智能并不是简单粗暴地把芯片人归为一拨，思虑得还挺深远，他下意识地解释说："这个问题我在几年前就考虑过，我甚至已经把所有的资料都销毁了……不然第八星系现在早就有'超人'军团了，对不对？"

人工智能伍尔夫好像觉得有点道理，沉默了下来。

陆必行再接再厉："芯片想怎么复制就怎么复制，但是女娲计划的人体改造才是关键，人体改造九死一生，运气占了很大比重，反乌会数次启动女娲计划，都很不顺利，成功者寥寥无几，我十五岁以前几乎都没有生活自理能力，自己都不知道自己是怎么活下来的，这种高危险性、大规模人体实验，在哪个星系能合法通过？根本不具备推广的可行性，当年盘踞在第八星系如日中天的凯莱亲王是怎么死的，第八星系还记得呢，我怎么敢重蹈覆辙。说到底，我也只有自己这一个实验品。"

伍尔夫说："是的。"

众人略微松了口气。

陆必行再一次看了一眼缓慢的时钟，发现时间才过了一小半，他向来是随便找个人就能聊起来没完，还是第一次聊这么难捱的天："我没有伤害过任何人，就算曾经鬼迷心窍，非法挪用过彩虹病毒株，也已经销毁干净，倒是你，伍尔夫元帅，第一星系外面那么多肆虐的芯片人，你不管，偏偏大动干戈，袭击驻守玫瑰之心的联军，还妄图染指好不容易太平的第八星系！我们俩到底是谁在搞破坏？"

超级人工智能伍尔夫再一次沉默。

"如果你想要杜绝生物芯片，"陆必行缓了口气，继续说，"那么好，我现在找个生态舱一躺，从机甲里出去，要抓要杀随便你，只要你承诺收回所有武装，立刻休眠。"

陆必行身边的护卫略微变色："总长，你……"

陆必行一抬手打断他，又对伍尔夫说："就算你的这些机甲里没有驾驶员，由人工智能控制，那也都是真金白银造出来的，炸一架少一架，第一星系外还到处是危机，你为什么要把它们浪费在我身上？我身边只有这么几个卫兵,只身来到第一星系,不是来找你麻烦的。我愿意为了来之不易的和平牺牲,伍尔夫元帅,既然从某种程度上来说,我们双方目标一致,就停止内耗,好不好?"

"你说得有道理。"超级人工智能伍尔夫缓缓地说。

陆必行低声对卫兵吩咐:"去给我准备生态舱。"

他进生态舱,在太空漂流,再到被人工智能捕捞——假设他们愿意捕捞,而不是干脆一炮把他炸碎——怎么也能耗过这十几分钟了。然后,只要锁定了主机,把它一炸,周围这些虎视眈眈的机甲就都是摆设,陆必行心里略微安定了些。

然而,就在这时,那超级人工智能伍尔夫说:"可是我无法判定你是否真的销毁了女娲计划的全部资料,在完全占领第八星系之前,我也无法判断你是否还有秘密实验基地,天然虫洞通道干扰容易稳定难,我很难再有进入第八星系的机会——"

陆必行听出了他的言外之意,脸上的血色陡然消失了。

"所以进入虫洞区之前,我已经通知龙渊等超级重甲,不拿下第八星系,不用回来,"完美复刻了伍尔夫人格的人工智能冷冷地说,"至于你,我宁可错杀,不能放过。"

他话音落下,数枚不知什么时候预热好的导弹从四面八方冲向了陆必行的指挥舰!

(二)

第八星系的电子真空早被炸毁,一直被压着打的人工智能军团疯狂地反扑起来,不知疲惫地朝人类联军的最后防线发起攻击。

至此,激烈的战事已经打了几天,打再多的舒缓剂也禁不住这么消耗,每个人的眼睛都是红的。连日以来,自卫军在不断往后退,很快就要退到第八星系的人类活动区了。

"统帅,"银河城指挥中心,黄静姝向林静恒发信,"整个第八星系的反导系统正在紧急架设。"

林静恒的声音已经哑得不成样子，因此越发惜字如金，只隔着通信屏幕给了她一个眼神。

黄静姝立刻明白了他的意思——还需要多久？

"十二个小时，"黄静姝说，"各主要行星都已经安装完毕，目前星系内各大航道都已经戒严，航道上的设备正在进行最后的调试，只要十二个小时！"

林静恒挥手切断通信，艰难地出了声："十二小时内，不许再退后一步，死也给我死成路障。"

（三）

陆必行指挥舰重甲的机甲收发站打开，十几架小机甲飞掠而出，才刚脱离重甲，那指挥舰就被导弹淹没。

陆必行觉得心快不会跳了："到底还有多久！"

"总长，别慌，"他身边来自白银十的护卫说，"第八星系有林帅坐镇，就算十大名剑聚齐又能怎么样？"

陆必行很想假装相信他，给他一个鼓励的微笑，可他笑不出来。很久以前，他也觉得林静恒无所不能，只要听见这个名字就有安全感，好像世界上没有他守不住的战线，没有他打不败的敌人。

可是这种盲目的信心早就在十四年的痛失中灰飞烟灭了。

"总长小心！"

陆必行分神间，险些被一枚导弹击中，险险地躲过，人工智能的精神网攻击兜头卷来，而这么一顿，前路已经被密密麻麻的人工智能军团封住了！

陆必行听见自己的心脏炸裂一样地狂跳。

"陆总，锁定了！"

陆必行倏地抬头——就在这么个节骨眼上，联军成功锁定了主机所在军区，也许是命运，计算结果显示，主机只有一台，而且竟然在离他现在所在位置最近的一个军区里！

然而他来不及搭话，他的机甲也被敌方导弹锁定了。在这样密不透风的包围圈里被数发导弹锁定，他已经无处可避。

时间好像停了。

陆必行不是没见过血，第八星系内战期间，他无数次险象环生地被图兰从炮口下捞回来，可没有一次像这回一样——最后关头不在拼命想办法脱身，而是竟然走了一下神，莫名其妙地想起了林静恒，不是穿着制服睥睨无双的林帅，那人随意地披着家居服，坐在卧室一角的藤椅上，脚下的地毯将他簇拥得柔软了起来，脊背是放松的，垂着眼看一本佶屈聱牙的闲书。

这闪念没什么情绪，因为来不及遗憾，也来不及恐惧，就那么匆忙而平铺直叙地掠过，像一阵令人不痛不痒的风。

这时，内部通信频道里，一个星际坐标突然撞进了他眼里，陆必行只看了一眼就认出来，这是个跃迁点坐标。他下意识地对着这个坐标进行了紧急跃迁操作，好像动物临死前最后一哆嗦。

而整个护卫队几乎与他同步动作——机甲急剧地消耗着自身的能量，堪堪连通了跃迁点，跃迁点激活，机甲内保护性气体喷薄而出。

紧急跃迁竟然成功了！

那几秒的光景，人工智能军团用来困住他们的跃迁干扰失效，陆必行这支小小的护卫舰队原地消失，已经离开炮口的导弹骤然失去目标，被机甲队紧急跃迁释放的大量能量干扰，轨道轻微错位，然后当空撞在了一起。几十枚导弹空中撞车，场面极其壮观，一时连最近的人工智能机甲都被波及，居然没能第一时间分辨出目标是否已经被击落，追击不可避免地迟了几秒！

而就这么几秒的喘息余地，陆必行所在机甲在紧急跃迁中翻天覆地，他艰难地在保护性气体里保持了平衡，精神网剧烈震了一下，大脑却一时无比澄澈，第一时间下令："炸毁跃迁点！"

护卫舰虽少,却全部是来自白银十卫的精英,彼此默契非常,同一时间退开,朝他们方才紧急跃迁的跃迁点狂轰滥炸。跃迁点刚刚接待完这帮忘恩负义的"不速之客",就惨遭毒手,被引爆后卷起了暴虐的旋涡,迟疑几秒后才追过来的人工智能机甲直接殉了葬。

一个通信请求加了进来,陆必行方才卡在胸口的长气这才出来,有气无力地应了一声:"是霍普兄吧,来得及时,谢了。"

跃迁干扰技术是反乌会的拿手戏——伍尔夫是盗版。能突破盗版的跃迁干扰,不用想也知道是谁。

果然,下一刻,哈瑞斯的投影出现在了他面前,苦笑道:"又见面了,陆老师,说实话,还真不想这么快见到你。"

这时,又有多个通信请求发过来,陆必行的护卫干脆撑起了一个临时的内部通信频道。

"陆总。"

"总长。"

"天,怎么就你们几个人?"

头上绑着绷带的托马斯、面色苍白的泊松,一部分白银三,以及来自各个先导部队、陆必行都眼熟的面孔……

"稍后跟您解释。"泊松神色复杂地看了他一眼,飞快地说,"周围还有其他跃迁点,星际航道图上都有显示,炸了这个,他们很快也会通过别的跃迁点追上来,快,先走,白银三开路!"

陆必行一抬手拍了拍随身护卫的肩头:"驾驶权限交给你,接着。"

然后他直接从精神网里自主断开了和机甲的联系,退出了驾驶员位置,对所有人说:"前往第九军区。"

这一切都在电光石火间,翻转快得以秒计数,直到说完这话,陆必行的反射弧才终于跑完全程,方才掠过他心头的那令人不痛不痒的风好像陡然生出了尾后针,一下扎进了他没有防备的胸口,浑身的冷汗像是凝成了冰。

他想，如果刚才死在炮口下，林静恒会在第八星系一直等他吗？

临走时他开玩笑，说以现在的技术，穿越虫洞区一般需要五到八天，不到10%那么小的概率，只有林静恒才遇得到……如果那个人一直等不到自己，会不会以为他又不走运了，而无止无休地等下去？

而这一切"等与不等"的前提，是林静恒在第八星系平安。自卫军能挡住该死的人工智能军团吗？

如果……

陆必行惊觉自己再想下去，可能得把自己想出失心风，于是断然打断了"如果"后面的思绪，公然违反机甲安全条例，摸出了一根烟点上，这时才发现自己四肢麻痹，手哆嗦得拿不住那根烟。

他忍不住扶了一把墙："给我一针舒缓剂……不是这个，要六号。"

他与林静恒重逢的时候，魂飞魄散，靠一针舒缓剂六号撑起了行尸走肉，有惊无险地把他带回家。现在，他肝胆俱裂，仍要靠一针舒缓剂六号，把它们黏在一起，去搜寻最后一线希望。

哈瑞斯没去过第八星系，不明白他们舒缓剂怎么还有编号，奇怪地问："怎么，受伤了吗？"

"吓的，"医疗设备把药水注入他的身体，陆必行坦率而疲惫地冲他一笑，喃喃地说，"我怕死啊。"

（四）

第八星系。

总长对公众发声可以不听、不关注，可是没有人敢不关注前线战事。银河城紧急发声，告知公众总长陆必行已经先一步前往第一星系，但人工智能看来并不打算放过第八星系。第八星系的星空静悄悄的，喧嚣的炮火被拦在了家门口，各种形式的非太空军武装，包括地面安保部队，全体待命。

这个多灾多难的星系，现在活着的所有人，几乎都曾从炮火中穿行而过，几乎都在地面上仰头等过突然降临的导弹。

整个星系内星际航道全部戒严，非军用航天航空器一概不许离开大气层。旅游的、在各大人造空间站工作的，就地降落。跃迁网和远程通信限用，回不了家的人和自己在其他星系的家人互相说一句话要等十几分钟甚至几个小时。

与人工智能短兵相接的先锋被对方扫下了精神网，反应集体迟缓了一下，而人工智能当然不肯浪费机会，趁他们驾驶员切换的间隙，十几发导弹横扫过来。而就在这时，第八星系自卫军的重甲里突然放出无数小机甲，像"手动操作的反导系统"一样，精确地对冲了敌军的炮火，好像提前预知对方导弹轨迹一样，一发都没浪费。

差点被炸成渣的图兰抹了一把冷汗，打了个响指："湛卢，漂亮！我这祸害能不能活千年，就看你的了！"

湛卢此时完全成了个模拟器——林静恒让他假装自己跟十大名剑是统一战线，从敌方角度判断战局，他根据湛卢的判断有针对性地打。这里毕竟是第八星系的主场，虽然身后守着数十亿民众，让他们不能自由进退，但只要挡住了，物资和武装绝对是比入侵者充沛的，断然不会出现打到一半舒缓剂告罄的情况。他们在死守的同时，一直有意识地消耗对方的火力。

拜耳抗议道："刚才救你的可是我！"

图兰"哈"了一声："臭美什么？我要是死了，就该换你来当诱饵了，反正我这辈子不虚此行，你就不一定啦，女朋友都在个人终端里的第十卫卫队长。"

李弗兰叹了口气："拜耳兄，你不觉得星际暗杀团和死宅两种属性并存，听起来像个变态吗？"

柳元中故作震惊道："拜耳将军，看不出你是这种人，我一直以为你和我一样，追寻统帅的脚步走禁欲系的正人君子路线呢！"

"我真是看不下去了,老透明,金不在,你又见缝插针地来这套。"图兰崩溃道,"我们中间就必须有一个马屁精吗?"

拜耳:"……"

这些贱人!

湛卢:"事实上,先生并不……"

林静恒:"闭——嘴。"

通信频道内部诡异地沉默了一秒,然后将军们集体发出了一声或感叹或疑惑的"哦",好像共同推开了新世界的大门。

"话说统帅,"图兰说,"我其实一直想不通一个问题……"

"诸位小心。"湛卢突然打断她,将敌军可能的攻击点全部标出,"对方突然收缩战线,他们的弹药储备恐怕不充足了,可能要孤注一掷。"

他话音刚落,人工智能军团的攻击陡然暴虐起来,超级重甲承影和纯钧长驱直入,瞄准了自卫军防卫的最薄弱点,所有重甲舱门大开,不怕死的小机甲蝗灾似的倾巢而出。

图兰骂了一声:"狗急跳墙了吗?"

无数层层叠叠的精神网压下来,疲惫的自卫军来不及更换驾驶员,同一时间,十五架机甲失去了精神网权限,被人工智能反向控制,将炮口对准了自己人。

白银九机动性极强,赶来救援的时候首当其冲,图兰的机甲开始导弹预警的时候,她已经离得太近了!躲不开就干脆不躲,图兰在千钧一发间瞄准了超级重甲的武器库。

"轰"一下——

超级重甲承影的武器库被打了个正着,承影及时卸载,但周围都是密集的人工智能机甲,已经来不及了!

超级重甲当场被炸成了两截,周围一圈人工智能机甲先锋队全被连累。而图兰的机甲尾部被导弹扫中,五秒后炸了膛。

离她最近的拜耳脑子里"嗡"一声:"伊丽莎白!"

混乱中，总指挥舰上，湛卢的精神网铺开，直接远程接管了十五架机甲的精神网，扔出了一个远程防护罩，随后狠狠地将冲得最快的人工智能机甲绞杀其中。

新星历260年，海盗团入侵，白银要塞林静恒奉命出战，最著名的那场战役里，他一个人入侵了十五架敌军机甲，强行接管对方权限，直到他离开联盟，那里依然流传着这个传说。

如今，奇迹再现。

在乍起乍落的炮火和碎片里，其中一架被远程控制的机甲精确地伸出了捕捞网，网回了一堆惨不忍睹的碎片……以及一个生态舱。

生态舱里的图兰被自己急促的呼吸呛得死去活来，横陈在捕捞网里，她气喘吁吁地说："我没问完呢……喀，没问完死不瞑目啊——统帅，你一个能在第一时间听懂所有隐晦荤段子的男人，到底是怎么常年保持一副'不与龌龊世俗同流合污'的姿态的？"

林静恒喉咙不舒服，于是声音很轻，倒像是透出了一点温柔意味似的。可惜说的话不太温柔："不知道，可能是因为我长得不像人妖？"

图兰上气不接下气地笑了起来，生态舱被拉回了机甲。

"没跪呢，"她说，"给我放一架备用机甲！"

此时，距离黄静姝预估的十二小时还有不到三个小时，整个星系反导系统安装已经进入了最后阶段，所有机器人和工程师全体出动。而半个航行日之外的战局已经进入了白热化，自卫军不再后退，所有策略与埋伏都已经用尽，只能毫无保留地与人工智能军团正面相撞，像两只互相叼住喉咙的猛兽。

先是超级重甲承影炸膛，图兰跳生态舱。随后，纯钧被击落，李弗兰机甲能源告罄，备用能源被炸毁，不得已乘坐小机甲脱困。龙渊陷入了白银六的包围圈，林静恒总指挥舰被集中攻击，他果断弃了重甲，将总指挥舰化整为零。无论是总指挥、卫队长还是近卫，全成了前线小卒——

（五）

第一星系。

老布中了大奖，大家一起锁定的第九军区，正是他负责的地方。人工智能一刻不停地试图破解他们的加密通信，老布不敢耽搁，立刻下达清理跃迁点命令。他手下训练有素的第五星系中央军早已经做好了开火准备，随着老司令一声令下，第一星系第九军区最外围的跃迁点被清理干净，整个区域被短暂地隔离开。

虽说第一星系内部，不用跃迁点也没多远的距离，但主机与跃迁网断开后，将无法通过跃迁逃离，想要走出封锁区，最少也要飞上二十个小时。主机能耗极高，在这样一块相对封闭的空间里，很容易就会被搜索出来，二十个小时足够用了。而且这期间，它将失去对第一星系的控制，散落各处的人类联军可以立刻通过跃迁网包围这块区域，就算老布一不小心把它放出去了，它也会立即陷入联军包围圈。

"要抓住它了！"老布激动得须发皆张，声音都变了调，"给我搜！"

同一时间，陆必行带着一帮杂牌军奔赴被锁定的第九军区。

泊松一边指挥技术兵甩开人工智能追兵，一边简单地和陆必行解释前因后果："抱歉，陆总，我们当时人手不足，情况太混乱，玫瑰之心的武器储备……甚至舒缓剂都不够用了，很多兄弟都……我们被人工智能震下了精神网，当时他们急着入侵第八星系，无暇清理我们，是霍……哈瑞斯先知赶来捞走了我们。"

他说这话的时候，表情多少有些别扭。白银十卫和反乌会曾经势不两立，没想到最后居然被他们捞走了。

哈瑞斯十分谦逊地一笑："不用客气，为了生命和自然。"

"那我也不会批准你合法传教的，你们反乌会有前科，地球时代刚成立时，不也都是温和的环保派吗？"陆必行在舒缓剂六号的作用下放松多了,"不过你从第八星系出走的时候没有出卖我们,我相信了。"

哈瑞斯失笑:"你一直都信,不信的是林将军。"

"没关系,"陆必行说,"他信我就够了——怎么样?"

"总长,第九军区已经成功隔离。"

"看来我们是最早赶来的,"托马斯说,"可以在这儿守株待兔了。"

与此同时,人类联军所有部队都接到了"隔离成功"的通知,人们仿佛看见了曙光。

"围住它!准备跃迁,前往第九军区。"

联军紧绷的神经终于缓和,然而就在他们开始放心大胆使用跃迁点的时候——

"小心导弹!"

"怎……"

"有敌袭!"

各处暴露在跃迁点下的联军同时遭到人工智能机甲团袭击。

陆必行幕地一激灵。

"怎么回事,"他听见有人失声叫道,"不是已经隔离成功了吗!"

如果伍尔夫的主机不在第九军区,那它会在哪儿?有多个主机吗?

不,建模的时候已经考虑了多个主机的情况,实验结果已经明确验证了,主机确实只有一台。事实上,陆必行事先估计过,只有一台主机是大概率事件,因为这东西不是随便捏一捏扔烤箱里就能成型的软陶,就算是伍尔夫元帅,能神不知鬼不觉地搞这么一个超级人工智能,也已经让人惊叹他对联盟中央的掌控力了,难不成还能批量生产吗?而人工智能伍尔夫诞生至今不过月余,第一星系又一直是兵荒马乱,它应该也还没来得及为自己做个备用分身。

那么,问题出在哪儿?

"你们的思路没问题,建模没问题,计算也没问题。"托马斯·杨作为白银十卫的技术核心，责无旁贷，飞快地检验着所有人传回来的数据。

陆必行艰难地把目光转移到他身上，听了这三个"没问题"，心反而沉了下去。

"小心！"

陆必行来不及发问，穷追不舍的人工智能机甲团已经冲了过来，擦边的高能粒子炮撞在机甲的防护罩上，此时，陆必行的机甲已经不是重甲，防护罩剧烈震荡，机甲里的重力系统应声失灵。

陆必行跟跄了一下，直接摔进了托马斯的立体投影里："那问题在哪儿？"

"总长，实际问题不是考试时解的应用题，"托马斯说，"任何条件外的问题都有可能出现……比如你们的多层加密也许已经被人工智能入侵了，它可以让你们收集的数据驴唇不对马嘴；再比如，你们用来建模的第一星系星际航道图一定准确吗，万一有联盟军高层也不知道的秘密跃迁点呢？或者你们根本就……"

托马斯的投影在粒子炮的干扰下模糊了一下。陆必行的神魂被舒缓剂六号强压，保持了理智，大脑却好像已经死机了。

"……或者你们根本就错了，主机的存在方式可能根本不像你们想象的那样。历史上记载，旧星历时代的超级人工智能主机多以地面或太空基地的方式存在，但新星历时代的就一定也是吗？如果主机根本不像你们想的那样，在一个空间站上呢？它难道不可能是多个空间站的族群？难道不可能以更另类的方式存在？如果是那样，建模前提就是错的啊，总长！"

小机甲抵挡不住凶猛的火力，走转腾挪，左支右绌，里面的人就像万花筒里的碎纸屑，要不是太空军几十年如一日的艰苦体能训练，大概早就把脑浆都吐出来了。陆必行被保护性气体来回拍打，一个卫兵大呼小叫地上前，试图给他套上宇航服。

"总长，接下来……""刺啦……""接下来怎么办？"

陆必行说不出话来。他不知道该怎么办，没有人知道该怎么办。利用虫洞打时间差也好，用自己当诱饵锁定伍尔夫主机位置也好，都是孤注一掷，博一线生机。在刀尖上跳舞，哪儿来那么多"plan B"？

如果知道自己错在哪儿、疏漏在哪儿，或许这么多人类联军精英聚在一起，头脑风暴一下，还能急中生智，循着方向补救。可恰恰如托马斯说的，他们的思路、建模和推论毫无问题，问题出在"超纲"的部分，那有无限种可能性。

分散的人类联军像是被挨个锁定的猎物，各自陷在包围圈里，现在的反抗只不过是垂死挣扎。就算他陆必行能熬干脑浆，历经艰难险阻，把所有人都重新召集在一起，他还能有什么办法再去锁定主机？而就算世界上有神，看不下去人类灭绝，从天而降一部"超级人工智能关机说明书"，他又还有什么时间去执行？

距离十大名剑入侵第八星系已经多久了？

七天？九天？十天？

林静恒还能再等他十天吗？第八星系还能再等他十天吗？

舒缓剂六号静静地伏在他血管里，让他不至于崩溃绝望。于是陆必行在外力的作用下，平静而理智地想："如果我当年，没有放弃女娲计划呢？"

女娲计划非常凶险，实验体九死一生，很多运气不好的人会在改造过程中死去。那些不愿意冒险的人则会固守着普通人的身份，久而久之，阶级会分化，资源会重新配置，进化人和普通人之间会隔离、减少通婚，乃至将彼此交换基因视为约定俗成的禁忌……世界上会发生很多不美好的事。

可是刨除以上所有，他会拥有一群超人。超人武装抵抗精神网攻击的能力极强，耳聪目明，可以一直不眠不休，身体素质强悍到无须任何训练，就超过最优秀太空军水准。超人技术人员不知疲惫，精力旺盛，第八星系的技术爆炸会进一步加快，新技术、新武器、新经济增长点会层出不穷。

反正他现在也背了这个罪名，如果他当年果决一点，敢像林静姝一样一意孤行，把女娲计划推行下去，是不是内战就不会爆发，第八星系的实力远远不是现在这样？那么……他们是不是就可以不用像现在一样，在毫无战胜希望的人工智能面前，兵行险招？

也许就像托马斯说的，一开始，他的方向就是错的。也许这个世界不需要一个畏首畏尾的人在前领路。

（六）

第八星系，人工智能军团又往前推进了一步。

"当心，先生，"精神网里，湛卢突然传了个信息给林静恒，"他们离得太近了。"

林静恒一激灵。

湛卢话音刚落，正好从第八星系来了几艘补给舰。补给舰就是个"货车"，以节能高效和省钱为主，所以没有驾驶员，都是机械自动的，谁也没想到有一天他们的敌人会是人工智能。此时，人工智能迅速通过网络黑进了这些自动驾驶的补给舰，补给舰集体失控，疯了一样从后面冲进了己方阵营，饮食和医药补给舰也就算了，其中还有几艘是武装弹药运载舰！

"闪开！"

失控的补给舰集体自爆，周围数架来不及躲闪的机甲被卷进了爆炸里，第八星系自卫军腹背受敌，像一面两头开口的破旗，林静恒被失重的机甲甩到了墙上。

拜耳："见鬼了！他们那个破反导系统还有多久？"

林静恒没有整理队伍，他直接把指挥舰开进了人工智能军团中间，速度加到了机甲所能承受的最大值，几乎可以启动紧急跃迁。为首的龙渊立即锁定了他，周围所有人工智能的小机甲朝他合拢过来——

"柳元中！"

柳元中一见指挥舰动，立刻会意，早就准备好给他打配合，此时趁龙渊被指挥舰卷走，立刻从另一侧冲了进去，白银六效率极高地清理了一整排拦路的人工智能机甲，人工智能的导弹也彩云追月似的在林静恒身后缀了一打，三方首尾相扣，几乎成了一个闭环。

湛卢："当心他们用粒子炮干扰您的航道。"

他话音刚落，又一支人工智能军团迎上来，一排高能粒子炮撞了过来，机甲的防护罩爆出火花，被狠狠地推向身后那一票死缠烂打的导弹群。就在这时，林静恒突然卸载了自己的武器库——他的武器库里存货已经见底，这么一股脑地推出去，仅剩那点火力和几发敌军导弹相撞，配合迎面而来的高能粒子流，武器库像一朵突然绽开的葵花，而与其脱开的机甲恰好在暴风那宁静的中心，从能量的洪流中脱了身。

紧接着，赶到的白银六把龙渊逼到了死角，将这傲慢的超级重甲打成了筛子。

柳元中一击得手，腿都软了："你吓哭我了统帅！"

林静恒无暇给吓哭的柳将军顺毛——自卫军重甲损毁严重，场中都是小机甲，小机甲机动性高，可也注定携带不了多少武器和能源，补给必须要跟上，此时连指挥舰的武器库都见底了，可见他们已经急需补给。方才那一波紧急补给被人工智能截和，更是雪上加霜。

"统帅，我……"

李弗兰还没说完，精神网里的湛卢已经先一步汇报："白银一方面在收缩兵力，判断弹药不足。"

湛卢的判断也是对方人工智能的判断，林静恒不等李弗兰说完话，立刻下令："拜耳，支援！"

人工智能军团忽地压了上去，拜耳竟没追上，几乎弹尽的白银一实在没的可打，顿时被冲散。

防线破了！

第十章 划破地平线

一颗行星神不知鬼不觉地顺着轨道滑开,第一太阳的光畅通无阻地飞掠而来,扫过粼粼的机甲,继而又被另一颗行星当当正正地挡住,刚好能看见一个小小的光环。

（一）

通信频道里,人们七嘴八舌地叫总长,陆必行挥开企图把他塞进宇航服或者生态舱的护卫:"我……"

他这一下动作大了点,外套内袋里的笔记本就这么掉了出来,在重力系统不稳的机甲内,从半空飘了出来,陆必行眼明手快,一把将它捞回,手劲稍重,旧笔记本没禁住,几张纸被他扯了下来。陆必行胡乱把笔记本往怀里一卷,无心心疼这个能进纪念馆的"镇馆之宝",但下一刻,他的目光无意中扫过被他撕下来的几张纸,正好是与"赫尔斯亲王"最后一战的记录。

……届时需要封闭沃托,要困住赫尔斯亲王,务必确保这一点,休伯特,全人类的命运都在你手里,不管到时发生什么事,赫尔斯亲王不消失,绝不能打开"魔盒"啊……

他们诱捕赫尔斯亲王时，负责封闭沃托的就是伍尔夫本人。一瞬间，好像有一道光顺着那裂开的纸张缝隙流进了陆必行的大脑——

伍尔夫亲手封闭的沃托。伍尔夫亲手封闭的第一星系。二十岁的伍尔夫斩钉截铁地说："无权限框架的人工智能最后一定会变成我们的敌人。"

全人类的命运都在你手里。

临出发之前，第三星系的纳古斯统帅焦虑的那一句"我的第三星系，还能等到我回去吗"。没有主力军，内防空虚的各大星系真能等六年之久吗？

全人类……
不消失，绝不能打开"魔盒"。

"给我第九军区的星际航道图。"陆必行蓦地抬起头。

他个人终端里的第一星系航道图立刻聚焦第九军区。第九军区是最靠近第二星系方向的一块区域，驻军所在、每一个跃迁点位置在航道图上都十分明晰。

托马斯·杨："总长，怎么了？"

"测试结果明确显示主机就在第九军区。"陆必行飞快地整理着思绪，"老布叔已经成功清理了第九军区最外圈的跃迁点，但是伍尔夫主机没有被隔离成功，说明主机虽然位于第九军区，但不在隔离圈内……"

托马斯有点糊涂："什么……什么意思，布司令炸错跃迁点了？不是……那都是机甲按星际航道图自动锁定的，第五中央军不可能手滑啊。"

"第九军区最外圈的跃迁点不是我们锁定的这一圈，这里还有。"

"等等，"哈瑞斯插话说，"那个跃迁点属于联盟跃迁网上的关键点，连通一、二星系，狙击海盗自由军团的时候，不是已经被炸毁了吗？"

"被炸毁的跃迁点丧失功能，可它还在跃迁网上。"

"总长，您应该知道一个跃迁点的能量级吧？"泊松皱眉说，"特别是一、二星系交界这种人来人往的关键交通网，要真是炸完以后一年半载就能修复，咱们第八星系也不可能封闭百年，只能从天然虫洞区进出了。"

"跃迁点沟通时空，同时也是远程通信网的一部分，"陆必行已经不由分说地把坐标发给了驾驶员，"但'跨时空传送'和'远程通信'这两个功能所需的能量不是一个等级，对不对？"

泊松一愣。

陆必行："跟我走，否则你们现在难道还有别的办法吗？"

这句话倒是真的，反正所有人都六神无主，茫然无措间，谁站出来随便指个方向，众人就会跟着跑。

"我们赌一次吧。"陆必行低声说。

哈瑞斯听见了："赌什么，陆老师？"

"赌当年亲手封闭沃托、用血肉炸开新星历纪元开端、沉潜三百年的伍尔夫元帅，并不是一个单纯想附身在电脑里千秋万代的无脑反社会。"陆必行自言自语似的说，"隔离了林静姝，虽然让自由军团的芯片帝国无法降临，但也让其他星系等不到救援，世界五年一翻身，六年够人类毁灭一次的了，他应该不会想不到这一点——"

哈瑞斯："啊？"

泊松果断下令："白银三断后！"

白银三越众而出，挡住了人工智能追兵，陆必行带着他手下的杂牌军紧急跃迁。

"谢了，兄弟。"

他们像一支离弦之箭，突然从沼泽中射出，指向一个莫名其妙的方向。沿途的人工智能机甲一波一波地往上冲。

"第一星系边境守卫军帮您断后，陆总长。"

"我们属于第二星系中央军，陆总长，您先走——"

混在一起的杂牌军一层一层地往下剥落，像是一道又一道的铠甲，拦住追兵。

陆必行连续四次紧急跃迁，已经抵达第一星系那被封锁的边境。

"好吧，只剩下我们了。"哈瑞斯叹了口气，"我们以后能合法传教吗，陆老师？"

陆必行斩钉截铁道："做梦，除非我下台。"

"我看您也快了。"大先知一耸肩，"那么……星际海盗反乌会为您断后，为了生命和自然。"

反乌会拦住了最后一批追兵，陆必行的机甲再次加速。

他看见，那本应被炸毁、一片废墟的跃迁点处，有一个巨大的人造空间站。

（二）

第八星系，超级重甲赤霄撕裂了自卫军的防线，林静恒已经管不了其他，直接跃迁拦截。

图兰嘶声道："统帅，你武器库都卸载了！"

他还真要死成路障吗？还要他们像她当年一样，再和陆必行交代一次……林静恒不应，他已经从跃迁点里出来了，直面赤霄。

就在这时，银河城一道信息突然传来："报告——"

"星际反导系统架设调试完毕！"

听见那个声音的瞬间，林静恒的目光轻轻地动了一下。

"收到。"他的声音沙哑而低沉，"撤。"

赤霄重火力开道，就要将一切都摧枯拉朽地毁灭，林静恒带着身边寥寥几艘护卫舰，惊险地转了个大弧度，闪身进了跃迁点，第八星系自卫军全速撤退。

过了跃迁点，再往前，就是第八星系的正经领地。第八星系自然条件还不错，虽然天然行星不多，显得有点冷清，但新兴的星际航道途中建成了无数人造空间站，它们像荒漠黄沙下刨出来的一颗颗宝石，灯火通明，靠近时，偶有一线的光，恰好晃过军用记录仪，屏幕上就会有一纵即逝的晃眼白光，它们隐约勾连着，形成了一张看不见的网。

第八星系自卫军像是投林的鸟群一样，沿着航线长驱直入。紧随其后的人工智能机甲团毫不犹豫地追了上来。它们是人工智能版本伍尔夫的手下，超级电脑分析战局，判断出对方已经没有招架之力，在星系外又濒临弹尽粮绝，所以撤离得合情合理，自己追击得也合情合理。

但如果是有血有肉的那个伍尔夫还活着，能亲临现场，他大概就不会这么盲目乐观。因为林静恒自乌兰学院毕业后从军近五十年，还从未从自己要守护的阵地上撤退过。

第一枚导弹升空，像个步履优雅的领舞，拉开了第八星系对不速之客"欢迎礼"的序幕——

紧接着，炮火从人造空间站、从第八星系外围的主要行星上飞了出来，与人工智能军团当空遭遇，来不及躲闪的机甲被狠狠地撞了出去，像一场空前绝后的烟花表演。这是以星系为单位的反导系统初次亮相，而它，诞生于寸草不生的北京β星。

反导系统初次亮相，不仅打蒙了敌人，连自己人也震惊了。

"我的……"拜耳一时不知道该呼唤哪一位信仰，卡了壳，震惊地问，"这是什么？"

"这个啊，从第八星系封闭那天就开始搞了，"重新连上通信频道的图兰回答，"听说之前实验效果不理想，今天也是死马当成活马医，才拿出这么个半成品，没想到还过得去。"

拜耳瞠目结舌："这……这叫还过得去？"

"你是不知道这都折腾多少年了，"图兰喟叹一声，"红霞星被反乌会袭击后，陆总的学生里有个小女孩，提出了这么个吃力不讨好的妄想,十多年了,这个兴师动众的大工程还是一直来回碰壁,我听人说,他们除了花钱就没别的成果,第八星系紧巴巴的财政最大一笔支出都贴给了他们,要不是有陆总替他们顶着压力,大概早就搁浅了。"

林静恒已经趁这会儿工夫,马不停蹄地重新加载了新的武器库,上了备用能源,冷冷地打断他们俩的对话:"现在已经到看风景的阶段了吗?"

随着他一声令下,狼狈的第八星系自卫军迅速整装,在硝烟散尽之前,重新杀了回去。

(三)

第一星系边缘。

锁定空间站的瞬间,机甲上所有卫兵——除了悲喜能力暂时被封印的陆必行本人——全都疯了。

"是主机!我们找到主机了!"

"陆总,"驾驶员压抑不住兴奋的声音响起,"我们现在就炸了它吗!"

陆必行从军用记录仪上盯着那空间站,淡淡地问:"我们还有多少能源和火力?"

驾驶员立刻报了个数。他们舍弃重甲,从包围圈里一路紧急跃迁杀出了一条路,现在两者都已经所剩不多。

"靠近些,"陆必行沉声说,"不要妄动,扫描这个空间站,分析它是否带有反导系统。"

他一句话落下,像一盆凉水,浇灭了卫兵们溢于言表的激动。联盟的地面反导其实做得稀松平常,太空战里不小心漏下的导弹还可以防住,一旦被列为目标,大规模的狂轰滥炸就不行了。可现在的问题是,他们这几架小机甲上携带的火力不足以对其进行大规模的狂轰滥炸,贸然袭击,导弹一定会被拦截,一击不中,他们很有可能就只能眼睁睁地看着目标近在眼前，毫无办法了。

片刻后，驾驶员抽了口气："总长，空间站上有严密的反导系统和防护罩，幸亏我们没有……等等。"

"嗯？"

"检测到不明物质，"驾驶员低声说，"里面有什么东西。"

另一个卫兵紧张了起来："埋伏了机甲武装？"

"不是。"驾驶员疑惑地说，"质量非常大……"

他的话音被机甲的警告声打断。

"陆总长，"驾驶员说，"我们已经进入对方反导系统防护区域内，它在要对接密钥，否则会把我们当成敌人处理。"

"退后，护卫舰都退到反导区域外。"周围没有技术人员，陆必行只能亲自上前，"反乌会的哈瑞斯说过，他打开人工智能伍尔夫用的密钥是什么？谁还记得，是个什么……花来着？"

"总长，是'种子'。"

陆必行犹豫了一下，输入了"种子"，驾驶员屏住了呼吸，退出反导区域的两三艘护卫舰全都紧张地注视着他，预备着拦下打向总长的导弹——

"嘀——"一声轻响，众人的神经被不轻不重地拉扯了一下。

密钥错误！

气氛陡然险恶起来，陆必行所在的机甲立刻被空间站反导系统锁定，机甲里响起警报。

"陆总，退出来，闪开！"

与此同时，一枚导弹已经朝他飞了过来，驾驶员立刻做拦截操作，同时准备掉头就跑。

"等等！"

陆必行没受干扰，目光一闪，他似乎福至心灵——

"赫尔斯亲王不消失，绝不能打开'魔盒'啊。"

就在被袭击的机甲将要退出反导区域的瞬间，陆必行迅速输入了

"魔盒"。

密钥通过！

驾驶员："……"

"精神网给我。"陆必行说，"我们降落看看。"

旁边护卫舰的驾驶员忙问："陆总，我们……"

"你们在大气层外守着，"陆必行说，"如果事情有变，到万不得已的情况下，你们就直接向空间站开火，万一有一枚导弹能穿过反导系统落地，我们就赢了。"

"陆总，'万一'这个词可不吉利了。"

陆必行笑了一下，接过驾驶权限，缓缓靠近主机所在的人造空间站。它非常大，差不多能媲美当年第八星系的臭大姐基地，但上面连一只蚂蚁也没有，鸦雀无声，是个冰冷的机械帝国。陆必行越靠近越觉得侥幸，因为看清了这人造空间站的构造，简直是个机械怪物，无数黑洞洞的导弹发射点指向大气层外，密集程度让人胆战心惊。

就他们这要饭一样的小舰队，拼拼凑凑才能拿出仨瓜俩枣的导弹，如果真的贸然在大气层外向空间站开火，现在还没准谁会被炸成渣。机甲感觉到了空间站的人工重力，顺着航道缓缓下潜，悄无声息地停稳，机甲上的几个人没敢直接下来，先躲在机甲里分析了周遭环境。

周遭环境出乎意料地友好——气压和空气成分适合人类生存，无有毒有害物质，引力大约是沃托的0.9倍，四周没有机器人和摄像头。

"总长，我先下去探一探路……总长，等等！"

不等卫兵说完，陆必行已经穿好了宇航服，率先下去了——精神网扫过全场，他看见了"机房"的路标。

整个第一星系的"心脏"轰鸣不止，巨大的散热器让地面隐隐震颤，像栖息着一只远古的怪兽，陆必行循着路标，乘坐一部电梯，上升到百米左右的高处，出来是一条细窄的通道，尽头是一道小门，门上逼真地雕着一簇郁金香。"工程师001"溜门撬锁的功夫有点生疏，但勉强还在,陆必行略花了点工夫,破解了电子门锁,加密门朝两边打开,里面竟然有几个人!

跟上来的卫兵立刻紧张地把陆必行围在中间。

"没关系,"陆必行拍了拍其中一个卫兵紧绷的肩膀,"没有呼吸和心跳,我听见了。"

他说着,个人终端上打出一道光,晃过那几个影子,那是真人等身的3D人像。

一个卫兵低声说:"好像是林格尔元帅。"

那"人"靠墙而立,手里夹着个笔记本,略微偏着头,嘴角凝固着一抹笑意,脸偏向一边,陆必行和他对视了一眼,顺着他的目光看去,只见那是一面墙,上面有字。

要是每一次暴风雨之后都有这样和煦的阳光,就让狂风恣意地吹,把死亡都吹醒了吧。①

"自由……宣言万岁。"卫兵用一种奇异的语调念出了那一行字,"休伯特·伍尔夫?"

"自由宣言万岁",这句新星历时代人人都挂在嘴边、好像真理的话,刻在这里,却忽然显得又讽刺又怪异。陆必行走过去,手指轻轻地抚过伍尔夫的签名——刻痕有些粗糙,参差不平,居然像是人手工刻的。

下一刻,有什么东西轻响了一声,陆必行蓦地缩回手,那面写满了字的墙在他面前陡然崩裂,外面一层薄薄的木饰面像蛇蜕一样剥落下来,露出里面一个巨大的电子屏幕,巨大的联盟图标背景上跳出一个有点简陋的对话框:是否启动休眠的跃迁点?

---

① 要是每一次暴风雨之后都有这样和煦的阳光,就让狂风恣意地吹,把死亡都吹醒了吧!——《奥赛罗》

一伙人目瞪口呆。

"休眠的跃迁点？但这……这是什么意思？"

"陆总，空间站下面的高质量不明物质，难道是……"

陆必行愣了半响，猛地一回头："去启动机甲，我们准备撤退！"

一个卫兵转身就跑，陆必行转头与微笑的林格尔对视了一眼，似乎明白了什么。

"启动跃迁点。"

"……确认。"

一声叹息在整个空间站里响起，巨大的倒计时在屏幕上闪烁起来。

"撤。"陆必行的瞳孔在强光下轻轻地收缩着，"快！"

他们从狭窄的小路上狂奔而出，来不及等电梯，陆必行仗着芯片人的怪力直接砸碎了电梯的玻璃墙，机甲恰好升空而起，朝他们伸出了捕捞网，把总长和几个卫兵一网捞起，吊了上去，继而再次加速。

呼啸的风声刮过陆必行的耳朵，他艰难地睁开眼，从空中看向整个空间站——这让人惊叹的人造产物一眼望不到头，而空间站的地面已经开始发出诡异的颤抖。主机——人工智能伍尔夫好像感觉到了什么，空间站上的反导系统突然启动，试图清扫胆大包天的入侵者，千钧一发间，捕捞网收回了机甲内，与一枚导弹擦肩而过。机甲里响起前所未有的能量警报。

"总长，这到底是什么？"

陆必行来不及答话，直接接过精神网，以把最后的能源燃烧殆尽的姿态冲出了空间站的大气层，守在那里的护卫舰不明所以，连忙跟上，不歇气地夺路狂奔。

就在他们堪堪离开空间站的反导区域时，整个空间站从中间炸开了。

那一瞬间，机甲里所有功能几乎全部失灵，短时间内爆发的极高能量将周围一切都扫了进去，连时空都轻微扭曲，碎片、导弹残骸、宇宙飘浮物、令人惊叹的主机机身……全部在这创世纪似的巨大旋涡里消失殆尽，失去了重力和平衡功能的机甲像个离心机，把所有人都甩晕了过去。他们急速向那旋涡飞去。

进入危险区预警！

紧接着，能量警报的探测器失灵，所有机甲机身被诡异的光掠过，仿佛一排过度曝光的剪影。

陆必行所在指挥舰的防护罩像打铁炉旁边的固体干冰，融化在悄无声息之间，紧接着是机身……机身前部的主能源首当其冲，随后是备用能源，所有机甲上的人，不管是强悍的太空军精英，还是女娲计划唯一成功的进化体，都像洼地里的蚂蚁，无知无觉地在即将来临的暴风雨下无限靠近死亡。

就在他们几乎被吸进旋涡里的时候，周围平静了下来。可怕的引力消失了，几架已经没有驾驶员的小机甲在大能量体面前自动转向，匀速飞掠而过——

星际航道图上，一个新的跃迁点出现了，处在连通一、二星系的重要位置。

（四）

第一星系，张牙舞爪的人工智能军团瞬间失去了控制，集体熄火，漫无目的地循着各自的惯性滑往四面八方。狼狈而绝望的人类联军面面相觑，战士们没有从高度应激状态中回过神来，打开的火力也一时没刹住闸，一些离得近的人工智能机甲就这么毫无反抗地被击落。正连着精神网的阿纳·金第一个反应过来，艺高人胆大地追上了一架人工智能机甲。

"金将军，小心！你……"

卫兵话没说完，只见那架被阿纳·金追上的人工智能机甲突然制动，继而笨拙地围着阿纳·金转了几圈，老老实实地卸载了自己的武器库。

"入侵精神网成功。"阿纳·金低声说,"控制它们的那个超级人工智能消失了。"

通信频道里一片寂静,人们从希望到绝望,再到被突如其来的惊喜撞了一下腰,大起大落,简直像一场梦。

不知过了多久,才有人梦呓似的出了声:"成功了?"

"结束了吗?我们……我们赢了?"

"主机已经销毁了……"

"主机已经销毁!"

"向跃迁点发送请求,架设远程通信网——"那是一个白银四的小战士,第八星系土生土长的空脑症,聪明用功,又因为才刚过入伍年龄,被阿纳·金带在身边当近卫,这被时代垂青的幸运儿的声音,清晰地顺着跃迁网扩散了出去,听起来还有些少年特有的清亮感,它穿过残骸、穿过寂静的宇宙、穿过疮痍满目的星际航道,流进每一个人的耳朵,"来自各星系的战友,我们胜利了!"

他们曾经在玫瑰之心万众一心、互为后背。

他们也曾在几天之后彼此翻脸、让狡猾的人工智能轻易洞穿防线。

很多人牺牲,而更多的人活了下来,千帆过尽,终于都成了"来自各星系的战友"。

纳古斯一屁股坐了下来,耳边是手下各部队清点损伤的报告声,但他都听不进去,他后背弯成了一张弓,双目无神地发了一会儿呆,终于反应过来,脸上露出了一个有些呆滞的微笑,笑着笑着,他神魂开始归位,笑容又开始发苦。

"尽快休整吧,"他喃喃地说,"我们还有六年的……"

"统帅,你快看星际航道图!"

纳古斯茫然地抬起头,盯着星际航道图看了片刻,猛地站了起来。

一、二星系被炸断的跃迁网关键衔接处,好像有远古传说中在星空点灯的神明路过,点亮了一个小亮点!多了一个跃迁点!

"纳古斯统帅,我们可以回家了!"

纳古斯呆愣良久,不知为什么,突然哽得喘不上气来,他伸手一抹,惊觉自己竟已经泪流满面。老帅一边用力地擦着眼睛,一边摇头,似乎是自己也不明白自己怎么可能在大庭广众下丢人地号啕大哭。

一颗行星神不知鬼不觉地顺着轨道滑开,第一太阳的光畅通无阻地飞掠而来,扫过粼粼的机甲,继而又被另一颗行星当当正正地挡住,刚好能看见一个小小的光环。

这一次,人类联军不用集结,全体赶赴那个新的跃迁点。

(五)

第八星系,在整个星际反导系统的辅助下,补充了能量和武器的第八星系自卫军展开了不知疲惫的反击,超级重甲"纯钧"被击落。

至此,场中只剩下一架"轩辕"。

那些人工智能机甲都是由十大名剑控制的,轩辕一架机甲带动全场,已经开始力不从心。大量人工智能机甲开始以轩辕为核心合拢,形成了一层厚厚的盾牌。

"湛卢,"李弗兰问,"你有什么建议?"

"如果我是轩辕,下一步怎么做,取决于我接到的命令,"湛卢不紧不慢地说,"此时,我赢得这场战役的概率已经非常小,已经可以判定任务失败,继续打下去也只是消耗己方武装储备,一般会考虑放弃。但如果我接到的命令是'不惜一切代价,打下第八星系,必要时可使用非法手段',我就会……"

湛卢的语速设置是匀速的,天塌下来他也是这个语速。

拜耳却不等他说完,急不可耐地想打掉最后一架超级重甲,此时瞄准了轩辕的武器库,带着一支白银十的小战队,打算在战场上来一出"来无影去无踪"的"刺杀",已经冲了进去:"别分析了,柳元中、图兰给我打配合,我刺进去炸了这讨厌的重甲。"

林静恒:"拜耳,不要冒进!"

湛卢这才匀速地补上他的后半句话："……采取自杀式袭击方式。"

他话音刚落，重甲轩辕周围的人工智能机甲群疯狂地转了起来。

柳元中气结："又来，第一星系是机甲不要钱吗！"

拜耳一时没刹住，直接被拿自己当炸弹的小机甲群卷了进去，他低低骂了一声，惊险地让过了两架人工智能机甲，小机甲胁迫似的把他四周围堵，紧紧地将他夹在中间，然后根本不在意是否会误伤同伴，直接开火。拜耳心里一紧，连忙放出导弹拦截，通过精神网一扫他四面八方的机甲群，因为连续战斗数日而被战火烤焦了的大脑终于冷静了下来，心想："要完。"

所有包围他的机甲集体把炮口对准了他，通信频道里传来图兰的骂街声——

可是下一刻，预想中的"导弹烩面"没吃到，拜耳惊讶地发现，那些人工智能机甲异乎寻常地同时停止了加速，接着，从内层开始，围着轩辕不停转的机甲群一层一层地开始制动。

"嘘——"拜耳出声打断了图兰的骂声，"伊丽莎白，消停会儿，我还活着呢，你们看，那个大家伙不对劲。"

只见重甲轩辕从小机甲群里缓缓地露出来，椭圆的机身静静地凝固在那里，流畅的线条朝向天然虫洞区的方向，好像在倾听从那一边来的声音。

拜耳喃喃地说："这是什么毛病？"

"看来是第一种情况，"李弗兰说，"湛卢，你们人工智能都这么没气节吗？"

"是的，非常抱歉，李将军，"湛卢诚恳地道歉，"如果不满意，建议以后生产人工智能时调整我们的初始设定，完善人工智能'鱼死网破'功能。"

李弗兰："……"

"统帅，敌军通信申请。"

"接。"林静恒简短地说。

轩辕的声音非常柔和,像泉水,据说机甲轩辕就是以音响效果出名的:"你好,林将军,我接到天然虫洞区外大约四小时十分钟以前的信息。"

林静恒皱眉抬起头。

"我的'主人'消失了。"

图兰:"啊?"

"轩辕他们这种精密的机甲核,经不起太大的改动,"李弗兰轻声说,"所以他应该还是权限框架下的人工智能,所谓'主人',应该是那个人工智能伍尔夫。"

"那个人工智能版本的伍尔夫消失了!陆总他们真的找到了主机?"

林静恒压下通信频道里的七嘴八舌,问轩辕:"所以呢?"

轩辕温柔地回答:"所以我要投降了。"

整个第八星系都在直播这场空前激烈的战斗,百亿双目光注视下,人工智能机甲团集体卸下了武装——

地狱一样的七天,过去了。

银河城指挥中心,传令的卫兵一阵风似的跑过,不知是太过激动,还是这小卫兵眼神不好,他一头撞在了政府办公大楼下面一尘不染的玻璃门上。

与此同时,太空飘浮物陆必行的头撞在了机甲壁上,从短暂的昏迷中醒了过来。他身边是七零八落的几个卫兵,方才那一通夺命狂奔已经把几架机甲的能量都耗尽了,机甲上的仿重力系统完全失灵,人都没有意识地在半空飘着。

舒缓剂六号的后遗症显露出来,陆必行像是被什么抽空了灵魂,只是睁了眼,四肢仍是蜷缩的,他心里一片空白,林格尔元帅那掉了页的笔记本飘得到处都是,围着他旋转不休。通信频道里传来隐约的声音,应该是离他最近的反乌会最先赶到了，因为设备损坏，哈瑞斯的动静听起来又遥远又跑调："陆老师！陆总长！你还活着吗！"

（六）

新星历291年8月7日（独立13年8月28日），沃托时间23：00。

距离伍尔夫主机灰飞烟灭，过了二十六个沃托时。人类联军经过了重新休整，在第一星系边缘集合了。第八星系的人工智能军团投降的消息花了十多个小时，终于传到了第一星系，陆必行听完以后，膝盖就再也没能直起来过。

"所以说，伍尔夫的主机，其实构架在一个隐藏的备用跃迁点上。"哈瑞斯的一条胳膊被撞骨折了，医疗舱里伸出了几只机械手，正在处理他开裂的老骨头，两人像两个残障人士一样，隔着通信投影面对面地瘫着。

"我们来的时候，检测到主机所在的空间站内含有某种质量极大的东西，"陆必行的语速有些拖沓，疲惫得连舌头都卷不起来似的，"应该就是蜷缩状态下的休眠跃迁点，打个比方，就像个脱水后装进小盒里的压缩物。空间站就是那个'小盒'，你把它从天使城要塞里放出来后，它先是指挥自己的人工智能军团隔离了第一星系，然后自己取代了其中一个通往外星系的跃迁点。"

哈瑞斯问："是伍尔夫——我是说人类的那位，是他设定的吗？"

"也是，也不是，"陆必行说，"我猜选择依附在这个跃迁点，应该是超级人工智能的自我保护，而伍尔夫元帅生前算出了它的打算。"

哈瑞斯想了想："超级人工智能要控制整个第一星系，必须黏附跃迁点，短时间内，在它没来得及给自己做一个分身之前，他也要提防我们顺着跃迁点追踪到他，这么看来，这些明面上被毁掉的跃迁点其实是最好的选择。"

这个备用的跃迁点能量不足，无法实现跃迁功能，但是一旦接入原有跃迁网，是可以使用远程通信功能的，人类联军不太可能精确锁定主机坐标，只能按照陆必行最开始的思路，锁定区域后堵上路慢慢搜，那些明面上已经被炸毁的跃迁点一定会被忽视。

哈瑞斯低低地叹了口气："伍尔夫知道你会怎么对付它，而活的伍尔夫知道这个伍尔夫会怎么处理……呃，这话怎么说，好奇怪。"

"伍尔夫元帅知道他自己造出来的人工智能会怎么做，"陆必行接上了他的话音，"主机和备用跃迁点是一体的，想要连通第一星系和其他星系断开的路，压缩的休眠跃迁点启动，'小盒'必定会被撑爆，主机当然也就灰飞烟灭。跃迁点不启动，这个超级人工智能就得和我们一起困在封闭的第一星系里。"

哈瑞斯干巴巴地说："这……这实在是……一言难尽。"

陆必行和他对视一眼，显然也是同感。

不到三百年，联盟就被伊甸园死死地困住了，一开始就走错了路，终于积重难返，管委会一手遮天，军委式微、兔死狗烹，伍尔夫以老迈之身，拖着百孔千疮的自由宣言，决定下一剂猛药——引来星际海盗，从根本上彻底摧毁伊甸园，颠覆了整个联盟，重新抓住联盟中央的权力。

可是乱世之中，妖邪频出。

"禁果"、林静恒、自由军团、芯片……他点燃了一根引线，大厦倾覆，所有的东西都在失控。他有心收拾，但岁月已经不允许了。他孤独地在这个世界上滞留太久，老了，也软弱了，做梦都想回到那一片黑郁金香之海。

"我不知道怎么评价，"哈瑞斯叹了口气，"你呢？"

"我不评价，"陆必行沉默了很久，"易地而处，我也不知道自己会变成什么样，毕竟……"

毕竟……他的林静恒还是回来了。

"打扰二位一下，陆总长，"这时，泊松·杨提示了一声，"中央军就要走了，跟您告别。"

（七）

第二星系。

四面楚歌的反抗军最后一个基地也被芯片人翻了出来，躲在这里避难的人彼此依靠，等着不知什么时候落在自己头上的那枚导弹。

他们挣扎过、不屈过，负隅顽抗至今，如果注定不能为自由而生，只好为自由而死。

基地仅剩的守卫军在芯片人的精神网干扰下节节后退，终于已经无处可退。

"听说……第三星系那边抢救出了一个芯片专家，正在尽全力修复芯片干扰技术。"守卫军的领头人以前只是个中央军的小队长，战友们都死了，他被迫挑起了大梁，脸上的稚气还没来得及退净，"也许有一天，他们真的能研究出芯片干扰技术呢？"

"可惜我们等不到了。"

"诸位兄弟姐妹，清点一下自己的导弹，尚有火力的请过来集合。"小队长面无表情地说，"炸了基地。"

"队长！"

"照办吧，这时候还躲在基地，不肯出去接受芯片的人，心里都做好了这个准备。死在这里，比违心地给海盗当顺民强。"年轻的小队长深吸一口气，缓缓地举起手来。

战士们含泪把最后的炮火留给了自己人。而就在他的手将要落下的一瞬间——

"队长，等等！"

小队长应声望去，只见杀气腾腾逼近他们的芯片人战队突然乱了，那些队伍整肃的芯片人好像被什么干扰了，成了一团没头的苍蝇。

紧接着，能量警报响起。

芯片人的机甲战队背后遭到不明武装袭击！

"那是……"

小队长的身体簌簌地颤抖起来。

"援军！中央军！"

"我们的人！"

巨大的爆炸被军用记录仪捕捉到，火光灼眼，刺穿了笼罩世界的黑暗——

尾声

这是他最好的季节,可以无惧风雨。

"快帮我找条领带,"陆必行在隔壁手忙脚乱地穿衬衫,"来不及了!"

林静恒还在跟图兰通着话,听她汇报季度军工预算,随口应了一声,走进衣帽间,拉开陆必行存领带的抽屉,当场抽了口气,差点犯起选择恐惧症——陆先生有整整四个大抽屉的领带,按照色调一字排开,花样多得让人头晕。"陆必行,你那是脖子还是旗杆?"

图兰听见笑成了狗,差点脱口说让统帅开视频,好参观一下总长的私人衣帽间,幸好最后关头理智回笼,把自己舌尖咬出血才忍住了这句话,堪堪算是保住了新留的头帘。

林静恒哼了一声,瞄了一眼日期时间——12月1号早晨七点,于是他就很敷衍地拉开第二个抽屉,从第一排领带里拿走了第七条领带,看也没看就扔给了陆必行。

图兰就听见那边陆必行惨叫了一声:"可是我今天要出庭啊宝贝!"

林静恒一看,发现自己随手扔给他的那条丝绸领带上布满了菱形格，每个格里都有个憨态可掬的南瓜，与陆必行那翘起一撮的自来卷头发很搭。

总之是不像什么正经总长。

他嘴角轻轻一抿，靠在衣帽间门口，欣赏这位"非正经总长"手忙脚乱地到处跳脚，露出了一点笑意。

图兰震惊道："统……统统帅……他……他刚才怎么称呼您的？"

"统统统帅"觉得她好奇心过强，话还多，于是果断切了通信。

陆必行最后选了一身中规中矩的衣服，抄起头发定型剂，不分青红皂白地往自己脑袋上一通乱喷——此人一看就是个臭美的熟练工，三下五除二摆平了他的毛，全靠手感，都不用往镜子里瞄一眼。随后陆必行又想起了什么，把天然上翘的嘴角拉了下来，板着脸回头问林静恒："这回看着怎么样，严肃点了没有？"

林静恒不回答，慢条斯理地点了根烟："怎么，紧张？"

"开玩笑，"陆必行有些紧绷地笑了一下，欲盖弥彰道，"我被一整个星系的人工智能机甲追得到处跑都没紧张，现在紧张个什么？"

林静恒隔空点了点他："窃听器和哈登。"

陆必行只好深吸了一口气，坦诚地收回了勉强的笑容。

四个月前，人类联军波折重重，终于炸毁了人工智能伍尔夫的主机，侵入第八星系的人工智能军团随即投降。由空脑症组成的白银第四卫，跟着各星系中央军离开第一星系，辅以最新的芯片干扰技术，前去剿灭盘踞在各大星系的芯片人。这一战之后，"空脑症歧视"应该就永远立在历史的耻辱柱上，不会再为祸人间了。

整个第一星系的武装力量，就是那些被人工智能操控、追着他们狂轰滥炸的机甲，都成了人类联军的武装支援。统帅们悔得肠子发青，纷纷说，早知道当时就不把人工智能军团打得那么狠了，机甲多一架是一架啊。

陆必行送走了前去拯救世界的人类联军，又顺路将可怜巴巴地等在玫瑰之心的沃托难民护送到天使城要塞安顿好，之后，由原联盟军和原第一星系边境守卫军联手，对第一星系做彻底清查，消灭残余的芯片人和人工智能流毒。

陆必行自己，则带人回了第八星系。

顺便说，回程又有个小波折，果然是天下倒霉事都能让林帅赶上——因为林静恒执意在虫洞通道入口处接陆必行，导致陆必行他们回程在虫洞通道里足足滞留了二十八天，差点破纪录，要不是里面一直有断断续续的信号传出来，林静恒差点手撕了虫洞通道把人捞出来。

兵荒马乱过后，很多事情终于尘埃落定。陆必行也将去履行他临走时给第八星系民众的诺言——就女娲计划和非法芯片实验一事，接受公审。

对陆必行来说，在第一星系出生入死是应该做的，可是回到第八星系接受公审，心里难免七上八下……这里浇筑了他十多年的心血，他一生最刻骨铭心的欢喜与痛苦全都铭记在银河城的石砖之下。

"他……陆……嗯，我父亲，"陆必行忽然问，"那时候在沃托被要求出庭公审的时候，是怎么样的呢？"

"他毕生为联盟而战，因此相信联盟会给他一个公道，也相信那些他保护过的人不会背弃他，"林静恒沉默了一会儿，轻轻地说，"但是人的一生，成败悲喜，很大程度上不取决于个人所作所为的因果，而是时运。一个惊才绝艳的人，晚两百年，会成为传奇，早两百年，就只能是一颗颠覆世界的雷，随沙石尘土一起成灰。再好的花，也要应季才能开啊。"

陆必行几近惊奇地看着他，没想到"时运"这个词，有一天竟会从林静恒嘴里说出来。

细细的白烟从他手指尖升起，晕染过那双总是哽着仇恨、总是在和自己过不去的眼睛，男人靠在木门上，神色竟然是深远而宁静的。

陆必行忽然发现，原来二十年润物无声，他也变了很多。

"走，我陪你去。"林静恒说，"不用紧张，你的时运不早不晚。"

民众没有伊甸园障目,刚刚从最险恶的境地里挣扎出来,还没被居心叵测的"盛世"晃了眼,眼睛和心里都是清楚的。而架设星际反导系统,抵挡人工智能入侵,为空脑症平权……第八星系刚刚走上正轨,陆必行的功绩还没有褪色,这是他最好的季节,可以无惧风雨。

第八星系最高法庭位于银河城中心广场不远的地方,时间没到,门口早已经守满了人,各家媒体这回出动的不只是机器人,整条街区都闹闹腾腾的,平时很清静的陆信将军石像底座上坐满了人,卫兵管不了,已经撤了。

"彩虹病毒曾是第八星系最深的伤口……"

"但使用彩虹病毒改造身体时,陆总长是无行为能力人。相关人士均已死亡,无法出庭……"

"那么第二次女娲计划发生时……"

"第二次女娲计划的发起人是反乌会中一些极端分子,研究使用的变种彩虹病毒、生物芯片均为战时从地方缴获的物品,按照'战时特别法令',工程、安全与统战等部门副部长级别以上均有权调用敌方缴获物品,以便更好地应对战局,陆总长有权调用,但调用程序并不合规,在主观上没有伤害公共安全、客观上未对公众造成损失的情况下,我们认为这应该按照行政违规处理。"

"但人体实验……"

"''人权保护法案'中,关于'禁止人体实验'一条,规定所谓'非法人体实验',包括强迫、诱骗或采用其他手段,对他人进行非正常途径实验,对其身体与精神造成损伤——显然,陆总长的整个研究过程中没有第三方。"

"诸位,最高法庭外面的那条街道,就叫'彩虹街',那里曾经是一个布满泥泞的集市,也是当年变种彩虹病毒在启明星暴发的地方。那里也曾经充斥着瘟疫、恐慌、饥饿和贫困,请低头看一看脚下平整的步行街、宽阔的街道,再抬头看一看人车分流的空中航道和最高法庭耸立的大楼——"

现场旁听的林静恒放松了后脊,靠在柔软的座位上,对旁边的哈登博士说:"怎么样,他的芯片能取出来吗?"

"应该可以,"哈登博士说,"经过改造的身体是基础,具备安全变异的条件,而变异有无数种可能性,芯片的作用是将身体变异引向理想的方向,我看他的身体情况已经趋于稳定,再观察几年,应该就可以试着取出了。"

林静恒用眼角扫了他一眼:"听起来跟自由军团那种分等级的生物芯片,原理完全不一样。"

哈登博士不疑有他,认真地解释说:"的确,陆总长手里的资料是从反乌会拿到的,是劳拉留下的原始资料,跟自由军团的路线已经完全不一样……"

林静恒不等他说完:"那我们刚回来的时候,你为什么打电话过来,刻意提到自由军团的芯片给你什么狗屁灵感?"

哈登博士一僵。

林静恒好整以暇地看着老头成了一只被蛇盯上的青蛙,在小沙发扶手上撑着头,逼问:"嗯?"

哈登博士被他盯得有点慌:"我……我……只是……"

林静恒却忽然一笑,不再揪着不放,目无尊长地拍了拍他的肩,不等听庭审结果,就站起来走了。

林格尔元帅的笔记本上记载了一段闲聊,三百年前,满嘴胡说八道的书呆子哈登对他的朋友和兄长说:"病态的产物,只有用更病态的东西才能打败。"伍尔夫反驳他:"无框架权限的人工智能最后一定会走向反人类,是必须被销毁的。"而他没有记载的是,之后伍尔夫想了想,又补充了一句:"如果真的有一天,需要剑走偏锋,用这种东西达到某种目的,一定要在用完以后尽快销毁,要趁它制造出备用主机之前暴露出它的危害,这是饮鸩止渴,人机'和平共处'的时间越长,中毒就越深，后果就越难以挽回。"

"我是……我是想试一试，"哈登博士在林静恒身后说，"我不知道他还记不记得自己当年说过的话，我也不知道该不该告诉你们，毕竟……毕竟三百年了，我们都已经变得自己都不认识自己了，这是要命的战争，我怕说出来会误导你们……"

林静恒远远地朝他摆摆手。

哈登博士闭了嘴，有些茫然。很多事变了，很多事没变，一些记忆淡了、面目全非了，另一些却像是被什么刻在了时光里。

这场全民公审成了街头巷尾热议的话题，程序繁杂，牵涉很广，足足三天才出结果——判定陆必行作为总长，私自开展芯片研究、调用彩虹病毒，属于违规。

有过失，但无罪。

陆必行从最高法庭走出来的时候，大门被堵了个水泄不通，半空中飞的媒体机器人一个个恨不能往他脸上撞。他那双"千里眼"一眼就看见人墙后面，林静恒正跷着二郎腿坐在陆信将军的石像底座上等他，不肯过来被人群挤。

"好好好，一个一个来，"陆必行往后退了半步，"有什么问题尽管问，趁办公厅没反应过来，我还能继续放飞自我地胡说八道一会儿。"

众媒体人笑，有人先提了个十分缓和的问题："陆总，我记得很多年前有一张照片，是我社拍的，拍到你在医院门口徒手搬起了爱德华总长的轮椅，请问是芯片的作用吗？"

"是啊，"陆必行坦然道，"请公众和各大体育赛事主办方放心，我承诺，以后本人除了选美，终生不会参加任何竞技比赛。"

"陆总长，那么女娲计划后续如何处理呢？据我所知，您已经销毁了一部分研究资料，劳拉·格登博士留下的，以及反乌会两次女娲计划内容都已经被官方封存——政府方面不考虑向全民推行这种人类进化吗？"

陆必行正色起来："就目前看来，女娲计划的成功样本很少，我本人能活下来实属侥幸，并不适合向公众推广，依靠这种方式推行人类进化更是为时尚早，毕竟，就连伊甸园都有大量无法适应的人，在解决这一切之前，我们决定暂时封存。当然，彩虹病毒及其变种有很大的研究价值，未来，我们会在保证安全的前提下，由官方医疗研究机构继续展开课题，希望有一天能造福人类。至于我曾经销毁的内容，如有需要，我会尽量帮忙恢复，以供后人参考。"

"会出台相关法律吗？"

"当然，"陆必行说，"相关机构正在加班加点做提案，我们未来还有很多问题，人工智能、芯片毒品、星际走私等等，都需要新的立法，寻找新的解决方式。我们走得越快，需要处理的各种社会问题就越多、越复杂，政府未来的工作是引导、规范和扶持，而不是因噎废食地阻碍科技发展，这并不容易，但我相信我们第八星系政府会竭尽所能。"

"那陆总长，您身上的芯片会取出吗？"

陆必行斩钉截铁道："会。"

有媒体人机灵地接了个梗："为了参加竞技项目吗？"

陆必行笑了起来："就算没有生物芯片，改造过的身体也依然是作弊——我打算取出来，主要是怕家人担心。"

众媒体人一时没反应过来，听见"家人"，顿时集体去张望广场上的陆信石像。陆信将军他老人家笑得没心没肺的，似乎没有担心的意思。林静恒在广场上等他，原本正通过广场上的立体屏幕看采访直播，远远地听陆必行扯淡，猝不及防地听见这么一句，差点被烟呛住。

有个娱乐版的媒体人不知什么时候挤到了前面，国计民生问题正听得不耐烦，于是插嘴打听八卦："陆总长，您说的家人是哪位？是不是忘了向公众公布啊？官方显示总长的婚姻状态还一片空白呢。"

启明官媒嫌他打断正经话题很讨厌，挤开了这位娱乐记者，努力把话题往回掰:"联盟官方已经承认了第八星系独立,那么未来八大星系会是个怎样的格局呢?"

"和而不同吧,经此一役,联盟中央对各星系的控制力几乎消失,第八星系不会是第一个独立的星系,但大家是一起战斗过的,以后无论是打击芯片毒品,还是科研、贸易,各大星系都会有很紧密的联系,除了虫洞通道,我们也在想办法尽快修复第八星系通往其他星系的跃迁网……"

陆必行隔着人群,老远地冲林静恒一笑。

"好了,就谈这么多,稍后政府办公厅会就这次公审发声,请耐心等待。"陆必行一边穿过人群往外走,一边偏头躲开一个差点磕了他脑袋的媒体机器人,"嘿,当心,男人的发型不能乱,我以后还想靠脸吃饭呢!"

有人敏锐地听出了他的言外之意:"请问这是什么意思,陆总长,您以后不打算担任第八星系行政长官了吗?和这次公审有关系吗?"

陆必行顿了顿,眼角流露出一点笑意,闲聊似的缓缓说:"有一点,但关系不大。其实早在第八星系政府在战火中成立时,爱德华总长就任命我为'第八星系战时统筹顾问',他老人家去世以后,星系内外战乱不断,我承接战时统筹的任务,所以才出任行政长官长达十几年。现在八大星系终于见到了和平曙光,'战时统筹'也该准备退休了,不是很自然吗?"

"陆总……"

"我们正在修订选举法案,"陆必行说,"快的话,下半年就会出台换届选举方案,我也会在这半年里尽快把工作交接清楚。"

他说着,快步下了台阶,走向石像方向。

"未来有什么打算?嗯……养狗吧,哈哈哈,我真的很想养条狗,以前一直没时间,然后休息一段时间,到处看一看,再做回老本行。什么?问我老本行是什么?哦,我以前是个教书的,有一本《机甲入门》的教材就是我以前写的,现在修订到第六版了,教材稿费比当总长的年薪高多了……统帅的花边新闻你们自己去问他……不敢？不敢问他就敢来找我打听是吧？小姑娘，抬头看看你正前方五十米处那位是谁……哎，怎么就跑了……"

林静恒从不远处走过来，正在打听八卦的媒体人一时心虚，一哄而散，陆必行低头笑了起来。

又过了将近一年，群龙无首的芯片人被中央军强势镇压，中毒尚浅的一代芯片人摘除芯片，艰难地重新回归社会。第八星系、启明星方面与第一星系联合出版了一本电子日历，方便随时查阅、切换两套历法，供时常和外星系打交道做生意的公民使用，宣布建立外交关系。

不久，第八星系总长陆必行宣布战乱结束，自己即将辞去行政长官一职。

不过陆总养狗的梦想没能实现，因为同年13月，第八星系大选，第一次准备得不太充分，候选人数比法定差了一位，官方临时把陆必行填上去凑数，谁知这位过气的前任人气极高，居然以压倒性的优势再次当选新一任总长，任期五个独立年。

此后几年，第三星系牵头，各大星系先后宣布独立，联盟方面已无控制力，只好顺水推舟，友好和平地交接了权力。

反乌会中的极端反人类分子，在哈瑞斯先知的协助下纷纷被逮捕。剩下无辜的和平支持者，以及在最后一战中功过相抵的，都得到了自己应有的待遇。反乌会组织依法被取缔，不过哈瑞斯后来成立了个合法注册的"哈瑞斯生态养殖有限公司"，为市场提供最新鲜和环境友好的生态食品，口号是"为了生命和自然"——大先知如愿以偿地去种菜了。

独立17年，各星系代表齐聚玫瑰之心，签署了新的人类联盟条约。历史又翻开了一页。

独立19年，陆必行正式卸任，把第八星系平稳地过渡给了新一任政府，在北京β星附近的一个人造空间站上建了新的星海学院。

林静恒依然是校董。

至此，祸乱的星辰终于回归正轨。

人们起源于信仰，毁于信仰。

人们在信仰的灰烬里重生。

〉〉〉〉〉〉卷七　自由之剑　完

〉〉〉〉〉〉〉〉〉〉正文完

| 番外一　夜宴

生者与亡者，被怀念的与回头遥望的同桌而坐。

（一）

"静恒，客人们都来了！"

"知道了。"林静恒应了一声，老大不耐烦地嘀咕了一句，"来了就自己进来，不然还让我去迎接吗？"

联盟在三个月前正式承认了第八星系独立，双方缔结了友好的外交关系，年底，本该卸任的总长陆必行戏剧化地又当选新一任行政负责人，即将迎来他下一轮的五年任期。15年的独立日，联盟为了示好，天使城的中央政府特意致电银河城，祝第八星系人民新年快乐，并祝贺陆总长连任。

陆必行应付了一天四方来客，傍晚回家，在小院里开了几桌私宴，请亲朋好友。整个院落和阁楼的布置是湛卢弄的，该人工智能表现出了极大的热情，把他们家这狭小的一亩三分地用到了极致，可见前些年联盟让他当一枚毫无美感的机甲核，十分委屈湛卢的才华。除了出长差的阿纳·金，白银十卫的几个卫队长都到齐了，陆必行的几个学生也在，外星系的中央军统帅们派了纳古斯做代表——第三星系的战事此时基本已经平息，纳古斯的心终于宽了——来不了的，都远程录了视频，中央军统帅们以私人身份拜访银河城，似乎也是在给联盟中央传递打算独立的信号。

连哈登博士、哈瑞斯先知他们也来露了个面。

宾客们刚到，尚未落座，就震惊地发现一些位置已经有人坐了。

"将……将军？"纳古斯被其中一个背影惊呆了，愣怔良久，才哆哆嗦嗦地朝那男人伸出手，手指从那人的后背上穿了过去，他才意识到，原来只是个能以假乱真的投影。

投影里的陆信将军回过头来，朝他展颜一笑："来了啊，纳古斯小胖子，过来，来我们这桌坐。"

音容笑貌，宛如魂灵降临。纳古斯呆呆地看着他，一时说不出话来。

"这是湛卢根据生前的资料建模的，有点类似游戏里那种NPC，会说的话都是以前说过的，都是记忆，可能没法和你深入交流。"图兰说着，探头和"陆信"打招呼，"陆将军您好，您是我小时候的偶像，一会儿能给我签个名吗？"

陆信听完，兴高采烈地去拉他旁边的女士："听见没有，这里有漂亮小姑娘崇拜我，你快点把我看牢一点！"

陆信将军身边是温文尔雅的穆勒教授，对图兰一点头，和风细雨地说："小姐，我倒贴你十块钱，麻烦赶紧拴根绳牵走吧，不用找零。"

穆勒旁边是独眼鹰，老波斯猫耷拉着一张债主一样的臭脸，看着怒气冲冲的，好像刚被人偷走了过冬的鱼干，不时伸爪拍开陆信探过来撩拨他的手。圆桌对面坐着有些疏离冷淡的林蔚将军，林蔚不怎么和周围的人交流，只是不时看向旁边不怎么抬头的劳拉·格登博士。除此以外，还有爱德华总长、郑迪司令、于威廉警督、周六、黄鼠狼……甚至伍尔夫和林静姝也在——为防宾客不自在，这二位被安排在阁楼高处，彼此显然没什么交流，从院子里往上望去，像两个苍白的剪影。

一时间，小小的院落好像成了虫洞通道，时空交错。生者与亡者，被怀念的与回头遥望的同桌而坐。

拜耳坐在已故的白银第七卫卫队长身边，还没来得及开口，就看见几个六七岁大的小孩迈着小短腿跑过来，一人拎了一个竹篮，分发酒水和点心。

"他俩什么时候弄出来的娃！"拜耳吓了一跳，伸手拎起一个小男孩的后颈，拎猫似的把人拉到近前，小男孩长得眉清目秀，挂着一脸别具一格的衰，徒劳地挥舞着短小的四肢反抗，拜耳端详片刻，惊奇地说，"别说，这不正眼看人的臭德行，还真有几分统帅的神韵……小宝贝，你叫什么呀？"

"小宝贝"张开嘴，发出冷冷的成年男子声音："我是承影，放手，你眼眶里装了一对玻璃球就出门了吗，蠢货？"

拜耳："……"

托马斯·杨笑得直拍桌子。

除了最后投降的轩辕以外，十大名剑其余重甲机身均已在战场上损毁，后经打捞，工程部正在试图修复机甲核，从第一星系拿来的大量可变形材料派上了用场。其中，承影、龙渊、纯钧几个机甲核已经基本完成了系统修复，并消除了伍尔夫对它们的改造，可以换个地方展览了。

正好陆总家请客缺几个端菜的，可变形材料总算能物尽其用了。曾经的十大名剑之首湛卢，这一天总算是扬眉吐气——在场所有机甲核里，就数他最高。

这时，抻着脖子到处散德行的图兰突然正襟危坐起来，主角登场。只见林静恒这位本该出来迎客的大爷背着手溜达进来，像个巡视的教导主任，目光在场中光影交叠的故人中扫了一圈，就成功压下了所有噪声，他懒得招待这帮客人，伸腿往旁边一坐，推了陆必行一把，示意他出来说话。

向来口若悬河的陆总长猝不及防地被他推出来，乍一开口，不小心被自己的口水呛到了："我……呃……喀喀。"

"陆老师别紧张，"怀特起哄，"你可以假装我们都是星空顶上的灯。"

托马斯捧哏："那统帅可能是激光，最有杀伤力的那种。"

"等你们有一天成熟了就明白，一些场合下适度的紧张和心跳是有益处的，年轻人。"陆必行对着自己的学生，向来是吹牛信手拈来，从来不打草稿。说话间，一低头，他看见了林静恒的脸，林静恒坐在灯下，氤氲的光模糊了他锋利的轮廓，也点亮了他瞳孔深处，像是漾起了一双温暖的雾灯。

陆必行："……"

湛卢小声提醒："陆校长？"

陆必行叹了口气："对不起，又忘词了。"

众人哄笑，陆信将军的投影还逼真地吹了声口哨。

李弗兰："又？"

"很多年前，北京β星还不是反导实验基地的时候，我离家出走，在那儿逗留了五年，卖了一架改装机甲，又东拼西凑来一点赞助，建了一所学校，叫星海学院。"陆必行缓缓地说，"学校办得很不怎么样，才经营第二年，头一年招上来的学生已经快跑光了。第二届开学典礼上，我邀请了一位先生出席，原本没抱期望，没想到开学讲话刚开始，他居然真的来了，一看见他，我准备好的演讲稿就从眼睛里蒸发出去了，一个字也不记得了，你们猜这位先生是谁？"

林静恒一撩眼皮，不打自招："这也怪我吗？"

"都怪你，"陆必行一本正经地控诉，"林先生，你这是第二次害我挂在讲台上了。"

怀特抓了抓头发："哎？老师，我记得你当时挺顺畅地讲完了，没打磕绊啊。"

"废话，我还能戳在台上现眼吗？当然要作弊了，"时至今日，陆必行坦率地对他已经长大成人的学生说，"我的隐形眼镜里有备用演讲稿，是当年信息科学院的老院长写的，我照着念的。"

"什么？"薄荷说，"陆总，有你这么骗人的吗，闹了半天影响了老娘好几十年的演讲稿跟你半毛钱关系也没有！"

"什么叫跟我半毛钱关系也没有？"陆必行说，"就你们这堆朽木，当年那篇演讲稿要不是年轻英俊的我来念，有人会听一个标点符号吗？"

师长臭不要脸，四个学生集体嘘他。

"老院长和年轻人代沟太深，那篇演讲稿念完以后，引发了一场哄堂大笑，因为这个，我的教职员工们在开学第一天集体辞职。"陆必行顿了顿，忽然又叹了口气，"我希望他们失望以后就离开了北京β星，这样，也许有人还能从那场浩劫里活下来。"

小院里渐渐安静下来，没有人笑了。

"诸位应该已经发现了，你们周围，来了一些已经离开我们的朋友。"陆必行的目光扫过那些真假难辨的投影，投影们排排坐好，假装听他讲话，并适时做出反应，可其实这都是由电脑控制的，陆必行知道，他们本身没有思想，也不能理解自己在说什么。

他的亲生父母，他的养父，他远行的长辈与朋友们……

"今天大家难得聚在一起，我不打算没完没了地演讲，也不想组织大家玩喷香槟的无聊游戏，晚餐前的第一个项目，我想邀请在座的大家，和投影中的朋友们围坐在一起，随便聊点什么，或是讲个大家都不知道的小故事。"

哈登博士抬头看了一眼露台上的伍尔夫，轻声问："你这是送别，还是纪念？"

"既是送别，也是纪念。一会儿还有小礼物分发给大家。"陆必行挥了挥手，灯光暗下来一个度，轻而悠扬的音乐响起，"我给诸位开个头。"

（二）

男人的鹰钩鼻把一对内眼角撑得很开，亮出诡异的异瞳，他眉与眼之间距离颇近,薄嘴唇,即便是灯光暧昧处,也能看出分明的骨骼,上面只附着一层薄薄的皮肉,是带着点狠辣阴沉意味的英俊。旁边给他捶腿的女人很有眼色地递上了一杯水,他就把烟头丢在水杯里,火星湮灭时发出"沙沙"的轻响。

一个声音突兀地打破静谧:"我上次跟你说的事,你觉得怎么样,独眼鹰?"

原来墙角还有个一身灰袍的人,站在暗处,把自己裹得密不透风,乍一看,像个影子。独眼鹰朝女人招招手,从自己食指上退下一枚戒指,那戒指上镶嵌着一块尺寸可观的宝石,深蓝近黑,灯光下闪着深沉如星空的光:"星砂石的,小费,拿去改一改尺寸,戴着玩吧。"

"星砂石"是一种来自第三星系的稀有矿产,自从联盟政府垄断开采权后,市价一路放飞,现在是一克拉五万九千第八星际币,女人脸上浮起诚恳的惊喜,立刻探身给了他一个深吻:"一个真心实意的吻,免费赠送,老板,谢谢您的小费。"

说完,她很轻盈地退出了房间,带上门,把空间留给了独眼鹰和他的客人。

这里是凯莱星上著名的"悬浮夜总会",围着首都星一圈一圈地转,从窗口往下望去,要是没有云层遮蔽,能看见凯莱星全貌——大片的海洋包裹着陆地,陆地上有万家灯火,身边莺歌燕语、纸醉金迷,让人恍惚间有种不是人间的错觉。

独眼鹰曾经是这销金窟里的常客,不料十年前正在寻欢作乐时,被姓林的王八蛋突然闯进来搅局,从此有了心理阴影,干脆把悬浮夜总会买了下来,自己当了老板。老板有被迫害妄想症,每次驾到,周围都得围着三四架机甲做保安,把好好的夜总会弄得像个太空碉堡,生意也大不如前。

好在军火贩子雄踞凯莱,胸无大志,也不差钱。

女人一出去,灰袍就急不可耐地上前一步:"这次沃托和白银要塞翻脸,看来是动了真格的,不管最后是沃托把林静恒拿下,还是林静恒举兵造反,那边肯定都要乱起来了。别人不知道,咱们这些经常往黑市上跑的人心里能没数吗?域外可还有人盯着联盟这口肥肉呢!咱们与其随波逐流,等着在乱世里当夹心柿饼,不如自己干点什么。"

"干什么?"独眼鹰哼哼唧唧地伸了个长长的懒腰,把后背拉长了一尺,眼睛半睁不睁的,像个饱食终日的大猫,他磨磨蹭蹭地爬起来,端起醒酒器闻了闻,倒了半杯问客人,"凯莱星自酿的,来点尝尝不?"

"你有武装,我有人。"灰袍说,"咱们可以把当年自由联盟军里的老兄弟们凑在一起……"

"打麻将还是踢足球?"独眼鹰见他不接酒杯,就自己喝了,"聚众淫乱我可不去啊,我儿子都一把年纪了,丢不起这张老脸。"

"独眼鹰,我在跟你说正经的!你……"灰袍无奈,他这话没说完,个人终端里闪过一个推送,灰袍扫了一眼,刚开始没在意,正打算关掉后继续跟独眼鹰推销他的军阀计划,突然意识到了什么,猛地把视线扎进了个人终端,难以置信地骂了句娘。

独眼鹰含着一口酒在嘴里来回漱,莫名其妙地看着他。

"白银要塞林静恒回沃托途中遇刺,"灰袍人抬起头,"……确认身亡!"

独眼鹰听完这句话,结结实实地愣在原地,好一会儿,他"咕嘟"一声,无意识地咽下了那口酒。烈酒如刀,顺着他的肺腑一路往上滚,火烧火燎地烫着嗓子。

独眼鹰回到凯莱星地面上的时候,中央区已经是后半夜了,他没惊动家人,自己偷偷摸进了陆必行的"实验室"。

陆必行实验室自觉挺秘密,其实独眼鹰只是不爱去。整个凯莱星都是他的地盘,地上长的草都是他的眼线,陆必行那小子在偷偷改装自己的代步工具、准备离家出走这事,独眼鹰早就知道,一直憋着没说——打算在凯莱星大气层外把这小子截下来,给他个功败垂成的惊喜,好让他知道凯莱星上谁是爸爸。

空无一人的实验室里，独眼鹰找了一把椅子坐下，点了根烟。

不到一个小时，那个人确认遇刺的消息已经在网上传得铺天盖地，一时间，什么声音都有，沃托方面连发三道紧急声明，紧接着又是白银十卫哗变，人们惶惶地七嘴八舌，看来是假不了了。

独眼鹰静坐了一会儿，起身走到实验室最里面的储物间，打开以后差点被里面堆满的杂物砸了脚——他们家小爷就这点最像少爷，从来不知道收纳整理，什么东西都乱塞，独眼鹰"啧"了一声，叼着烟，慢腾腾地弯下腰，把杂物草草归拢了一下，然后在杂物最底层，找到了一本旧图册。

当代纸质书已经很少了，这本图册严格来说不能叫"书"，它是凯莱星上某个破败的博物馆发的纪念本，印刷精美，但卖不出去，也就是当年刚刚获准出家门、看什么都新鲜的小陆必行才肯当这个冤大头。陆必行买回来翻了两遍就失去了兴趣，丢在杂货堆里，图册上已经落了一层灰，独眼鹰席地而坐，借着头顶一簇柔和的灯光，打开了它。

图册里列满了联盟上上下下的名将，有资格没资格的都露了脸，可是从头翻到尾，却都没有独眼鹰想看到的那个人，他们像抹去了什么污点一样，把他的存在、荣光一并消除。

陆信到底犯了什么罪，独眼鹰不知道，知道了也无能为力。

今天晚上那个灰袍不是第一个来找他的，阴沟里也有想要浮到水面上、顺波涛兴风作浪的人。他们想借着"重组自由联盟军、守护第八星系"的大旗，像当年背叛凯莱亲王一样，背叛联盟、自立门户，在乱世里博一席之地。可是他独眼鹰不想，他还不到两百岁，青年期长得像过不完，而他早已经身心俱疲，只在烈酒和女人面前，他偶尔还能兴起几分自己年华犹在的错觉。有时候喝多了酒，他心里会升起卑鄙的沾沾自喜，逢人便吹嘘自己年轻时跟着陆信打海盗的丰功伟绩，跟人家说，卖几年命，换来大半辈子的荣华富贵和呼风唤雨，值。

而酒过三巡，牛皮吹尽，他抱着马桶呕吐的时候，就又会突然陷入无法言说的寂寞里。因为他自己知道，当年跟着陆信出生入死，真的不是为了所谓富贵和权力。

但……不是为了富贵与权力，又是为了什么呢？

这不能说，说了显得他愤世嫉俗、天真愚蠢。"一个愤世嫉俗、对一切失望的中年男子"，这是什么形象？太可怜了。可怜的东西，都是要给人笑话的，不如当个精明市侩的投机者，让人酸溜溜地夸一句"你算赶上了好时候"。

独眼鹰的目光在图册最后一页停留了片刻，隔着纸页，联盟最后一位上将向他投来漫不经心的傲慢目光。

"你得意什么，小崽子？"独眼鹰恶狠狠地对图册里的人说，"你第一本睡前故事书还是我传给陆信的。"

那本书叫《地下城恐怖故事一百则》，改编自第八星系真实事件，从饥荒时期专门偷尸体吃的"死人盛宴"，到穿肠烂肚的彩虹病毒，全是高清图片，细节一应俱全。据陆信说，该书效果卓绝，林静恒那小东西一丁点大，也不知道跟谁学的一口沃托式的虚腔假调，每天睡前都会冰冷客气地逐客，说些"感谢您的陪伴，将军，我准备休息了，晚安"之类让人不爱听的话，自从有了这本书，那小崽早早就会钻进被子里，就露一双眼睛，老实得不行，连陪睡都不吭声了。

陆信说，小男孩睡着以后非常规矩，一动不动的，就好像睡梦里也有人要检查他仪态似的，时常突然惊醒，就算有伊甸园看护，一宿也总要醒上一两次，醒了也不吭声，就自己默默地对着墙躺一会儿，从来不往大人怀里钻。

陆信还说，这孩子把眼里的人都放在心里，情深义重。

结果林静恒就是这么给他"情深义重"的。

独眼鹰越看越心烦，把图册摔到一边，跟自己空荡荡的膝盖面面相觑片刻，突然又想起，不管怎样，这人都已经没了，于是愈加心烦。

陆信这辈子还剩什么？

亲手建起来的大厦倒了，议会大楼后面的石像被斩了首，和他有关的东西都要从历史里抹去，没人敢提他，没人为他平反，他用心血养大的孩子狼心狗肺、不得善终，仅剩的那一点骨肉远在第八星系，甚至从来不知道他的存在。

　　"玫瑰之心，怎么又是玫瑰之心？"独眼鹰捻灭了烟头，又恨恨地想，"他死了也好。"

　　独眼鹰摸出个人终端，对自己手下轻声吩咐道："把盯着少爷的人都撤了吧。"

　　"老大，你不是说他那机甲快改装完了吗，万一真跑了怎么办？咱们不堵啦？"

　　独眼鹰"嗯"了一声，语气温柔得几乎不像他："大了，也该出去看看外面的世界了，放他走吧。"

　　反正林静恒死了，这个世界上，再也不会有人来调查一个非法军火贩的儿子了。

（三）

　　"后来我才知道，老陆其实是故意放我走的，"银河城中央区，陆必行放松地倚靠在主持台上，半开玩笑地瞪了投影中的独眼鹰一眼，"放我走还不给生活费，老陆，你可真够意思。"

　　独眼鹰的投影振振有词地回答："我早说了你是捡来的。"

　　说完，他好像又"想"起了什么，怒气冲冲地转向林静恒："我要是早知道这家伙会乘虚而入，我……"

　　林静恒哼了一声："老波斯猫。"

　　独眼鹰："联盟狗！"

　　眼看这二位都阴阳两隔了，竟还能掐上一架，纳古斯连忙在战斗升级之前打圆场："波斯……呃，独眼鹰兄弟，你老兄对我们将军真是没有二话了，为了让必行名正言顺地姓陆，公开给自己改名，哎，话说回来，你本名是什么？"

"独眼鹰"这名，是他丢了一颗眼珠之后的外号，眼珠不是天生没有，是打仗的时候丢的。那么"独眼鹰"和"老陆"之前，他叫什么呢？

陆必行好像没想过这个问题，也是一愣。

只有陆信的投影在旁边笑得高深莫测。

一直在旁边吃干果的总长秘书长却突然低下了头——老秘书长跟了爱德华总长和陆必行两任，早年也参加过自由联盟军，是个缥缈又八卦的老大爷。

陆必行探头问他："您知道我爸的曾用名吗？"

独眼鹰暴怒道："不许说！"

陆信一脸"我知道，来问我"的表情，躲在穆勒教授身后"叽叽咕咕"地笑，防备老波斯猫伸爪挠他——可惜他们没法问他，因为陆信本人知道，但湛卢的数据库里没有记载，因此投影说不出答案。

老秘书长绷着面孔，跟复述会议纪要一样一板一眼地说："我也不知道他最早叫什么，加入自由联盟军以后，很多人登记的名字都是自己改的。"

托马斯唯恐天下不乱地问："那他当时登记的名字是什么？"

老秘书长："……"

独眼鹰想跳起来掀桌，可惜手穿过了桌布——看来次元之间确实有墙。

纳古斯本来是随口一问，见了此情此景，其他宾客也都集体抻长了脖子，纷纷追问："是什么？"

老秘书长淡定地张嘴，吐出四个字："死亡霹雳。"

众宾客："……"

全场静默了一秒，在这令人叹为观止的中二癌面前跪倒了一片。

林静恒火上浇油地点评道："真不愧是顶着鸳鸯眼过了两百年不嫌害臊的男人。"

独眼鹰："我死的时候都没有两百岁，哪儿来的两百年！你不要血口喷人！"

宾客和投影们爆笑，上蹿下跳的老波斯猫为晚宴的愉快气氛做出了卓绝贡献，穆勒教授挣脱陆信的爪子："口水都流我领口里了。"

陆信连忙用力一抹嘴，高举双手以示清白："眼泪，那是眼泪！"

老秘书长又不紧不慢地开了腔，继续爆料："他还有一句'出场词'，当时冥思苦想了一周，几经修改才定稿，所以每次敌军让他报名报番号的时候都得说一遍。"

众人连忙洗耳恭听。

陆必行："我知道他的番号，家里有他的肩章，是'自由联盟军特种先锋队长'吗？"

"不，他不报番号。他一般会说，'我就是'……"老秘书长万年喜怒不形于色，说到这里，居然没忍住笑出了声，"噗……"

"你给我闭嘴！"

"到底是什么？"

"他说——'我就是你们召唤的暴风雨啊'！"

"噗……"

"老陆，你冷静点。"

"哈哈哈哈哈哈。"

（四）

"总长，"图兰问，"礼物是什么？"

"对了，礼物，"陆必行转向湛卢，"第一个礼物就送给我勇于爆料的秘书长先生吧。"

承影一脸肃穆地走向老秘书长，后脚跟一磕，保持立正姿势，将礼盒往前一递，敬礼。老秘书长下意识地跟着坐直了，双手接过——这二位交接的仿佛是个烈士骨灰盒。

托马斯探头一看，骨灰……不，礼盒里横陈的是一本精装印刷版的《地下城恐怖故事一百则》。

老秘书长："……"

图兰好事，伸长胳膊拿过来翻："短篇集，第一个故事叫'吃猴脑的……海妖'？讲什么的？"

林静恒假装没听见，跷着二郎腿坐在旁边，从坐姿到高深莫测的表情，无不大佬。

"我记得，我给你讲。"投影的陆信只要捞到机会说话，就要义不容辞地插上一嘴，此人就算变成一道投影，也得当投影里的暴风影音，"讲的是地下城的一个变态歌姬，每次开完演唱会，忠实信徒们都会给她准备一碗特制的猴脑，这个歌姬收集'猴'们被取脑时的惨叫声，处理成混音，做成了新歌伴奏，那首歌后来从地下城流出，有人听完就报了警，你猜为什么？"

纳古斯很给前长官面子，捧场道："为什么？"

"因为伴奏里被处理过的惨叫是人的声音。"陆信不怀好意地看了林静恒一眼，"小静恒，还记得不？"

林静恒头也不抬地说："我脑子里没那么多地方堆废品。"

陆信大笑："那第二天在车载频道里，看见一个女的演唱会直播里唱什么《信徒》，是哪个装蒜的小狗偷偷换台的？"

《信徒》是一首口水歌，有一段时间，大街小巷、餐厅商场都在放，谁都会哼几句，所以大家都知道——这是叶芙根妮娅小姐早期的作品之一。在座众人觉得自己好像知道了什么不该知道的事，唯恐这顿晚宴成为"灭口鸿门宴"，纷纷缄口不言，低了头，假装自己是圆滚滚的花球。

林静恒在"花团锦簇"中，额角跳起了一根青筋。

陆信笑嘻嘻地隔着桌子，用虚拟的香槟跟林蔚碰了个杯："你儿子比你可爱多了。"

林蔚嘴角不明显地上翘了一下，眼角却先弯了起来，露出一个内敛极了的微笑："那就好。"

纳古斯在旁边陪了一杯，呼出一口略带甜味的酒气，忽然感慨说："我记得，乌兰学院有个年纪很大的兰斯博士，是看着好几代人长大的，静恒刚入学那会儿，有一次他假期出游，跟我偶遇，闲聊起来，兰斯博士说，林中将的儿子，皮像林中将，骨却像陆将军。"

陆信一搭林蔚的肩膀，唯恐天下不乱道："说得对，搞不好就是我们俩生的！"

投影里的林蔚被他拽了个趔趄，依然面无愠色，很好脾气地说："哪儿都有你抢风头，别闹。"

哈登博士抬头望向阁楼，和他那一言难尽的老朋友对视了一眼，缓缓地说："陆信和林蔚，我记得是前后脚从乌兰学院毕业的，小蔚低一届。"

新星历117年，联盟百年沉淀，权力如顺流而下的水，开始向第一星系沃托汇聚，而社会阶级，也开始像随水落而出的沙砾岩石一样，逐渐分出了清晰的层次。乌兰学院如同一面镜子，忠实地反射了社会大环境的变化——从117级开始，乌兰学院里来自第一星系的学生数量与来自其他六星系学生数量总和持平，虽然还没有发展到后来内定"荣誉毕业生"的地步，但俨然已经有了"权贵俱乐部"的雏形。

嗅觉敏锐的青少年们感觉到了自己头上看不见的标签，于是整个学校内部自然而然地分成了两派——通过推荐信入学的"权贵派"，以及通过考试入学的"平民派"。权贵子弟与普通家庭出身的学生矛盾升级，相见两厌，常有冲突。

陆信倒不是穷人家的孩子，他也出生于第一星系，只不过是个比较偏远的行星，父母略有薄产，从小家境不错，但社会关系简单，和联盟中央的权贵们没什么交集，因此他也属于"通过考试入学"的。

不管后来他是走上权力巅峰，还是成就一段传奇，在当年乌兰学院的教职员工眼里，这小子着实不是一盏省油的灯——陆信是"平民派"的头头，"校园恶霸"之一，好好学习天天向上之余，就是勤恳地带着一帮小弟四处惹是生非，节假日都不休息，堪称"找事圈"的劳模。

"乌兰学院，战斗指挥系！这是什么地方？是培养未来太空军指挥官的地方！从踏进学院大门那天开始，他们就不再是学生，是士兵预备役，英雄预备役！这算什么？！"战斗指挥系的院长在元帅办公室里跳着脚骂，"人品恶劣！视纪律为无物！这种学生光成绩好有什么用！"

那时候，乌兰学院还没有从军委里独立出来，日常行政管理由副校长负责，正校长则是由联盟统帅伍尔夫兼任。学校管理的日常琐事本来不需要闹到校长面前，但陆信天赋极佳，出类拔萃，已经连续两年拿到"校长奖"。按照乌兰学院的传统，元帅校长每年会从三年级的学生里选一位，亲自作为该生导师，被选中的学生往往会在一年后拿到"荣誉毕业生"，往后前途当然是一片光明——今年，据说伍尔夫元帅看上的是陆信。

伍尔夫元帅刚和财政部吵完军费预算，连水都没来得及喝，就被副校长和院长堵在了办公室，匆忙灌了两口，他头疼地问："那小子又闯什么祸了？"

行政副校长在旁边苦笑："他纠集了一伙人，装神弄鬼，把同学骗到学院后面的雨林里埋了。"

伍尔夫一口水喷了出来。

"没出人命，"副校长连忙补充说，"就埋到腰，期末考试头一天晚上埋的，埋了一天一宿，受害学生错过了期末考试，主要是精神伤害。"

"只埋到腰，怎么会有一天一宿？"伍尔夫奇怪地问，"自己爬不出去吗？"

"哦，他们在受害学生的裤子上抹了一种高分子胶，把人粘在一棵古树的根上了，要想爬出去，就得……咳。"

"……"伍尔夫心十分累，"被埋的是谁？"

副校长没提这个学生叫什么，只是简短地回答："麦克亚当家的。"

伍尔夫："……"

"麦克亚当"这个姓氏，是管委会成员之一。

管委会要是真拿这事当由头，不依不饶地闹起来，元帅也很头疼。况且这事本来就跟谁爸爸是谁没关系——陆信那倒霉孩子把别人埋土里埋一宿，不管是谁，那也是他不对。

伍尔夫头疼地打发了和稀泥的副校长和义愤填膺的院长，十分发愁地在办公室里溜达两圈，重重地叹了口气，打算先联系麦克亚当家的当家人和稀泥。这时，旁边休息室的小门开了，一个介于青年和少年之间的大男孩夹着本书走出来："麦克亚当部长现在应该还不知道这件事，您打算特意通知他一声，把学生矛盾上升到政治高度吗？"

伍尔夫一抬头，看见来人，目光就柔和了下来。

那是他的养子林蔚，考完试以后学校没事，他经常会跑到元帅办公室，借阅那些当装饰品的纸质书。

伍尔夫："你什么时候来的，吃饭了吗？"

"嗯，营养膏。"林蔚小心地把珍藏本归位，脱下为免弄脏书页戴上的手套，不等伍尔夫批判他的食谱，又说，"食物的残渣和气味清理起来太麻烦了，一想起来就什么胃口都没有了。"

林少爷又洁癖又懒，恨不能靠光合作用活着，感谢当代科技，好歹没让他活活饿死。

"放心吧，爸，"林蔚的目光溜过其他书脊，漫不经心地说，"当事人不一定会追究，我听说麦克亚当部长很要脸，这事闹起来要刨根问底的，到时候好说不好听。"

伍尔夫问："你知道陆信他们为什么去招惹麦克亚当家的人吗？"

"知道，四年级有个第七星系来的师兄，家庭条件不好，家人好不容易攒够了路费，来沃托参加他的毕业典礼，为了省钱，全家都挤在他寝室里打地铺，麦克亚当嘴贱，阴阳怪气地说了几句，被师兄伶牙俐齿的小妹妹骂回去了，结果那小子老大一个人，居然还和学龄前的小孩一般见识，把小女孩锁在了精神网训练场，要不是训练场管理员发现得早，那小孩可能就醒不过来了。"林蔚说，"陆信他们这种报复手段不算离谱，个人认为，充其量是个延迟性的正当防卫。"

伍尔夫脸色一沉："这件事我为什么不知道？"

"管理员巴结管委会呗，没上报，还配合麦克亚当删空了监控记录，"林蔚转过身，双臂背在身后，撑在书架的木梁上，有些孩子气地吊着脚，"不过我有备份，您要吗？"

"你又从哪儿弄来的备份？"

"找人要来的，"林蔚有些无聊地耸耸肩，"正好那位管理员也很想巴结元帅，我找人随便暗示了他两句，他就乖乖交给我了。"

林蔚外表唬人，乍一看，气质非常温文尔雅，但其实为人很冷淡，对谁都客客气气的，跟谁都不深交，更不用说参加学校里那些三只耗子四只眼的派系争斗了。

伍尔夫有点意外："怎么，你和陆信关系很好吗？"

"不好，戏多得要死，一天到晚找事，我看他就烦，要是能开除他就最好了。"林蔚毫不犹豫地说，随后他冷冷地扬起眉梢，"不过乌兰学院好歹是军委的地盘，管委会太不把自己当外人，未免让人看不惯，麦克亚当家把持伊甸园不够，难道还想在星空上掺一脚吗？讨个教训也是应该的。"

（五）

"老林这个人，就这点最不是东西，"一百多年后，已经变成投影的陆信还在耿耿于怀，指着同样变成投影的林蔚说，"问他什么他都说好，其实心里谁都看不上。"

劳拉·格登博士意味深长地看了林蔚一眼："原来你从小就很站得稳立场，长大还能狠下心来娶一个白塔的人，林将军的政治素养真是值得称道。"

陆信这才发现自己说错了话，被穆勒教授用胳膊肘戳了一下，不吭声了。

林蔚的神色依然是淡淡的，不承认也不解释。那些纠缠的心意生前都没能宣之于口，死后，又怎么能借着人工智能的模拟投影掰扯明白呢？要真是那样，岂不是活人在自欺欺人吗？

纳古斯连忙打圆场岔开话题："那后来呢，这事怎么处理的？"

"伍尔夫元帅没处理，明目张胆地偏袒了陆信，小蔚匿名把监控视频发给了麦克亚当，又抄送伍尔夫元帅和各院系主任，麦克亚当家的小子看见抄送名单，知道理亏，声都没敢吭，紧接着就休学了，那个首鼠两端的训练场管理员后来被辞退，这事也就不了了之。"哈登叹了口气，"后来据说陆信出事，麦克亚当家在里面起的作用可不小，陆上将，你前半生走得太顺啦。"

再也没法反省自己的陆信没心没肺地冲他笑。

纳古斯抓了抓头发："可是我们将军收养静恒的时候，明明提到过，他和林中将是过命的交情啊。"

林蔚微笑着说："他吹牛的。"

纳古斯："……"

这命过得也太塑料了！

哈登博士说："这个啊，我倒多少也知道一点。"

（六）

每年，乌兰学院的三、四年级都有一场联合军事演习，学生们打散后随机分组，高年级负责决策，低年级负责执行。林蔚三年级的时候，抽签环节也不知道哪路神仙没睁眼，把他分到了陆信的组里。而且这一组人，不管是三年级的还是四年级的，全都是"平民派"。

"老大，你觉不觉得他进来怪别扭的？"一个脑袋尖尖长得像枣核的男生说。

"嗯?"

"就跟……就跟大家都在公共厕所里光腚的时候,突然闯进来一个异性似的。"

"拉倒吧,就你那尊臀,闯进来一头熊也是熊吃亏。"陆信回头看了林蔚一眼,这个传说中伍尔夫元帅的养子在校时非常低调,除了入学时被人议论过一阵之后,就再也听不见他的消息了。此时,他正在调试机甲,动作纯熟流畅,看不出一点紧张。绝大多数学生进入乌兰学院之后才第一次见到机甲,第一次乘坐机甲离开学校必然紧张,这就能看出"家学渊源"来了。

林蔚话不多,没人理他,他就独来独往,看起来十分自在,有人找他说话,他也耐心回应,举手投足看得出很有教养,没有那些公子哥眼高于顶的毛病。

"哎,"陆信想了想,又叫住枣核同学,"那是我导师的儿子,跟他们说一声,给我点面子。"

"知道,这都快到域外了,谁敢在这儿找事?"

(七)

"那时候,第八星系还没有进入联盟版图,"陆信的投影插话说,"所以统称为'域外'。我们要先熟悉第七星系边境的星际航道,然后模拟海盗入侵,打自卫反击,没想到那一届演习出了事。"

怀特问:"什么事?"

林蔚说:"海盗真的来了。"

"我记得那是一起重大教学事故,"哈登博士说,"有人泄露了学生演习地点和详细的时间安排,域外海盗掐准了时间,演习期间趁乱长驱直入。非常巧的是,首当其冲的就是他们那组。"

"不巧,"林蔚说,"这个'有人',姓麦克亚当。"

图兰："您怎么知道？"

"我事先得到了消息。"林蔚说，"我有个……一直没见过面的网友，念的是管委会资助的学校，作为报答，寒暑假要替管委会打工，打扫会议室的时候偶然听见了麦克亚当父子的密谈，出发前给了我警告。"

众人的目光集体位移。

劳拉·格登博士一笑："哦，那个听墙脚告密的人好像就是我。"

"但是这种小道消息，说出去也没人信，我们商量以后决定，与其坐地等，不如我们主动出击。"陆信说，"我们私自脱离了演习场，跑到了域外，也就是现在的第八星系，打了一场伏击。"

林蔚纠正道："是你决定，你没跟别人商量。"

"成功了吗？"

投影里的陆信听了这句问话，忽然就不笑了，目光穿过幻影与现世交接之处，好像看见了遥远的过去。

"没有。"好一会儿，他才说，"海盗战队的规模远远超出了我的想象，我们弄巧成拙，反而陷进了他们的包围圈。"

（八）

"听好了，离我们最近的驻军是第七星系边境守卫军，需要你突破敌军侧翼后，进入跃迁点紧急跃迁范围——海盗凯莱亲王的兵虽然多，但不全是穷凶极恶的海盗，我听说大部分都是民间强行征来的兵，打仗时当炮灰用，你看他们行军，两侧明显跟不上主力，应该就是弱点，"少年林蔚一字一顿地对陆信说，"精神网权限给我，备用机甲你开走，我来拖住他们——"

"可我……"

"你决策失误，你来解决问题，组长。"林蔚不由分说地打断他，"你回来得越快，我们活着的可能性就越大。趁包围圈没有完全合拢，快走!"

陆信咬牙开启备用机甲,强行突围,那是他这辈子第一次真刀真枪地面对战场。

蜂拥而至的海盗机甲在后面穷追不舍,防护罩在高能粒子流下摇摇欲坠,这时,敌军侧翼迎面和他遭遇,紧接着导弹锁定了他,在这种距离内,除非紧急跃迁,否则根本没地方躲。

而他还没能进入联盟跃迁点的紧急跃迁范围!

羽翼未丰的雏鸟在"暴风雨"中绝望地想:"完了。"

然而预想中的粉身碎骨却并没有落在他头上,千钧一发间,对方竟然像忘了怎么开炮一样,迟疑了一瞬,陆信趁机攻占了对方的精神网,强行远程控制敌军机甲开路,穿过缝隙,抵达紧急跃迁范围——在他短暂地控制敌军机甲的时候,他通过精神网,窥视到了他的"敌人"。驾驶员居然是个比他还小的少年,非常瘦小,穿着不合身的军装,也不知是从哪个死人身上扒下来的。他被精神网反噬,昏迷不醒,而那机甲舰长愤怒地咆哮着什么,然后一枪打死了胆敢在战场上昏迷的少年。

反正这种炮灰多的是,没用的就随手扔掉。

那一枪响起的时候,陆信断开了远程控制,紧急跃迁到了第七星系航道。

少年不知是哪个贫苦家里的孩子,被凯莱亲王抓去充军,他大概第一次抬起导弹炮口,怎么下得去手轰炸呢?

"要是他那时把我击落……"陆信在保护性气体的包裹下,心里茫然地冒出这么个念头。

那是第八星系的奠基人、联盟最伟大的将军陆信,第一次浮光掠影地尝到第八星系的严酷滋味,目睹其中朝不保夕的命运。第八星系头颅被打穿的少年的脸,反复出现在他的梦里,循环了十几年。

于是十几年后,年轻的将军扛起了联盟的战旗,兵发第八星系——

有了这个故事的开端。

(九)

悲当浇愁，喜当尽兴，悲喜交加，难以言表，那也就只好不醉不归。

夜宴到了后半场，湛卢准备的香槟居然不够了，临时拉来了林静恒的藏酒救场，藏酒当然什么品种都有，于是众人只能各种酒水混在一起喝，效果翻倍。没多久，那些礼服俨然的宾客就好似现了原形的妖魔鬼怪，一个个就地放飞了起来。如果说刚开始，众人还是刻意想把话题往轻松上引，到了这会儿，不少人已经开始人鬼不分，不知今夕何夕了。

"老郑，你牛什么牛？你知道你为什么能被选中当将军亲卫吗？"纳古斯晃晃悠悠地往郑迪身上扑。

第二星系中央军郑迪司令已经在玫瑰之心粉身碎骨，如今只有一缕投影赴宴，当然接不住他，纳古斯扑了个空，但平衡感颇佳，绕着圆桌滑了半圈，居然保持着金鸡独立的姿势，没倒。

"那天将军喝多了，醉得走路就……就跟我一样，直往墙上贴，一路亲着墙皮过去，看人都重影，随便指了一个你就领走了，等醒过来一看，好，鼻子都气歪了……他发现自己选了根旗杆，往亲兵团里一站，比别人多出一个脑袋，比将军自己还高三厘米！形象还不怎么样，面有猥琐之气，往广场上一戳，大概只配挂海盗旗。"

投影中的郑司令应声站起来，亮出自己傲视群雄的身高。

"怎么还当着我面造谣？"陆信抗议，"谁说他比我高三厘米的，啊？有官方资料吗？有照片吗？大郑，别丢人，你赶紧给我坐下！"

爆料人纳古斯把第六杯红酒一饮而尽，人飘了、灵魂飞上了太空，他一脚踩上椅子，放出平地一声雷："我知道！因为我们将军的身高是虚报的，哈哈哈哈……老郑来了以后，他连夜下单，给自己和亲卫团的军靴里都定制了内增高……嗝！"

怀特迈着螃蟹步走过来，拿着个瓶盖，假装是镜头，对准纳古斯一通"拍"，嘴里还念念有词："联盟最伟大的陆信将军竟涉嫌虚报身高，是道德的沦丧，还是时代的创伤……"

说着说着要倒，林静恒用脚钩过一把椅子，接住了摇摇晃晃的怀特，突然就觉得陆将军的形象不那么高大了。

陆信不甘示弱："就你有嘴，就你会说话，好——纳古斯你来讲讲，你自己因为体重不达标，被军校延期毕业一年的故事。"

投影里，第一星系边境守卫军杜克将军忙说："将军说得对！"

死得不明不白的安克鲁紧随而至："老实交代！"

当年亲卫团里，都谁跟着陆信穿过内增高，由此显而易见。

"这就是道德的沦丧……呸，都被那小子带走了。这就是病态的社会价值观，"纳古斯把空玻璃杯举过头顶，单手在自己胸口上捶了几下，"太空军，精神力高、身体健康不就行了？我又没有超重，我只是比标准值稍微健壮了一点点。"

林静恒冷冷地插话："'一点'是指八公斤吗？"

纳古斯："……"

"你的名字在兰斯博士的名单上，我详细调查过你们每个人的档案，"林静恒又补了一刀，"不过八公斤也确实没多少，一只烤乳猪的重量而已。"

"联盟军委，歪风邪气！体重管理还成硬性指标了！你们这样对社会有什么正面影响？跟束腰剔骨厌食症的野蛮原始人又有什么区别？"纳古斯气急败坏，"连两三百岁的老元帅都要控制饮食，有天理吗？"

现场有人喷了酒，集体抬头望阁楼。

伍尔夫元帅的投影落在阁楼上一棵盆栽棕榈下，闻言顿了顿，朝楼下举了个杯——除了他生命中最后一段时间，是被困在"夜皇后"的幻境里奄奄一息外，伍尔夫的公众形象几十年如一日，瘦削、利落、不苟言笑。

"人上了年纪，新陈代谢放缓，老胳膊老腿的，又很难维持年轻时的运动量，"伍尔夫不紧不慢地说，"两百岁以后，我主要靠营养剂代替饮食，精确控制摄入，也可以消灭食欲。"

"真巧，"当年的沃托美人林静姝微笑着插话，"我也不喜欢把自己弄得一身臭汗，主要还是靠控制饮食保持体形——您试过提升新陈代谢的辅助药物吗？我用过两个牌子，都还不错。"

"那是你们年轻人用的，"伍尔夫心平气和地说，"超过两百岁，这东西就有加速波普的风险了。军委当年有过相关案例，他们后来怎么评价这事来着？哦——'生于忧患，死于营养过剩'。"

林静恒："……"

这二位生死宿敌坐在一起，促膝探讨节食减肥，几乎有种别开生面的严肃感。

"你们在营养过剩，我们却在挨饿！"死后仍不忘忧国忧民的爱德华总长愤怒地吼了一嗓子。

伍尔夫略一欠身："深表歉意。"

"过分关注包装和外表，本来就是消费主义的诡计，消费主义是伊甸园的一条腿，连将军们也被裹挟其中，说明伊甸园的精神控制相当成功。"撑着头的劳拉·格登博士很快把这事上升到了政治高度。

"消费？将军从来不消费，将军是个死抠门，每次轮到他买单，就请我们吃补给站食堂。"喝醉了就挖旧上司祖坟的纳古斯统帅驴唇不对马嘴地接话。

"关注外表也没什么不好，不是招上来好多眉清目秀的新兵小哥吗？"图兰酒壮怂人胆，跑到林静恒面前立正，打了个酒嗝，"报告！"

林静恒："不许说，滚。"

"我偏要说！将军，你今天被礼服捆住了，剪不了我头发了，嘻嘻嘻。"图兰五迷三道地胡说，"报告！值此佳节……"

泊松和托马斯两兄弟扑上来，一左一右地把她拖走："佳什么节，你快别撒酒疯了！"

图兰上半身被拖出了一米远，两条腿还不依不饶地在地上刨："值此……佳节，将……将军，我有一个夙愿，我就想摸一摸你那脸，听说叶芙根妮娅给你的脸投保十万第一星际币……十万……啊！让我摸一下！"

陆必行不知从什么地方冒出来，一手拉起图兰的爪子，一手拖来了拜耳，一声脆响，把图兰的爪子粘在了拜耳的脸上，慷慨地说："随便摸吧。"

拜耳的脸瞬间与杯中酒"相映红"，肉体冻结了，魂飞魄散了。深藏功与名的陆必行很快被另一拨宾客七手八脚地拖到了另一边。直到露水落下，"小服务员们"才仿佛被解除了诅咒，十大名剑的机甲核经过了一晚上的"劳动改造"，服刑完毕，一个个悄无声息地恢复成年男体女体，挨个给宾客们的个人终端设置"醉酒模式"——这样，自动驾驶的车就能把他们拉回住处，智能家电和医疗舱也会做好准备，自动把醉鬼泡进醒酒安眠的药水里。

人都送走了，只剩下投影，方才宾客满座的时候不觉得，这会儿冷清下来，再一看，忽然就觉得依然坐在院落里的投影们虚假了起来。

陆必行送完客，接过湛卢递给他的一杯冰水喝了，长吁了一口气："随便请亲朋好友吃顿饭都这么累，他们那些闹腾死人的盛大婚礼都是怎么办下来的……静恒呢？"

林静恒大概是嫌束缚，把礼服外套脱下来，搭在一把椅子上，人却没在。

陆必行："他喝了多少，不会是找地方吐去了吧？"

家政机器人们倾巢出动，开始收拾残局，夜风扫过装饰性的植物，枝叶簌簌作响，从高处绵延下来，陆必行若有所感地抬起头——只见林静恒在阁楼顶上伸长了腿，搭在一把小木椅上，这里视野很好，星空皎洁，能看见很多邻居的屋顶，此时正值银河城的干季，不少人家都把阁楼改成了露台，有些有情趣的人家里还做了小小的生态园，间或几只猫翘着尾巴飞檐走壁而过，巡视完领地、各自回家。

"以前没注意过，这片公寓住起来还真是蛮局促的，那天不知道谁家猫跑进后院,还把湛卢养的那条蛇打了一顿,吓得它现在都不敢出屋。"林静恒低声说,"我记得以前在沃托,方圆三十公顷内都是自己家的私人领地。"

林静姝的投影与他并排坐下:"墙角那棵棕榈树脾气不好,嗓门还那么大,吵死了。"

林静恒偏头看了她一眼,依稀有种回到了小时候的错觉——那时他们有很大的一个家,远离闹市区,家里的活物只有他们俩和一个幽灵似的父亲,双胞胎有时十天半月都不一定见得到林蔚一面。人工智能把园子布置得精致而冰冷,每当有风时,那些植物就会闹鬼一样地窃窃私语,这时候,双胞胎就会爬上屋顶,假装听得懂那些树在说什么,还会像煞有介事地给它们配词。

林静恒呆了呆,习惯性地接话说:"……它在和周围的袖珍椰子吵架吗?"

"在阴阳怪气地酸楼下花坛里的开花植物。"林静姝的目光穿过一排吊兰垂下来的绿帘,落在冷清下来的花园里,人工智能开始清场,投影们一个一个地消失了,贴心的湛卢让林静姝多留了一会儿,她的声音像夜空中的风铃,悄悄的、巧巧的,"它说薰衣草有狐臭,蝴蝶兰妆化得太浓,凑近了根本没法看。白玫瑰是乌合之众,非得一群一群地混在一起才有点花样,不然就像一团用过的卫生纸。"

林静恒脸上有笑意一闪而过,随后又落寞下来。那低沉轻柔,甚至带一点蛊惑意味的女声,到底与他记忆里清脆的童声不一样了,他沉默了一会儿,打开个人终端,手腕上就弹起了一条项链的投影。

白金链,坠着一只贝母和彩色宝石拼的小独角兽,闪着一圈柔和的荧光。

林静姝睁大了眼睛。

"我记得你小时候有一只,"林静恒好像有些不自在似的,移开了目光,"这个是……"

这个是他当年精心准备,循着记忆,一点一点画出来,再请人按着他的画稿定做成首饰的,本来想在她婚礼上送给她,可是临到头来,又怕激起她多余的童年回忆,好像有违他借刻意疏远来保护她的初衷,思前想后,到底还是把这条项链从贺礼里面扣掉了。

"……是……我有一次出差看见随手买的,"林静恒习惯性地用不在意的语气说,"一直没想起来给你,在白银要塞压箱底……"

后来大概在海盗的轰炸里变成太空垃圾了。

"正好你来了,带走吧。"林静恒一挥手,项链就从他的个人终端上飞出去,落在了投影林静姝的手心,两个投影智能地连在了一起。

"谢谢哥哥。"林静姝脸上绽开了一个小女孩一样的笑容,立刻戴上,摸出镜子,摆了几个角度的姿势,兴致勃勃地转头问他,"好看吗?"

林静恒先是微笑,然而很快,那笑容就黯淡了:"湛卢,你不用这样。"

不用建模,林静恒也知道,她接到项链时不可能会是这个反应的,她早就不爱独角兽了,也不会与他握手言和。她并非瞻前顾后的人,从第一天走上岔路,就已经看穿了结局。这场景明显是湛卢打破了设定,牵强附会的,可惜太假,只骗了他一秒,梦就醒了。

林静姝的投影一顿,然后她保持着灿烂的笑容,一动不动地消散在了空气中。

"不是湛卢,是我。"

陆必行不知什么时候上了阁楼,一股清冽的酒香随着夜风弥漫过来,被体温加持成放松迷离的气息。

林静恒叹了口气。

"怎么?"

林静恒:"没什么,收拾完就进屋吧,外面还是挺冷的。"

陆必行挪了一步挡住他:"你想说,要是早知道不是湛卢,是我干的,你就不说破了,会假装被我哄着开心一下,对不对?"

林静恒:"……"

陆必行:"你这个人怎么这么讨厌?"

没人敢在林帅面前散德行、灌他酒,于是宾客们灌的酒多半进了陆必行的肚子,这会儿,新任总长有些神志不清,好不容易耍了个小花招,马上就被拆穿,十分挫败,于是蛮不讲理地黏起人来,借酒撒娇。

他摇摇晃晃地往前走了两步,没看清脚下,不知道被什么东西绊了一下,一踉跄扑到林静恒身上,脆弱的鼻软骨正好撞上将军坚硬的肩,伟大的陆总长差点涕泪齐下。

"喂……"

"怎么这么硬?"陆必行不满意地皱起眉,把撞出来的眼泪往林静恒身上一抹,不等回答,张嘴就在他肩头咬了一口,"讨厌。"

林静恒"嗞"了一声,捏着他的下巴,把他的脸抬起来,端详了他一会儿,然后笑了:"你在这里,我不用假装开心。"

"什么……"他的话太绕,陆必行糨糊一样的脑子花了半分钟才完成了阅读理解,激灵一下清醒了,"等等,你说什么?"

"睡觉了,你不累吗?"

"再说一遍。"陆必行纵身追上去,"不行,你在表白!说清楚点!再重新说一遍!"

番外二 猫狗事

"现在就能给你的东西,为什么要等一两百年后?"

陆必行的老秘书长马上要退休,在边境工作的女儿就把他外孙送回了启明星,一方面是为了小孩教育方便,一方面也是怕他退休后生活空虚,给他做伴。

老秘书长这个"女儿"不是亲生的,女孩父母以前是凯莱星的公职人员,海盗全面入侵联盟的时候,昔日的第八星系首都星被凯莱亲王轰炸,全家罹难,只有她因为给移民的好友一家送行,才逃过了一劫。老秘书长当时被外派到启明星,听到消息,赶紧冒着危险亲自去接她,也恰好因为这次冒险,反而躲过了反乌会攻占启明星的黑暗时期。女孩当年十七岁,未成年,又是在兵荒马乱的战争年月,老秘书长就接过了她的监护权,成了她的养父,这一对幸存的父女相依为命多年,感情胜过亲生,老秘书长也自觉有养大一个孩子的经验。

但是很显然,庇护一个快成年的青少年,跟养一个学龄前幼崽,差别还是很大的。

老秘书长试养了外孙两天,有点怀疑人生,想跟女儿退货。

"他妈妈小时候又安静又坐得住,学起什么东西来都认真,有时候看着就让人心疼——陆总，您记得阿黛尔吧，跟那个小男孩怀特一起进工程部的，您亲自面试过，是不是很优秀？"老秘书长收拾了会议记录，给自己和陆必行一人倒了一杯热茶，愁容满面，"这孩子是她亲生的吗？"

陆必行知道老秘书长只是纯抱怨，于是笑眯眯的，不接话茬。

"就算是亲生的，肯定也是他爸的基因有问题，"老秘书长斩钉截铁地说，"要不然就是他爸教育有问题。"

陆必行吹了吹茶水上的热气："怎么了？"

"这两天正办转学手续，我就买了个家用的幼教人工智能，想先在家里教他一点简单的算术和看图识字。唉，那小子根本就坐不住，我想办法鼓励他，就跟他说好了，每天好好上一个小时的课，学完就给小点心吃，一开始还有点用，可是没两天，他还学会骗吃骗喝了，一会儿要求多吃一块饼干，一会儿要求少上十分钟的课，只要我不在旁边看着，就东摸西摸，幼教机器人每天都在告状，您说怎么办？"

陆必行："阿黛尔跟着你的时候都是大姑娘了，那时又刚刚经历过国破家亡，怎么能跟四岁的小朋友比？"

老秘书长重重地叹了口气，坐在他对面。

陆总长说："用零食诱惑他上课也不妥当，您相当于把数学和填字游戏的内在乐趣，异化成了换取'报酬'的外在动力，越这样，他就对您要求他做的事越没有兴趣，只想偷更多的懒，换更多的糖吃。"

老秘书长想了想，觉得似乎有道理。

"四五岁是心智爆炸期，小孩会变得比之前更闹、精力更旺盛，同时也更好奇，您可以试着引导他用十几分钟专心做一件事，但一个小时就太过分了。我跟您讲……"紧接着，陆总长就像个真正的育儿专家，头头是道地从"儿童生理特点"，讲到"幼儿心理与教育"，要理论有理论，要实际有实际，满口干货，整理一下，大概能直接发表成册。

老秘书长像平时记录总长重要发言一样，条分缕析地做了笔记，末了深受感动地点点头："总长，新时代的教育家啊！"

陆必行收拾好自己的公文包，一摆手："好说。"

老秘书长："对了，您不是一直念叨家里寂寞，想培育个自己的孩子吗？准备了吗？"

陆必行："……"

现在第八星系也很少有人生育了，越来越规范的婴儿培育机构到处都是，成年已婚人士只要持有抚养小孩必需的财务证明和健康证明都能申请，年满四十周岁的单身人士除以上材料，还需准备另一个人的基因使用知情同意书，也享受同等权利。陆必行喜欢小孩，也喜欢小动物，五年前他第一次辞职，本以为以后的日子就是天高海阔、在家咸鱼，于是埋头研读了一打育儿教程，准备找个靠谱的婴儿培育机构弄个娃当爹，他还接管了湛卢的厨房，每天沉迷于做饭，谁知眼看就要自学成才，晴天霹雳，他又多了五年任期。

在这个倒霉任期中，联盟和平分解，各大星系先后独立，缔结外交关系，残存的海盗势力在第八星系空脑症军团的协助下，几乎被清剿一空，少量"鸦片"芯片余毒仍在流窜，需要长期斗争，星际间成立了新的特别缉毒组，由白银四的阿纳·金牵头，空脑症平权运动也自然而然地走上前台。第八星系在天然虫洞之外，也开始和第七、第六星系联合构建新的跃迁网，前期工程推进很快，跃迁点技术又有新的突破，顺利的话，二十年内，第八星系就能重新连上跃迁网——这是翻天覆地、日新月异的五年，作为行政长官，为了给继任者打开一个良好的局面，陆必行一刻也不得闲，培育婴儿计划不得不一拖再拖。

他十分不甘心，只好退而求其次，软磨硬泡让湛卢帮他养了条狗，跟黄金蟒和变色龙一起喂。说服湛卢可不容易，除非用主人权限更改人工智能设定——湛卢坚定地认为猫狗之类的哺乳动物宠物破坏力强，还掉毛，并不是理想的生活伴侣——后来管家大人之所以同意，还是多亏了邻居家的猫。

该猫相貌异于常猫，奶牛花色，长着一张阴阳脸，膀大腰圆，是当地一霸，平时偷鸡摸狗，殴打同类，还曾多次潜入总长家后院，蹂躏花草树木若干及黄金蟒爆米花。面对统帅，竟也敢龇牙咧嘴，大胆程度堪比独眼鹰的在天之灵。湛卢考虑再三，终于同意领养一条狗，负责在外敌入侵的时候为爆米花报仇雪恨。

就这样，"林将军和工程师001的动物园"里住进了除主人外的第一个哺乳动物——一条名叫"陛下"的狗。

陛下刚来的时候接近一岁，通体漆黑，四肢修长，品相颇佳，是条威风凛凛的好狗。宠物领养处的人声称，陛下是"狗王"，聪明好驯能看家，性情沉稳不爱叫，种种特征，能同时满足几位家庭成员的要求。领回家以后，果然训练有素，很会看人脸色，连惊惧的爆米花也渐渐习惯了新室友，因为有它坐镇，恶霸奶牛猫从远处暗中观察了几天，没敢贸然来犯。

就在湛卢和爆米花都松了口气，以为抱紧狗王大腿就万事无忧的时候，奶牛猫来了一次试探性袭击。

结果狗王和黄金蟒一起被挠得姹紫嫣红。

较真的人工智能湛卢致电宠物领养处，投诉虚假宣传，对方回复："我们并没有保证过狗王的战斗力就一定很强，也不排除陛下是条亡国之君嘛。"

"终于可以退休了。"

"终于可以退休了。"

陆必行和老秘书长想起自家事，心都很累，异口同声地感慨了一句。

三个月以后，陆必行将工作交接完毕，迎来了他期盼过几十年的新生活。

这天，林静恒刚一推门，家里那位"亡国之君"就狂奔而至，叼来了居家的拖鞋。此君性情谄媚，很能看出谁不好惹，对统帅尤其巴结。

"走开，别蹭我裤腿。"制服容易沾毛，林静恒嫌弃地用脚尖拨开扑上来撒娇的大狗，问湛卢，"家里什么味？"

"墙漆。"电子管家回答，"陆校长正在书房刷墙。"

林静恒："……"

陆必行十八个独立年没休过长假，好不容易解放，精力旺盛得堪比一百个熊孩子，白天鼓捣各种稀奇古怪的玩意儿，晚上就去变着花样地纠缠林静恒。

陆必行像玩涂鸦一样，穿着个五颜六色的大围裙，把书房里一干杂物堆到了储物间，脚边围着一圈不同颜色的墙漆。林静恒上楼的时候，他正在对着门边没干的黑板墙漆比画着什么，听见脚步声，陆必行得意扬扬地回过头来："墙漆要晾几天，玫瑰味的，统帅，这几天你用书房吗？"

林静恒双手抱在胸前，靠在门口看他作妖。

"这里刷一块黑板漆好不好看？"陆必行比比画画地说，"平时可以写写画画，还可以当装饰，比如画一幅我的手绘人像，这样你在书房工作的时候，一抬头就可以看见我在旁边……"

林静恒："阴魂不散？"

陆必行瞄了一眼他眼底淡淡的青色，笑得和翘着大尾巴的陛下一样谄媚。

林静恒似笑非笑地走过来："人像是吧？不用手绘那么麻烦，我来画。"

陆必行隐约有了一点危机感，但在玫瑰味的墙漆里浸泡了大半天，熏得他反应迟钝，没来得及跑，下一刻，林静恒迅雷似的出手将他手臂拧到身后，另一只手扣住他后颈，往前一按——

一个人形轮廓就印在了没干的墙漆上。

陛下和爆米花上了楼，在门口围观了这一幕，连忙各自夹着尾巴逃之夭夭——陆必行被墙漆抹了个阴阳脸,跟那只欺狗霸蛇的奶牛猫活像一个爸爸生的。

五秒后,书房里"嗷"一嗓子:"林静恒!"

林静恒身手敏捷地躲开他一扑,几步撤到门口,顺手在外面锁了书房门。但是伟大的工程师001怎么会被区区一个电子锁锁住?陆必行三下五除二破开房门锁,决定用"伤敌一千自损一万"的方式施以报复——他狞笑一声,转身薅起墙漆桶里的刷子,照着自己头脸一通抹,把自己抹得香喷喷、一片漆黑无死角,撒丫子跑了出去。

"来接受我三百六十度无死角的黑玫瑰亲吻吧!"

无处不在的电子管家湛卢从房顶上垂下来,扫描过一片狼藉的墙和地面:"陆校长,我曾经提议您从墙漆公司订购一个自动刷,您拒绝了我。"

陆必行的声音从楼下传来:"放着我来!"

湛卢:"现在您恐怕得订购一个'拯救糟糕的家'的装修机械人套餐。"

"我说放着……"

紧接着是"咣当"一声,然后一通乱响。

湛卢落地化成人形,耸了耸肩,把企图往书房里钻的爆米花拎出来,融化进了墙壁里。

变色龙蹲在楼梯上一个漆黑的脚印旁边,瞪着一双呆滞的眼,颜色慢慢变深。

…………

这一天的晚饭被推迟了几个小时,因为主人们都被迫去洗澡了。

"谢了,湛卢。"陆必行从保温柜里端出晚饭,烤箱上亮起一个机械手图标,冲他比了个"OK"的手势,吹牛皮不打草稿的前任总长探头张望了一眼楼梯和楼道,皱着鼻子闻了闻满屋的玫瑰花香,"那个……"

一只机械手从烤箱顶上伸出来:"放着您来。"

陆必行干咳一声:"……订购个'拯救糟糕的家'套餐。"

…………

林静恒发梢略带水汽,胡乱裹了件睡衣,正闭目养神,嘴唇一凉,被人抹了一点蛋黄酱。

"起来吃点东西。"

林静恒伸手敲了敲床头柜,懒洋洋地说:"放着。"

陆必行顿了顿,又窸窸窣窣地凑上来,被一根手指抵住了额头。

林静恒一撩眼皮:"我今天开了一天会,你老实一会儿,乖。"

陆必行瞄着他,伸了个懒腰,光着脚坐在了床角的地毯上。

"你不是说要环游八大星系吗?"林静恒忽然说,"想去就去,不想去也别把绕着八大星系飞一圈的能量都用在破坏家庭环境上,好吧?我最近不想拆迁。"

"不急啊,八大星系总在那儿。"陆必行捏了一块小面包,掰两半,一半丢自己嘴里,另一半喂给林静恒,"我又不想自己去,等一两百年吧,等你什么时候有空,再……"

林静恒:"下周。"

陆必行:"……什么?"

"下周可以,"林静恒是个讲究人,虽然不管陆必行,自己却从来不在卧室里吃东西,用手接住面包,起身往外走去,"我请了年假,很多年没休过,可以累积,第八星系防务都安排好了,我陪你去。"

他说完,见陆必行没跟上来,就在门口回头看了一眼,前任总长呆呆的,一副没反应过来的样子,于是又解释了一句:"白银十卫在,也不是非常时期,不用我一直盯着。"

陆必行没过脑子,脱口问:"以前……以前白银要塞,不是也有白银十卫在,可是我听图兰说,你除了例行公事地回沃托汇报工作,没有离开过岗位。"

林静恒一笑:"那是因为我没有别的地方去。"

陆必行后知后觉地反应过来林静恒承诺了他什么，眼睛里像有两团篝火，缓缓地绚烂起来。

林静恒漫不经心地说："别把面包渣掉在地毯上。"

他想："现在就能给你的东西，为什么要等一两百年后？"

番外三 儿女

> 古典乐和林静恒……
> 无人注意的黑暗里，他莫名其妙地笑了。

十八年后。

"四号机紧急跃迁！"

"能源不够啊！我被锁定……"

"定"字刚出口就被截断，通信频道里最后一个象征伙伴的光点暗了下去，机甲紧接着发出尖叫——

导弹锁定预警！

高能粒子流预警！

机甲能源红线预警——她的备用能源被击落了。

陆果一咬牙，剩余能量不足以支撑一次紧急跃迁了，三枚导弹同时锁定了她，穷追不舍，她把速度加到了极限，几乎已经是凭着本能在躲闪，机身倏地一震，高能粒子流熔化了她最后的防护罩，导弹几乎擦着机尾而过，陆果脑子里一片空白，电光石火间，她不知回忆起了哪场战役，忽然灵光一闪，掐算好了时间，卸载了一半机身。被抛弃的部分刚刚脱离，就被两枚导弹同时击中，碎片暴风似的飞出，她刚好躲在"台风眼"处，没有被爆炸波及，而机甲只剩不到四分之一的质量，剩下的能量刚好可以把她传递到最近的跃迁点。

熟悉的失重感传来,紧急跃迁成功了!

陆果整个人被保护性气体包住,下意识地松了口气,然而这口气没松到底,她眼前忽地一黑,被弹出了模拟舱。

"什么情况?"少女愣了好一会儿,"我刚才明明……"

眼前的屏幕重新亮起来,从外界视角给她回放刚才发生了什么——她紧急跃迁的瞬间,"敌人"就预料到了她的落点,精准地释放了跃迁干扰,截断了机甲和跃迁点之间的能量勾连,然后就在她自以为成功脱逃、最放松的一刻,给了她致命的第四枚导弹。

陆果惨叫一声:"啊!怎么会这样!"

耳边响起男人不紧不慢的声音:"因为你逃起来慌不择路,还不肯紧急跃迁,一看就是能量不够,得减重才能跑,这种情况下,为了保证跃迁成功,当然选直线距离最短的跃迁点,怎么,你的落点很难猜吗?"

陆果:"……"

头顶的舱门滑开,陆果重重地吐出口气,不甘不愿地爬了出去。这一组的同学全都灰头土脸地站成一排,等着听训,陆果瞥了旁边的男生一眼,小声问:"没事吧?"

男生痛苦地摇摇头,脸色惨白,紧张得快吐了。

军靴点地的声音响起,所有人的脊柱不由自主地僵了僵。

这里是第八星系自卫军直属院校——独立军校,正好是期末考试周。三年级生的期末考试会有额外的模拟实战科目,每年都有来自第八星系自卫军的高级军官亲自下场陪练。据说运气最好的一届学生,赶上了阿纳·金将军当陪练,金将军说话像唱歌,放水放得水漫金山,让那一届学生的平均分高得空前绝后。可惜金是星际缉毒组的牵头人,常年在外星系出勤,很少出现。碰上托马斯·杨将军和拜耳将军也不错,托马斯会提前给考试大纲,非常人性化。拜耳将军和白银十凶名远播,但对青少年们格外地宽容,他来考试的时候会点到为止,保证绝大多数人安全过关。泊松·杨将军会在模拟战前加理论考试，能分散分数风险，算有利有弊——理论苦手容易抓瞎，实操苦手们就比较欢迎他了。李弗兰将军话很少，扣分很严。图兰将军则比较随便，全看心情，心情好了就睁只眼闭只眼，心情不好就很容易搞出教学事故。

最怕碰上柳元中将军，此君是白银十卫的主力军，骚操作很多，只要露面，必然超纲。

因此，每年学生们都会在考试前疯狂转发"柳将军烧香"的照片，企图用信仰之力御敌于考场之外。

今年，是独立军校建校以来第二十一次模拟考试，学生们"拒绝黄拒绝赌拒绝柳将军"的意念感天动地，于是柳将军果然没来……但这次的考官是统帅林静恒本人。

一开始听说统帅要来学校，学生们都乐疯了，奔走相告，纷纷朝亲朋好友们花式显摆。不料又听说统帅是来考试的，乐疯了的学生们于是真疯了，跪着爬回来，准备补考费的准备补考费，写遗书的写遗书，不知道是何方瘟神混进了这一届当中，拉着全体同学"中大奖"。

"罪魁祸首"陆果同学可能是被念叨多了，实在没憋住，打了个喷嚏，立正状态又不敢揉鼻子，只好用力吸溜了一下。

那瘆人的脚步停在她身边，没人敢斜眼看。

"三分零五秒，全体阵亡，"林静恒的目光没在陆果身上停，淡淡地扫了这群鹌鹑一眼，问旁边的助教，"你觉得给及格说得过去吗？"

助教很是艰辛地挤出了一个笑容。

三分零五秒，已经是目前为止的最长纪录，有一组据说不到一分钟就被统帅撸光了。可是独立军校整个三年级全体补考是要上新闻的，助教不敢吭声，准备一会儿联系校长，亲自找统帅沟通。

"稍息。"林静恒翻了一下个人终端里的记录本，"一号机学员。"

"到！"

"都三年级了，实操过程中精神力上下浮动超过10%，你们老师没告诉过你,考试之前要先把脑子里的弹簧卸了吗?"

一号机学员快哭了。

"二号机。"

"到……到。"

"你的武器库不是被击中的,当时只是被扫了个边,从过热到爆炸,中间应该有五秒预警,为什么不及时卸载?这么会过日子,是不是要我给你颁个艰苦朴素奖?三号……"

三号就是那个一直哆嗦的男同学,刚被点了个名,此君的精神就已经绷到了极限,直挺挺地扑地,晕了过去。

林静恒面无表情地从他身上迈了过去:"医疗舱拉走,劳驾,顺便把地板擦一下。"

把每个学生都精神凌迟了一遍,他停在了陆果面前:"十六号。"

陆果立正:"到。"

林静恒看了她一眼:"这门课叫什么?"

"报告,'太空机甲战斗实操'。"

"哦,"林静恒轻轻地一挑眉,"是吗,我还以为叫'一百个星空小故事'。你基础不牢,科学操作意识约等于没有,一被围攻就没头苍蝇一样到处乱跑,为什么不扎实学你该学的,要去生搬硬套那些经典战例里的极端操作?爬都不利索,你就想跑马拉松,战场上死得最快的不是精神网都铺不出去的废物,就是你这种喜欢耍小聪明的。"

陆果偷偷地看他,对上那双冷冷的灰眼睛,委屈地把眼皮一耷拉。

林静恒:"……"

后面的长篇挖苦忘词了。

这场噩梦一样的期末考试结束后,三年级学生像集体服食了泻药,互相支撑着从模拟中心爬了出来。

"你什么时候死的?"

"一分半,精神网上撸下来的。你呢?"

"……刚下场,可能还没连上精神网吧?"

"我苟延残喘了两分钟。"

"你比我强,我都没喘,我进去就憋了一口气,没憋完就给弹出来了。"

"对了,去年及格线多少来着?"

一片沉默。

陆果弱弱地说:"好像是二十五分钟。"

学生们各自翻开网店,搜索起物美价廉的骨灰盒。

陆果又大喘气地补充了一句:"……不过我最后一个出来,看见校长擦着汗跑来了,可能是来求刀下留人的。"

这天的校长信箱炸了,据不完全统计,校长先生总共收到了五百多面锦旗,统一定制,上书"妙手回春,救我狗命"。

考完试就可以离校了,陆果要带回家的行李不多,机器人给她打好包,一个双肩背包就装下了,她匆忙检查了一下,换下学校制服,穿上便装,快步往外跑去。

"陆果,晚上'断头饭',去不去?"

陆果把双手拢到嘴边:"我爸来接我啦!"

周围一片失望的叹息,她笑起来,朝偷偷瞄她的人吹了声长口哨,蹦下了石阶,短短的自来卷也跟着上下起伏。学校门口停着一辆低调的私家车,一个亚麻色头发的高个男子接过她的包,在她头上拍了拍,每次来接陆果的都是他,久而久之,大家都以为他就是陆果的父亲,那是个很有气质的男人,看得出她家境不错——以及金发碧眼果然不容易遗传下来,陆果长得和他完全不像。

"湛卢!"

亚麻色头发的"男子"给她拉开车门:"先生在里面等您。"

陆果探头一看,车里果然有那位刚才把学生吓晕的先生,于是像小时候那样手脚并用地爬上了车。

"爸爸!"

林静恒正批阅着什么东西，"嗯"了一声，没抬头。

陆果居然一点也不怕他，带上车门就往他身边爬，控诉道："老爸，你好凶啊。"

"我哪句说的不是客观事实……你给我下去，多大了！"

陆果嬉皮笑脸地趴在他肩上，扒下他的胳膊，有声地在他脸上亲了一大口。

林静恒皱着眉擦掉脸上的口水，保持严肃："像话吗？我像你这么大的时候已经入伍了。"

陆果毫不在意地左摇右晃："那你像我这么大的时候，有我可爱吗？"

林静恒："……"

"自卫军直属院校学生在校期间视同预备役军人，坐有坐相。"

"我不，"陆果翘着小尾巴，"我现在没在校，也没有穿制服，暂时不是军人啦。"

林静恒快让她气笑了："那你是什么？"

陆果臭不要脸道："我是小宝贝呀。"

小宝贝没心没肺，转头忘了考试时留下的心理创伤，从独立军校门口一直唠叨回启明星的银河城，竟丝毫不见口干舌燥，把林静恒烦得只想粘住她的嘴，觉得这小崽子真是深得其父真传……另一位父亲。

陆必行一直希望有个灰眼睛的女孩，不必太漂亮，她会带着林家人特有的静气，但不要有那么多幽微又沉重的心事，这样，照顾她、保护她平安快乐地长大，或许可以稍微弥补一点林静恒不曾对任何人宣之于口的遗憾。

不料灰眼睛的女孩来了，是个猴。

该猴完美地继承了陆必行的好奇心与林静恒的破坏力，在不要脸方面更是青出于蓝，是个敢在统帅黑脸的时候顺着他的裤腿往上爬、一边爬一边撒娇的"英雄"。

"回来了！"陆果进门就把鞋踢飞了，"嗷"一嗓子号道，

"老——陆——你的亲亲小宝贝回来啦,有没有想我?!"

客厅角落里,一个坐在钢琴前的少年瞥了她一眼,顺手撩起一串音符。

"哦。"陆果撇撇嘴,"知道了,小洁癖。"

说完,她规规矩矩地把踢飞的鞋捡回来摆好。

少年眼睛轻轻地弯了一下,又在钢琴上按了几下。

陆果一摆手:"能好吗?老爸亲自下场,不过学校应该不会让我们集体不及格的。"

少年手底下的钢琴声活泼了一点。

陆果一顿,随后跳起来扑了上去:"你才胖了!"

他俩一个弹琴一个说话,用的不是一种语言,交流起来却居然毫无障碍。

陆必行从楼上下来,接过随后进来的林静恒的外套,纳闷地说:"奇怪了,都是我养大的,我怎么就没练就这种听音辨意的特异功能。"

少年看见林静恒,顺手把陆果的脸按在了键盘上,这才站起来,惜字如金地打招呼:"爸。"

少年叫林然,当年是跟陆果一起培育的,人工培育的双胞胎,也没有什么兄妹、姐弟之分,谁有求于谁的时候就认谁当老大。平时陆果看心情称呼,心情好了就叫"美男",心情不好了就叫"小洁癖""臭哑巴"。

林然则比较从一而终,一直管她叫"炸弹"。

从小就喜欢开着儿童仿真机甲满屋飞的陆果选择了独立军校,林然却出乎所有人意料,走了艺术路线,刚刚在古典乐坛崭露头角,进了个知名的星际乐团做钢琴手,正跟着乐团满世界巡演,误打误撞地满足了陆信当年的心愿。

让陆必行比较遗憾的是,两个孩子谁也没进星海学院。不过林然的乐团抵达第八星系的第一站,就选在了星海学院的星空礼堂,陆校长提前给自己留了几张VIP票。

"果果，你别动他头发，刚做好的造型，要不是为了等你早走了。"陆必行说，"小然，赶紧换衣服，先让湛卢送你回乐团候场，一回家就乐不思蜀，还得坐星舰呢。"

兵荒马乱地送走了林然，又收拾了一通，他们总算在傍晚之前抵达了星海学院。星海学院位于北京β星附近的人造空间站上，一整座空间站全是学校的，因此没有所谓"大门"，星舰没落地，就能俯瞰到穹顶的礼堂，灯火中分外显眼。学院已经放假了，学生们都不在，各地的古典乐爱好者与附庸风雅之徒蜂拥而至，星舰收发站异常繁忙，直到演出快要开始才安静下来。

灯光熄灭，陆必行最得意的星空穹顶熠熠生辉，细碎地落在正中的舞台上。

音乐从无数个声道里钻出来，一瞬间就将时间和空间浓缩在五线之内，汹涌而来。

行至中场，乐声暂停，全场掌声雷动。

林静恒视力极佳，一眼就能看见钢琴边上的少年，林然十分显眼，站起来向观众致意的时候，影子被一束舞台边打来的光长长地拖下来，是很有艺术感的构图。林静恒忽然走了一下神，没想到自己脑子里竟有一天会闪过"构图"两个字。年少时，他常常独自出巡在静谧的星际里，偶尔关闭重力系统，人飘在机甲中，精神就顺着精神网延伸出去，那时，他以为自己注定了要独自葬在无尽宇宙中，谁会想到，有一天他竟然也会为了陪伴家人，穿上很不适应的礼服，安静地听一场丁点也听不明白的古典音乐会呢？

古典乐和林静恒……

无人注意的黑暗里，他莫名其妙地笑了。

就在这时，肩头一沉。林静恒一偏头，发现陆果已经靠在他肩头睡着了——说来也奇怪，陆果这个能跟林然用琴声对话的"知音"，完全就是个乐盲，只要弹琴的不是林然，对她来说，再高大上的音乐也跟鸟叫一样,全然欣赏不了,她只会听那些嗷嗷号的野路子口水歌。

"没有艺术细胞。"林静恒叹了口气,放松了肩膀,把她略微拢过来一点,让她靠得舒服些。

台上,新的乐章开始了,像细碎的风,先是卷过山岩,与沿途草木窃窃私语,忽地又冲上云霄,放浪形骸起来——

漆黑静谧的坐席上,陆果的口水在统帅的肩头画了一块地图,陆必行手很欠地去揪她的头发,被林静恒轻轻捏住手腕。

星海学院的礼堂门口,一个老学者形象的雕像矗立四十余米,是个仰望星空的造型,他脚下的石碑上刻着雕像原型生前写过的一段演讲词:

"比金钱更珍贵的是知识,比知识更珍贵的是无休止的好奇心,而比好奇心更珍贵的,是我们头上的星空。"

全新番外一　家

"老爸在，有什么可怕的。"

新星历241年8月底，林静恒在乌兰学院的第一个暑假余额不足。

暑假，他应学校机甲设计专业导师的邀请，到第一军工厂见习了一个月，过得比在校期间还忙碌，及至快开学，才回到沃托的监护人家里，刚一进门，他就愣了一下，因为看见九环的机甲车停在前庭院。"九环标志"是联盟上将才能用的，这是陆信在沃托的专车。可是非年非节，陆信不是应该在白银要塞吗？

他快步走上楼梯，听见湛卢熟悉的问候声在门廊里响起："您回来了，暑假愉快吗？"

林静恒简短地"嗯"了一声，在门廊换好鞋，一边推门一边问："你们怎么回来了，家里出什么事了吗？"

湛卢："是的，家用医疗舱忽然通知……"

他这话没说完，林静恒刚一开门，眼前就有一道黑影扑过来，然后他整个人被举了起来，悬空转了两圈半。林静恒艰难地抓住门把手，面红耳赤地吼了一声："你被疯狗咬了吗？吃饱了撑的！"

陆信笑容可掬："嘘——"

林静恒狼狈地从他手里挣扎出来，十五岁的少年正在疯狂地长个子，瘦成了一张纸片，自觉心比身提前成熟了一百岁，已经是个什么都懂的大人，被陆信那大猩猩一只手箍着腰举起来十分伤自尊，他双脚落了地，立刻躲开陆信两米远，鼻子不是鼻子眼不是眼地整理衣冠，顺便赏了陆将军一个白眼。

"不要叫，"陆信压低声音说，"她睡了。"

林静恒一愣，想起湛卢刚才没说完的那句"家用医疗舱"什么的，顿时有点紧张起来："穆勒阿姨怎么了？"

陆信看了看他，表情一瞬间有点扭曲，想笑，还想努力装出一副悲苦忧虑的样子，于是眉眼嘴角耷拉下来，成了一副不伦不类的怪样，林静恒没看明白他复杂的面部表情，皱起眉问："好好说话，你做什么鬼脸，到底怎么了？"

陆信："……"

他本想作怪吓唬这小孩一下，没想到因为太高兴了，临场发挥不佳，于是朝林静恒勾了勾手，示意他附耳过来，神神秘秘地宣布："她要生小宝宝了！"

林静恒先是一愣，拧起的眉没打开，少年老成地问："多久了？家用医疗舱需要进行相应的配套升级吗？还有，你俩为什么没选择体外培育，自己生对身体不好，再说不耽误她工作吗？"

"……"陆信被他这一连串的务实追问堵了个哑口无言，好一会儿，他才颇为噎得慌地一揽林静恒的肩膀，叹了口气，"宝贝，爸爸用'你妈妈就要生小宝宝'这种句型跟你说话的时候，你应该开心地回答'真的吗？是小弟弟还是小妹妹？什么时候出来和我玩呀'，而不是在这儿操心这些大人的事。"

林静恒从小就不喜欢肢体接触，快走两步避开他的魔爪，用眼神明晃晃地质问："你别是缺心眼吧？"

陆信无奈地看着他那张一本正经的小脸，一把将他薅过来强行镇压："我看你再给我装成熟！二十岁以前能随便撒欢的日子过一天少一天，不知道珍惜，等你真长大了，百分之百会后悔自己虚度年华，信不信？哎哟喂，你还挣扎，腰还没有我腿粗，中二病的小东西……我打你屁股哦！"

林静恒暴跳如雷，又怕吵到穆勒教授，只能压着嗓门咆哮："你给我放开！"

其实房子这么大，楼板又有隔音降噪效果，只要把卧室门关好，就算机甲车开进来穆勒也听不见，就他当真，色厉内荏地张牙舞爪，陆信怎么看怎么觉得好玩，于是没心没肺地咧开嘴大笑："咬我啊，哈哈哈哈哈。"

少年林静恒无计可施时，只好施展自己的终极大招，冷战——很多年以后，他长大成人、翻云覆雨，依然没多大长进，被身边的人气急了还是只会这一招。

把自己锁在房间里，习惯性地摊开一本书，林静恒却半天没看进去，脑子里总是乱哄哄的，也不知道在乱什么，莫名其妙焦躁，在个人终端的提醒下，他心不在焉地洗漱干净躺在床上，还是睡不着。卧室灯暗下来，林静恒房间的屋顶是陆信特意找人设计的，很昂贵的裸眼自然星空效果，置身其中，不用伊甸园，也有躺在浩瀚星河下的感觉——林家早熟的双胞胎在政治旋涡里长大，都有点敏感，尤其后来静姝被管委会带走，林静恒开始更加排斥伊甸园，初等教育结束后，一直屏蔽至今，陆信看出来了。陆信大大咧咧，看着是个不着四六的男人，其实待他真的很用心。

仿真的儿童机甲静静地立在床边，好像一个温柔的守护者。少年林静恒注视着斗转星移的屋顶，纷乱的心绪沉淀下来，下面藏着的念头于是忽忽悠悠地浮了出来。

他想："他们就要有自己的孩子了。"

这念头一起，他那自以为"一百岁的心理年龄"就默默地退缩回十五岁……甚至更小，脆弱的安全感瑟瑟发着抖，还要强撑着面子不肯露出来，这让他筋疲力尽，并觉出了难以言喻的孤独。

忽然，卧室门"咔嗒"一声，被人用指纹刷开了——陆信把他领回来的时候，考虑到男孩还有一两年就要进入青春期，需要独立空间，所以第一件事就是教会他怎么更改卧室房门进出权限，但林静恒一直没改过，五年过去了，陆信和穆勒依然有这间屋子的进出权限。

林静恒心里正难受，只想独处，于是刻意放慢了呼吸，闭眼装睡。谁知讨厌鬼陆信见他"睡得挺香"，就很不客气地伸手推他："哎，醒醒，老爸跟你聊几句。"

林静恒一把按住他冲着自己脑袋去的爪子，睁眼瞪他。

陆信大马金刀地往他床头一坐："没睡着吧？"

林静恒没好气地说："让你吵醒了。"

"不可能，你要是真睡着了再被我弄醒，早该挠我了。"陆信得意扬扬地拆穿他，"哪儿有这么冷静？"

"大半夜的，你到底有什么事？"

陆信仗着蛮力把他往里一挤，占了他半张单人床，人高马大地往上一躺，就把少年挤得几乎要贴墙，他老人家还好像躺得不舒服，左蹭右蹭地换姿势，一边把小床板压得"嘎吱"乱响，一边还唉声叹气："你这个床怎么又硬又窄？不是可以调硬度和宽度吗？"

林静恒咬着牙："招待不周，麻烦您赶紧移驾。"

陆信看了他一眼，打开了床头的阅读灯，乳白色的光薄纱似的落下来，男人锋利跳脱的眉目看起来柔和了不少，他突然说："其实今天听说这事，你不怎么开心，对吧？"

林静恒目光一闪，很快用不耐烦的表情掩过去了："难道非得跟你一样上蹿下跳才叫开心吗？我们人类没有这个风俗习……"

陆信就抬手按在了他头上，林静恒下意识地把脖子梗了起来，因为大猩猩下一个动作准是要把他脑袋往下压，可是这次，陆信居然没有手欠，只是轻轻地抚过他的发梢，低声说："你进了乌兰学院，就知道自己将来要走一条什么样的路了吧？小静妹在管委会，没有自由，以后你俩再互相惦记，她也肯定会跟你聚少离多。"

少年脸上的阴郁一闪而过，正要说什么，陆信却"嘘"了他一声："这也是为了保护她，懂点事吧，孩子啊！我看得出来，你不是那种甘心庸碌一生、随波逐流的性格，将来，一个有实权的军方人士，要是跟静姝关系过于密切，你俩会互相变成对方的软肋，被人拿着打……等你长大就知道了，在一些很复杂的环境里，如果你没有足够多的底牌，爱谁、恨谁，都不能让人知道，就像伍尔夫爷爷不肯替静姝争取一下，并不是因为他心里没你们，懂吗？"

少年心里一动，朦朦胧胧的，似懂非懂，犹疑地看着陆信。

陆信却不肯再和他往深里说，话锋一转："扯远了——我是想说呢，老爸今年一百四十多岁了，比你大一个世纪还要多，将来我们这些人都是要走在你前边的，到时候亲人都没有了，静姝离你又远，你怎么办？"

林静恒正在中二期，又是个天生的别扭鬼，总是习惯性地跟大人顶嘴，可是这时候，"我断奶了"四个字分明已经涌进了他的喉咙，却不知道为什么说不出来。陆信是联盟第一战神，他想不出这个人衰老的样子，也不肯去想象将来陆信也会像他的亲生父亲一样，悄无声息地离他而去。单人床很窄，陆信宽厚的肩和他靠在一起，把少年挤进了墙角，生机勃勃的体温弥漫过来，笼罩过少年有些冰冷的手脚。体温那头的男人不知想起了什么，好半天没吭声，眼皮垂下来，像是困了，半睁不睁的。

"静恒啊，"他沉默了一会儿，说，"之前跟你打赌，是开玩笑的。比起奖学金，我更希望你将来能活得有滋味一点、快乐一点。我希望你多交些好朋友，等再大上几岁，去谈恋爱也很好，不要像那些沃托人一样孤僻冷漠，将来结一场比生意还冷漠的政治婚姻，过那种展览似的'标准'生活给别人看。可是……交心的朋友和真爱的人，都不是那么容易遇到的，特别是在这种地方，如果你运气不够好，一辈子遇不到一个也不稀奇，要真是那样，我希望你起码还有个亲人，这孩子将来会和你一起长大，知根知底，以后等我们都走了，也能和你互相照顾。"

林静恒闷闷地应了一声："……嗯。"

他的手腕轻轻地压住了陆信上衣的一角，过了一会儿，又有些含混地说："你才不会死。"

"人都是要死的。"陆信笑了起来，摸了摸他的头发，"一般家里年纪比较小的孩子都不会太有出息，以后咱们家就让大宝贝专门负责出息，小宝贝专门负责给大家带来快乐——怎么样？有没有感觉自己身上的担子忽然被分走一半，轻松了不少？"

林静恒听着陆信絮絮叨叨的话语，弓起的脊背慢慢放松了下来，他那渎职的生物钟终于再次上岗，给他带来了一点困意，他往下滑了一点，把手垫在自己脑后，紧抿的嘴角露出了一点吝啬的笑意。

旁边的陆信已经开始开豁了脑洞，给没出生的孩子规划职业路线："……工程师不错，可以去穆勒他们学校，音乐家也不错对不对？正好可以用当年给你预备的那架钢琴，省得它老在客厅里积灰，还可以再找梅老师一次。"

梅老师全名梅青，是当代著名古典音乐家。林静恒没定下未来职业方向的时候，陆信差不多把自己各行各业所有的人脉都发动起来了，让他挨个去试，因为伊甸园给林静恒的初等教育结业评语里说他"内倾人格、感性、高度自律"，适合的职业取向里面有"艺术方向"，而陆信在艺术界的朋友不多，拐弯抹角才联系到这一位，送他去试上了一节豪华私教课。

"哎，说起梅老师，"陆信忽然想起了什么，"你怎么上了一次课就不去了？一直也没告诉我为什么。"

林静恒本来快睡着了，一下清醒了，干巴巴地一翻身，用后背对着他："坐不住，不喜欢。"

陆信不依不饶地去掰他的肩膀："啊？不会吧，你坐不住谁坐得住？到底为什么？偷偷告诉我，我不告诉别人，穆勒也不说！"

"……吵死了，出去！"

第二天，林静恒起床的时候，陆信已经赶回白银要塞了，他在家用管家系统里留了湛卢的备份和一份儿童房改造计划草稿，并且托湛卢转告林静恒，新的家庭成员是全家人的大事，他也有光荣而艰巨的任务——要负责在开学前完善这份草稿。

林静恒天性认真执拗，接了这个任务，自己的开学行李都没顾上整理，闷在工作间里好几天，恶补了一堆《儿童心理》《学龄前教育》《室内设计》之类的书，然后搜肠刮肚地翻出自己那十岁之前就干枯的童心，小心翼翼地在儿童房和一楼大厅之间加了一个特殊的通道——一个时空隧道一样的大滑梯。

乌兰学院开学上二年级，林静恒一走半年，新年假期才能回家，刚一跨进家门，就被陆信迫不及待地拎到了儿童房，儿童房已经完全布置好了，隐藏的惊喜大滑梯装好了最新的智能安全系统。

"这么早就做好了？"又长高了半寸的林静恒故作老成的本领又高了一些，十分稳重地背着手四下看了一圈，觉得成品还算满意，就是陆信太着急了，"还凑合吧——自然怀孕期不是三十八周左右吗？"

陆信："……让你随便改两笔，你到底看了多少没用的闲书，怎么连这也知道？"

"人类生理常识而已，需要看书才知道吗？"林静恒用"你以前不知道肯定是因为你不是人"的目光鄙视了陆信一眼，猝不及防地被陆信拎起后脖颈子，一把塞进了滑梯。

这小子长高半寸，分量没变。

林静恒的"稳重老成"破了功："你有病啊！"

陆信在入口"哈哈"大笑："早点完工，当然是为了你寒假回家能玩啊，好玩的东西当然要先留给我家大宝贝。"

林静恒身体反应很快，迅速调整好了平衡，气沉丹田，准备好了一肚子毒液，打算喷陆信一个狗血淋头，忽然，通道里涌起了一股温柔的香味，是穆勒教授经常买的洗涤剂味道，全家的衣服和床单都是这种香味，非常温暖，好像刚刚烘过，扑面而来的时候，像是要把人陷在里面,林静恒一闪神,满腹的冷嘲热讽忘了词,反应过来的时候,他已经滑到了底,以假乱真的"陆信"赫然站在他眼前,朝他伸出一只手:"老爸在,有什么可怕的。"

"所以你也坐过那个滑梯吗?"很多年以后,第八星系的启明星银河城,陆必行眼睛亮晶晶地盯着林静恒。

林静恒端着湛卢给他的红茶,循着悠远的茶香,轻轻"嗯"了一声。他刚刚以校董的身份参加完新星海学院的开学典礼,礼服还没有换下来,只要不穿军装制服,他身上就总带着几分近乎忧郁的禁欲气息,端着茶杯的手指修长,不言不动的时候,看起来真的像个古典音乐家。陆必行的目光落在他的手上,于是一不小心跑偏了重点:"所以……那个听着很厉害的梅老师名不副实吗?你为什么上了一节课就跑了?"

林静恒假装没听见这个问题,端着茶杯,转身就走。

"喂!"

梅青老师是一位才华横溢又不恃才傲物的女士,对小孩很温柔,脸上总挂着春风似的微笑。

然而……

那春风似的微笑在听完小林静恒试唱曲谱之后裂了。

"亲爱的,"她在那童音清澈,但跑了八万光年的歌声里,语重心长地说,"回去和你爸爸说,你这辈子啊,可能是跟音乐有缘无分了。"

全新番外二　信徒

可是我亲爱的第一个信徒，当年你让我等两个小时，
我却乖乖地坐在地下室等了你一整天。
你呢？说好的，等到我五十岁，就带你去沃托看将军府呢？

养一个孩子有多难呢？在第八星系，这是个挺矫情的问题——这里没几家正规的培育机构，大部分孩子都是母体分娩，他们就像山猫野狗的崽儿一样，莫名其妙地被人生下来，跟着穷困潦倒的父母饥一口饱一口瞎混，运气好的，能平安无事地熬过青春期，就算是个人了；运气不好的，破布一卷收进垃圾里，从哪儿来回哪儿去。

可要是问独眼鹰，那真是能问出一口血泪。

陆必行"五岁"的时候，厌倦了那些大同小异的童话故事，于是在独眼鹰又拿画满了愚蠢小动物的儿童画册来讨好他的时候，他说了一句让军火贩子哑口无言的话。他说："我不要看这个了，每个故事结局都是跟朋友一起幸福愉快地生活，都是假的，对不对？世界上根本没有朋友，我就从来没见过。"

"五岁"的陆必行是不可能有朋友的，他连自己的身体也没有，他生活在一个高度智能的营养舱里，复杂的传感器就是他的五官六感，透过这些传感器，他每天睁眼"看见"的都是同一间实验室、同一个人，就像一种飘在世界边缘的意识。

五年里，独眼鹰几乎放弃了一切个人生活，营养舱里的小生命脆弱得像狂风巨浪下的沙堡，稍有疏忽就会彻底消失，所以他不敢让任何人接近实验室，每天匆匆处理好外面的事，就赶回来陪着营养舱里的小小意识，不厌其烦地和他交流。陆必行在营养舱里一睁"眼"都能"看见"他，睡着了，他才会偷偷离开一会儿。

后来，陆必行终于有了个小小的、脆弱的身体，但是很长一段时间内，这身体有和没有没什么区别，他依然只能靠营养舱活着，用传感器代替感官。儿童探索世界的好奇心是实验室关不住的，育儿书上也说，把他长时间地关在一个地方，对他的身心健康没好处。独眼鹰于是异想天开地教他如何用营养舱里的智能系统联网，通过侵入凯莱星上的监控镜头去观察外面的世界。

没想到陆必行对此热情很高，他不能像普通孩子一样体会游戏的乐趣，想出去想得发疯，于是把醒着的时间全用在翻阅那些佶屈聱牙的书本上，"被迫"长成了一个神童。有一天，独眼鹰来看他的时候，见儿子用电脑屏幕给他展示了一幅小黄图，并好奇地问这是在做什么，他才发现自己的个人终端被这小子入侵了。独眼鹰先生大惊失色，他本人因为不学无术，个人终端里的休闲读物只有两种——色情文学和恐怖故事。独眼鹰连夜修改了个人终端加密，以防万一，又把自己的成人读物都删干净了，换上了一堆心灵鸡汤读本。

不管陆必行本人信不信书里写的东西，但这段早期的阅读经历，还是很大程度上影响了陆总长长大后的品位。

过了八岁，陆必行终于完全摆脱了传感器，睁开了自己的眼睛，同时，他的"快乐童年"也结束了，他深深地明白了什么叫作"心为形役"——当他的大脑不再对接传感器，而是切实地跟非原装的身体强行组合在一起时，不配套的大脑和身体就成了一对离不了婚的怨偶，谁也不听谁的，每天互相掣肘。连简单的个人终端操作，他都要花上一两个月才能磕磕绊绊地适应一根手指来戳。生活对小小的陆必行来说，开始变得度日如年。一个八岁的孩子，要求他"身残志坚"，实在是有点强人所难,而病痛对人性格的影响往往超出人们预料,陆必行很快就从一个好奇心旺盛、聪明专注的孩子,变得毫无耐心、阴沉又暴躁。而他甚至没法经常用摔东西和大吵大闹来发泄情绪,他没这个力气。

独眼鹰看在眼里,急得长了一嘴没完没了的口腔溃疡——喷完药消下去,两三天又会阴魂不散地长回来。可是他没办法,"女娲的魔法"必须要经历这最后一步,痛苦也是,如果男孩不能适应,他就永远无法拥有自己的身体,永远不能像正常人一样生活。这个罪他必须受,没有人能代替他……哪怕把当年害死穆勒教授的联盟狗杀光也无济于事。

陆必行开始变得沉默寡言,有一天,他花了两个小时,砸碎了屋里所有的镜子,从此不再和人说话,也不再对外面的世界感兴趣,再也没有登录过凯莱星的路网监控,只把自己关在空屋子里,用他不灵便的手写写画画。独眼鹰无意中翻阅,发现他近期的阅读记录全是关于机甲和武器的,甚至自己设计了一整本大规模杀伤性武器——虽然大部分属于异想天开,技术含量有待商榷,但是能让人从中看出他想把联盟八大星系下油锅炸一炸的意思。

独眼鹰心惊胆战,生怕把陆信的儿子培养成一个反社会,只好再次开始花大量的时间陪伴他,希望这孩子能对他发发脾气,稍微纾解一点,反正老军火贩子皮糙肉厚,打不坏也挠不坏。

但不知道陆必行亲生父母中哪一方的基因,在他的本性中镀了一层挥之不去的温柔底色,他似乎一直记得独眼鹰在他很小时候的陪伴,小心翼翼地不舍得辜负,虽然不再和独眼鹰交流,但老波斯猫在的时候,他却总是勉强自己忍痛平静,不肯向这个父亲伸爪。

独眼鹰于是灵机一动,试图利用陆必行对自己的容忍,循序渐进地挤进那孩子自我封闭的世界,陆必行不说话,独眼鹰就假装看不懂他的脸色,每天强行把他抱到轮椅上,推着他在院里转一圈,第一天出去的时候,陆必行手背上的青筋都快爆出来了,在濒临爆炸的边缘,幸好独眼鹰也不算太离谱,把家里的闲杂人等都清出去了,院里、农场里都和小屋里一样寂静无声。这样推了几天,陆必行渐渐适应了和"屋里"一样安静安全的"外面",倒没有一开始那么抗拒了。

就在独眼鹰欣喜于他的进步、准备再把他往外引一步时,有一笔军火生意出了问题,需要他亲自到星系边缘的秘密航道上解决,独眼鹰临走时一百万个不放心,喋喋不休地嘱咐了陆必行一个小时,反复承诺自己最多走一天,四十八小时之内一定回来。陆必行照例一声不吭,不给他反应,等独眼鹰走到门口的时候,不知又想起了什么,又打算匆匆忙忙地转回来补上。

"像个焦虑地追自己尾巴的大猫。"陆必行看着他,忽然这样想,于是幅度很小地笑了。

独眼鹰看见了他那稀罕的笑容,一瞬间忘了自己要说什么,语无伦次地说了些"爸爸给你带礼物"之类的废话,慌张地走了,才出门,右眼眶就湿了——他左眼是人造的,没有流泪功能。

他以为一切都在变好。

然而,独眼鹰走后的第二天,陆必行的智能轮椅因为沿着同一条线路走了无数次,记录了路径习惯,到了点,它就自作主张地把腿脚不灵便的男孩推了出去。独眼鹰不在家,陆必行不想自己出去,于是试图让自动轮椅回转。可是他的手指实在太不灵便了,一不小心就从控制面板上滑开了,轮椅卡在了电梯内的扶手上,等他一头冷汗地把自己和轮椅弄下来的时候,电梯已经把他送到了地下六层。黑洞洞的电梯门打开,轮椅滑了出去,他面前是一个禁止出入的电子门。陆必行对着上面的骷髅头警告牌发了半分钟的呆,鬼使神差地对接了自己的个人终端。

独眼鹰的电子锁和他个人终端的加密方式一模一样,陆必行除了手抖以及好久不说话发不出语音命令之外,就没有别的障碍了,他把精力集中在手上,花了五分钟,勉强稳住了几根不断痉挛的手指,破解了电子锁的加密……徐徐在他面前展开的,是一个人面蛇身、被囚禁在营养舱里一动不能动的异宠。

陆必行永远也忘不了那美人蛇的样子,她的四肢被维系生命的营养系统固定着,扭曲成一个奇怪的姿势,面朝他,见有人来,她目光里连丝毫的波动也没有，空洞、麻木，好像已经不在乎生死，不在乎赤身裸体地展览，如果不是胸口微微起伏，她就像一尊丑陋怪异的蜡像。

等陆必行反应过来的时候，他已经抽出旁边被休眠的安保机器人身上别的激光枪，一枪打穿了她的头——那是他有生以来，第一次用双腿站起来，第一次见血杀生……而手竟没抖。陆必行膝盖一软，失控地摔在地上，营养舱里到处都是血污，顺着洁净的舱壁静静地往下淌。那条美人蛇的脸上竟然有一个小小的微笑。

陆必行木然地低头看着自己又开始抽搐的手指，心想："难怪我和别人都不一样，原来我的同类在这里。"

他缓缓地收紧手掌，鬼迷心窍似的重新抓起那把枪……

就在这时，实验室里所有的屏幕同时亮了，一瞬间把阴森森的地下室照得像正午阳光下，强光刺进来，陆必行大睁的眼睛却不肯闭上，于是眼泪一下被刺了出来。透过朦胧的生理性眼泪，他看见独眼鹰撕心裂肺地叫他。

陆必行的嗓子说不出话来，他看着独眼鹰，心里想："你为什么要生下我？为什么要留下我？为什么要养大我？爸爸，活着很痛苦啊。"

"必行！你听我说完！"独眼鹰似乎在一架正在行进中的机甲里，周围有各种噪声，陆必行的智能轮椅上有定位，进入地下六层的一瞬间，远在外星的独眼鹰就收到了报警，可是他的机甲正在穿越一片很不稳定的粒子流，机甲信号一直被干扰，独眼鹰看见他手上的枪，眼睛都红了，可是嘴里喊着"听我说完"，脑子里却一片空白，张口结舌好一会儿，独眼鹰的肩膀忽然垮塌，双手紧紧地缠在一起，崩溃似的抵在额头上，只会语无伦次地说，"你再给我一点时间行不行，求求你……一会儿……就两个小时……跃迁点还没到吗？那为什么不紧急跃迁！"

旁边有人声音急促地提醒："老大，连续紧急跃迁四次了，人和机器都受不……"

独眼鹰气急败坏地一把揉开那人，困兽似的咆哮道："驾驶权限给我！"

"老大，粒子乱流……"

通信"刺啦"一声断了，陆必行紧紧扣在激光枪上的手再次哆嗦起来，他缓缓地抬起头，看见屏幕上留下了通信断开之前的最后一个镜头，独眼鹰眼圈红得像是哭了。

地下室重新昏暗下来，死去的美人蛇在微笑，而遥远航道上的父亲在哭泣，男孩摇摇欲坠地被夹在中间，生与死的一线只有头发丝那么粗。

独眼鹰一路撕裂时空赶回凯莱星，肝胆俱裂地冲进地下室，看见他十年心血浇大的珍宝背靠着血迹遍布的营养舱，跟自动轮椅和枪并排。独眼鹰差点没站稳，冲进去把他抱起来，一脚把那把激光枪踢出了几十米远，足有两分钟，那小小身体上的体温才给了他一点真实感，他回过神来，然后奔出去吐了——过量舒缓剂的后遗症——他把胆汁都吐了出来，也没松手。

陆必行被他拉扯得别着胳膊，姿势很难受，然而他静静的，没声张，好一会儿，他犹犹豫豫地抬起了一只苍白的小手，放在独眼鹰的后背上。

他的手又不抖了。

独眼鹰被他连惊带吓，又是不要命的跑法，回来就病了一场，病好了，老波斯猫也冷静了，找到陆必行严肃地谈了一次。

"关于你为什么和别的孩子不一样，我一直没告诉你，是怕你知道以后有负担，"独眼鹰像煞有介事地告诉他，"因为你不是普通人，你是超人。那天你在地下室里看见的女孩子，是第八星系的特产，我们从一个走私犯那里劫来的，没法帮她，只能先这样养着。我们第八星系一百多年前就遭受过彩虹病毒的肆虐，爸爸给你讲过这段历史，对不对？之后联盟又不履行自己的诺言，让我们自生自灭，像那些蛇女一样的可怜人还有很多，你出生在这个世界上的意义，就是为了拯救他们。所以你会像毛毛虫长成蝴蝶那样，一次一次地脱胎换骨，最后……大概等到五十岁的时候,你就会变成一个超级英雄。可是每次脱胎换骨都很痛苦,像现在一样痛苦,为了那些等你拯救的人,能做到吗?"

陆必行:"……"

为了让陆必行相信他的胡说八道,独眼鹰把男孩从原本的深宅大院里搬了出来,搬到了一条市井气息十足的街上,这条街是独眼鹰的地盘,一条街的三教九流都是租他的地方,凑在一起,形成了个集市,每天都很吵。独眼鹰偷偷给这一条街上所有人免了租金,还大方地倒贴给他们10%的租金,只给了他们一个任务,就是要他们拿陆必行当未来的"救世主"哄,每天把他当信仰膜拜。

可能是第八星系的底层人民没什么羞耻之心,为了生计都不怎么要脸,也可能是真的看男孩可怜,总之,街坊们做戏做得很投入,熊孩子们不明所以,也跟大人们有样学样,有点什么不顺心,就到陆必行窗根底下"嗡嗡"念叨,祈求"保佑"。

这个办法还真的有效,陆必行被逼出来的暴躁,渐渐在熊孩子们让人啼笑皆非的祈祷声中平息了下去,与此同时,他的身体也越磨合越好,到了十四五岁的时候,他除了看起来有些弱不禁风,已经基本能像正常人一样自理生活了。

一个夏天的傍晚,独眼鹰搞完不健康的成人活动,醉醺醺地回家时,正好看见一个拖着鼻涕的小崽站在陆必行的窗根底下,祈求"救世主"保佑他找回自己的橘子糖——他给人打扮成小猴子,招揽了一天客人,才赚到一包橘子糖,本想拿回家给妹妹,可是没注意口袋破了个洞,珍贵的橘子糖在路上丢了。

"救世主"的窗户开着,听完他的念叨,就有求必应地伸出一只苍白修长的手:"接着。"

拖着鼻涕的小孩愣愣地抬起头,两包橘子糖从天而降,砸在了他怀里。少年陆必行又探出头,冲他吹了声口哨:"我还有小蛋糕,要不要吃?"

小孩的眼睛都亮了，非但得偿所愿，还意外收到了一袋小蛋糕，感觉自己的信仰从此更坚定了。

独眼鹰见他打发走了小孩，就也摇摇晃晃地走到窗边，双手合十，冲着陆必行的窗户嘀嘀咕咕地念叨。

陆必行哭笑不得："什么鬼，老陆？"

"我也要许愿。"独眼鹰大着舌头说，"救世主啊，赶紧长大吧，等你长大了，咱们就能平蹚八大星系，到时候你就能帮我实现愿望了。"

"你什么愿望？"

"我想去一次沃托，看看那些将军府、元帅府之类，就靠你了！"

"我看你是又喝多了吧？"

"胡说，那么两瓶酒怎么灌得倒我？我可是大英雄陆必行的第一个信徒！"

"……"

后来，陆必行才知道，独眼鹰酒后吐真言，说的愿望是真的，他是真的很想看看陆信将军的家，因为听说，陆信将军在自己家的楼道里挂了他们这些第八星系弟兄的照片。

独眼鹰这个爹当得着实不靠谱，居然把陆必行当成真的小孩哄，完全没考虑到他那可怕的阅读量，编出来的瞎话可以说是相当没水平，连一秒都没骗过去，陆必行给他面子，一直没拆穿。想来……大概是在实验室里，看见通信屏幕里的男人毫无尊严地哭着求他再等一会儿的时候，他就决定配合人世间所有拙劣的表演，努力地活下去了。

不过他们都没想到，独眼鹰这个随口编的谎话居然误打误撞地成了真。某种意义上说，五十岁的陆必行真的成了超人，真的像个英雄一样，一肩挑起了整个第八星系。

五十岁的陆必行走过长长的小路，与无数肃穆而立的墓碑擦肩而过，来到了最里面的一块，擦净墓碑上的浮土，他接过林静恒递给他的烟和酒,摆在墓碑前,对石碑上瞪着他俩的老波斯猫说:"行啦,别瞪了,静恒不跟你吵架了。还有,老陆,我真的去过沃托了,等我讲给你听。沃托啊,现在……"

可是我亲爱的第一个信徒,当年你让我等两个小时,我却乖乖地坐在地下室等了你一整天。

你呢?说好的,等到我五十岁,就带你去沃托看将军府呢?

仗着我爱你,就可以食言而肥吗?

"你是谁?"
"我是你爸爸。"
"……爸爸?"
"爸爸就是要一直照顾你、保护你的人,直到你长大。"
"那我长大以后呢?"
"永远爱你,胜过其他一切,包括他自己。"

图书在版编目（CIP）数据

残次品．完结篇：全2册 / Priest 著．—南京：
江苏凤凰文艺出版社，2019.2
ISBN 978-7-5594-2933-9

Ⅰ.①残… Ⅱ.①P… Ⅲ.①长篇小说—中国—当代
Ⅳ.①I247.5

中国版本图书馆CIP数据核字（2018）第219574号

©中南博集天卷文化传媒有限公司。本书版权受法律保护。未经权利人许可，任何人不得以任何方式使用本书包括正文、插图、封面、版式等任何部分内容，违者将受到法律制裁。

上架建议：畅销·小说

书　　名	残次品．完结篇：全2册
著　　者	Priest
责 任 编 辑	孙建兵　孙楚楚
监　　制	毛闽峰　李　娜
特 约 策 划	张园园
特 约 编 辑	王苏苏
营 销 编 辑	杨　帆　周怡文
封 面 设 计	好谢翔工作室
版 式 设 计	潘雪琴
书 名 题 字	仓　鼠
图 片 来 源	视觉中国
人 物 插 图	璎　珞
出 版 发 行	江苏凤凰文艺出版社
出版社地址	南京市中央路165号，邮编：210009
出版社网址	http://www.jswenyi.com
印　　刷	北京中科印刷有限公司
开　　本	640×915毫米　1/16
印　　张	39.5
字　　数	613千字
版　　次	2019年2月第1版　2020年5月第4次印刷
标 准 书 号	ISBN 978-7-5594-2933-9
定　　价	85.00元（全2册）

（江苏凤凰文艺版图书凡印刷、装订错误可随时向承印厂调换）